新世纪戏曲研究文库
江巨荣 主编

国家出版基金项目

明清戏曲俗曲杂考

［日］大木康 著

复旦大学出版社

大木康（OKI Yasushi），1959年1月出生于日本横滨。东京大学文学博士。曾任广岛大学文学部副教授、东京大学文学部副教授，现任东京大学东洋文化研究所教授。专攻中国明清文学、明清江南社会文化史。主要著作有《中国游里空间——明清秦淮妓女的世界》《冯梦龙〈山歌〉研究》《明末江南的出版文化》《明清文人的小品世界》《冒襄和影梅庵忆语》《冯梦龙与明末俗文学》《苏州花街散步》《明清江南社会文化史研究》等，发表相关论文多篇。

目 录

第一编　明清戏曲的环境

晚明俗文学兴盛的精神背景	3
晚明通俗文学的兴盛和士大夫之"发现民众"	21
从俗文学看明清的城市与乡村、中央与地方	41
通俗文艺与知识分子	
——中国文学的"表"与"里"	53
庶民文化·民众文化	67
16、17世纪 世界的文学	83
从图像资料看明清时代的歌唱文化	95

第二编　戏曲各论

安顺地戏调查报告	113
元杂剧的东渡与日本能乐关系重探	
——以"傩戏"为切入点	143
中国戏剧中的钟馗	
——从古典到现代	159
冒襄的戏剧活动	165
蒋士铨笔下的汤显祖与江南文人	
——读《临川梦》	191

彭剑南之戏曲《影梅庵》《香畹楼》及其时代 ·················· 209

第三编 俗 曲 各 论

中国明清的歌谣 ································ 267
江南歌谣与日本 ································ 281
明清小说中的俗曲《西江月》 ······················ 291
冯梦龙《情仙曲》 ································ 309

第一编　明清戏曲的环境

晚明俗文学兴盛的精神背景

前　言

　　晚明时期,在悠久的中国文学史上,是一个很重要的转变时期。一直以来被轻视的戏曲、白话小说、民间歌谣等俗文学作品的大量刊行,可说是其标记。虽然晚明以前,在戏曲方面已有《元刊杂剧三十种》等的刊刻,在白话小说方面已有《大唐三藏取经诗话》《全相平话》等的问世,且这些作品在中国戏曲小说发展史上都是很宝贵的资料,具有文学上的价值,但因其篇幅较短,和《元曲选》《西游记》《三国志演义》等晚明大作相较,还不过是戏曲小说发展史上的"过渡"作品。

　　在宋代,至少在南宋时期,出版文化已经相当发达。江湖诗派的活动与这些出版业的发达有密切的关系。宋以前的书有很多在宋代被刊刻,但篇幅较长的白话小说在此时终究未能得到刊刻。因此,戏曲小说、民间歌谣等俗文学作品的大量刊行,可说是晚明文学的特点。

　　然而,在晚明时期为何突然会有大量的俗文学作品出现？不用说,其中之一当然是与当时出版业的进一步发展有关。譬如,要刊刻二千多叶的嘉靖本《三国志通俗演义》,起码要一千块板木,而刻工的工资及板木、刷印用纸等费用加起来的成本相当高。若说这些一直以来以作为稗史小说而受鄙视的通俗小说被大量刊行的背景之一,是缘于印刷技术发展所带来的成本降低应该是不会错的。①

此外,这种出版业的商业化,又与书店追求畅销作品有关。戏曲小说在当时确实销售得很好。但戏曲小说为何在当时会受到欢迎呢?这又非从晚明人士喜爱俗文学作品的精神背景来探索不可。因此,本文拟以晚明读书人对民间歌谣的想法作为主要线索,来探索晚明俗文学兴盛的原因。

一、晚明俗文学的中坚

在此,我们首先要探讨的是晚明俗文学的中坚——作者、读者的问题。庸愚子的《三国志通俗演义序》中说:

> 前代尝以野史作为评话,令瞽者演说,其间言辞鄙谬,又失之于野。士君子多厌之。若东原罗贯中,以平阳陈寿《传》,考诸国史,自汉灵帝中平元年,终于晋太康元年之事,留心损益,目之曰《三国志通俗演义》。文不甚深,言不甚俗,事纪其实,亦庶几乎史。盖欲读诵者,人人得而知之,若《诗》所谓里巷歌谣之义也。书成,士君子之好事者,争相誊录,以便观览。②

他指出从来的野史是为"士君子"所厌,然而这《三国志通俗演义》却不同。一方面说明《三国志通俗演义》这篇作品采用人人易懂的白话文书写的意义;一方面又说明,这本书是为了"士君子"这一读者层而作。庸愚子在此将《三国志通俗演义》的编刊比之为"里巷歌谣之义","里巷歌谣"一词乃出自朱子《诗集传序》:"凡诗之所谓国风者,多出里巷歌谣之作。"

---

① 参阅大木康『明末江南における出版文化の研究』,『広島大学文学部紀要』第 50 卷特辑号 1,1991 年,第 176 页。大木康『明末江南の出版文化』,研文出版,2004 年;中文版,周保雄译,上海古籍出版社,2014 年。

② 罗贯中《三国志通俗演义》,上海古籍出版社,1980 年,第 1 页。

晚明白话小说成立的过程,可以说是士君子对民间的东西感到兴趣,而将它吸收以为整理创作,是像《诗经》的《国风》一样从民间到士君子的发展方向。但在这过程中,他们并不是原封不动地整个采用,而是将其加工、改写,以符合他们的喜好,然后再传达给读者。换句话说,晚明白话小说的刊行,其背后经常有读书人的参与。

在晚明戏曲的编刊上,我们也能看到同样的想法和过程。臧晋叔《元曲选序》中说:

> 予家藏杂剧多秘本,顷过黄从刘延伯借得二百种,云录之御戏监,与今坊本不同。因为参伍校订,摘其佳者若干,以甲乙厘成十集,藏之名山而传之通邑大都,必有赏音如元朗氏者。①

臧晋叔表明了他的《元曲选》乃得自宫廷内府,"与今坊本不同",这点可说是和庸愚子《三国志通俗演义序》同出一辙。元朗氏乃何良俊。

故在此笔者想确认的是,支持晚明戏曲白话小说发展的中坚乃是当时的读书人。若此,则晚明戏曲小说等俗文学发展的精神史上的问题,便可归结于当时读书人的文学观等的心态问题。

晚明时期,戏曲小说民间歌谣等作品的主要刊行地集中在南京、苏州、杭州等江南和福建建阳等地,而当时参与俗文学的读书人又大多为江南人,因此,江南地区可说是当时俗文学潮流的发源地。故本文拟以江南这一晚明文化经济的先进地区为探讨重点。

二、文学的堵塞感

对过去的读书人而言,所谓"文学"即是诗,即是古文。在诗文为其生活中的必要存在的情况下,他们必须要作诗、作文。但是,明

---

① 臧晋叔《元曲选序》,《元曲选》,中华书局,1961年,第3页。

代的文人对于诗、对于文,似乎抱有一种"堵塞感"。元末明初叶子奇《草木子》卷四云:

> 传世之盛,汉以文,晋以字,唐以诗,宋以理学,元之可传,独北乐府耳。宋朝文不如汉,字不如晋,诗不如唐,独理学之明上接三代。元朝文法汉,欧阳玄、虞集是也;字学晋,赵孟頫、鲜于枢是也;诗学唐,杨载、虞集是也;道学之行,则许衡、刘因是也:亦皆有所不逮。①

在此,叶子奇回顾过去的文学和文化的历史而加以评论,也许可以说是一种较冷静的文学史家的立场,但不一定是热肠的文学创作家的立场。

又明初宋濂的《苏平仲文集序》中说:

> 近世道漓气弱,文之不振已甚。乐恣肆者失之驳而不醇,好摹拟者拘于局而不畅,合喙比声,不得稍自凌厉以震荡人之耳目。譬犹敝帚漏卮,虽家畜而人有之,其视鲁弓郜鼎亦已远矣。②

他指出虽然当时作文的人很多,但其内容大多无法令人满意,无法让人感动。类似这样的意见、说法,一直到明末我们都能在明人的文集中看到。

评论的开始往往是创作的终止。因此,我们可以认为明代的文学家怀有文学的成就在他们以前已达到极点,没有他们发展的新路,在这种堵塞的情况中,自己现在能做什么的心情。这种"堵塞感"应是明代文学家的基本心态,并如地下水脉般地伏流于有明一代。

---

① 叶子奇《草木子》卷四,中华书局,1959年,第70页。
② 宋濂《苏平仲文集序》,《宋学士文集》卷六六,《国学基本丛书》本,商务印书馆,1937年,第1072页。

三、复古的背景

当明代的文学家在意识到这种"堵塞感"时,便面临一个基本的问题,即意识到"堵塞感"后,接下来该如何是好？于是,便分成了两条路。一条,不用说就是走复古的路。即是以古代的作品,甚至于以文章词汇为范本,模拟创作。李梦阳(1472—1529)认为"文必秦汉,诗必盛唐",主张散文以司马迁的《史记》,诗以杜甫为最佳的范本,并模拟其进行创作。例如李攀龙(1514—1570)在《张隐君传略》中的一节中说:

> 及观宫阙之盛,官仪之美,与所交贤豪间长者之游,私且慕之曰:"所谓隐居岩穴之士,设为名高者安归乎？非深谋廊庙,论议朝廷,何以称焉？而胡为失当年之至乐,不自肆于一时？"①

其实,这些表现都是因袭《史记·货殖列传》:

> 由此观之,贤人深谋于廊庙,论议朝廷。守信死节隐居岩穴之士,设为名高者,安归乎？②

在此,李攀龙将汉代人对战国时代的描述方法,转用在明代人的描写上,《史记》似乎起了"文章宝鉴"的作用。李攀龙的时代,与《史记》相距有一千五百年之遥,能否用一千五百年前的词语来描写现在的事？复古派的文学是否成功？我们很难判断。但是,在此我们必须注意的是,这样的复古派的主张,及遵此而作的文章,在明代后

---

① 李攀龙《张隐君传略》,《沧溟先生集》卷二〇,台湾伟文图书出版社,《明代论著丛刊》本,1976年,第951页。
② 司马迁《史记·货殖列传》,中华书局,1975年,第3271页。

期的一百年,成为当时文坛上的主流,想必当时是有很多人赞同此种主张的。

对于此一现象,吉川幸次郎在《李梦阳的一侧面——"古文辞"的庶民性》①一文中指出:复古派的盛行,是由于当时的文学普及,作者增多,因此,复古派只要模拟范文抄袭词句,便可成就一篇文章的容易性,受到欢迎。这的确也很有道理。但这还有一个问题,即复古派为何以《史记》及杜诗为范本?我想这应该是因为《史记》和杜诗都是格调极高而富含感情色彩的文学作品。更简单地说,即是它们容易给予读者感动。当时的文学家模拟司马迁和杜甫,所追求的可能就是"感动"(如上揭宋濂所谓的"震荡人之耳目")。

王世贞(1526—1590)在《明诗评叙》中说:

> 明兴,士大夫膏育胜国之遗,然各悉其志力,往往偏道偶遇,而文、宣二主实号响宾大雅润色鸿度,而巨公先生无以奉称下风,仅构台阁体,其所显爵清穆声施焜赫,卒以此,故大抵缘势袭名,缘名易听,缘听生俗,期通其涂哉。②

由此可知,复古派乃是因对只堆砌绮丽的文词,自始至终都是称颂的言辞的文章感到厌烦,而起来反对台阁体。复古派基本的主张是追求能感动人心的文学,否定没有感情的文学。其文学理论也是为了打破文学的堵塞情况而出发的。

四、"今"、"时"、"俗"的重视

明代复古派是在文学堵塞的情况下,转而追求能够让人真正感

---

① 吉川幸次郎「李夢陽の一側面——「古文辞」と庶民性」,原载『桥本博士古稀記念東洋学論叢』(立命館大学人文学会,1960年),后收入『吉川幸次郎全集』(筑摩書店,1974年)第15卷,第614—633页。
② 王世贞《明诗评叙》,世经堂刻本《弇州山人四部稿》卷五,见《中国文学批评资料汇编》(台湾成文出版社,1979年)第8册《明代上集》,第409页所引。

动的文学,但模拟古代的文学作品,是否能得到真正的感动? 提出这种疑问,并正面地向执文坛牛耳的复古派,发出反对声音的是以袁宏道(1568—1610)为代表的公安派。

反对复古、注重性灵的袁宏道,给予当时的民间歌谣很高的评价,甚至将民间歌谣评于文人诗文之上。此一主张的代表作品是《叙小修诗》:

> 盖诗文至近代而卑极矣,文则必欲准于秦、汉,诗则必欲准于盛唐,剿袭模拟,影响步趋,见人有一语不相肖者,则共指以为野狐外道。曾不知文准秦、汉矣,秦、汉曷尝字字学六经欤? 诗准盛唐矣,盛唐人曷尝字字学汉、魏欤? 秦、汉而学六经,岂复有秦、汉之文? 盛唐而学汉、魏,岂复有盛唐之诗? 唯夫代有升降,而法不相沿,各极其变,各穷其趣,所以可贵,原不可以优劣论也。且夫天下之物,孤行则必不可无,必不可无,虽欲废焉而不能;雷同则可以不有,可以不有,则虽欲存焉而不能。故吾谓今之诗文不传矣。其万一传者,或今闾阎妇人孺子所唱"擘破玉"、"打草竿"之类,犹是无闻无识真人所作,故多真声,不效颦于汉、魏,不学步于盛唐,任性而发,尚能通于人之喜怒哀乐嗜好情欲,是可喜也。①

"今之诗文"是针对模拟古人的复古派诗文而言。在此,袁宏道完全否定"今之诗文",而视"今闾阎妇人孺子所唱'擘破玉'、'打草竿'"等"无闻无识真人所作"的俗曲之类,为能传到后世的"真声"。袁宏道此一主张,应是受其师李贽(1527—1602)《童心说》的影响。《童心说》云:

> 诗何必古选,文何必先秦。降而为六朝,变而为近体,又变

---

① 袁宏道《叙小修诗》,见钱伯城笺校《袁宏道集笺校》卷四(上海古籍出版社,1981年)《锦帆集》之二,第187页。

而为传奇,变而为院本,为杂剧,为《西厢》曲,为《水浒传》,为今之举子业,皆古今至文,不可得而时势先后论也。故吾因是而有感于童心者之自文也。①

李贽认为"童心者真心也"②,并从"真"的角度给予《西厢记》《水浒传》等戏曲小说高度的评价。

若要否定以"古"为标准规范,必然会重视"今"和"时"。袁宏道的《时文叙》说:

> 举业之用,在乎得隽。不时则不隽,不穷新而极变,则不时。是故虽三令五督,而文之趋不可止也,时为之也。才江之僻也,长吉之幽也,锦瑟之荡也,丁卯之丽也,非独其才然也。体不更则目不艳,虽李、杜复生,其道不得不出于此也,时为之也。③

此文虽是针对科举考试的八股文所发的议论,但他在此积极评价时新的价值是有其意义的。否定模拟古代作品,对"今"、"时"给予高评,自然会和"时俗"(今时之俗)的评价接连在一起。袁宏道重视民间歌谣的想法也从此出发。

五、冯梦龙的《山歌》

在冯梦龙(1574—1646)的《叙山歌》中,我们能看到对"俗"评价的一个极点。而冯梦龙的《山歌》在实际收集"俗"的歌谣这点上,也具有重要的意义④。《山歌》是苏州地方的民间歌谣集,其中收录有:

---

① 李贽《童心说》,《焚书》卷三,中华书局,1961 年,第 98 页。
② 同上书,第 99 页。
③ 袁宏道《时文叙》,《袁宏道集笺校》卷一八《瓶花斋集》之六,第 703 页。
④ 参阅大木康「馮夢龍「山歌」の研究」,『東洋文化研究所紀要』第 105 册,1988 年,第 57—241 页;中文版《冯梦龙〈山歌〉研究》,复旦大学出版社,2017 年。

娘　打

吃娘打子吃娘羞,
索性教郎夜夜偷。
姐道娘呀,我听你若学子古人传得个风流话,
小阿奴奴便打杀来香房也罢休。①

又:

偷

姐儿梳个头来漆碗能介光,
𨂠人头里脚撩郎。
当初只道郎偷姐,
如今新泛头世界姐偷郎。

结识私情弗要慌,
捉着子奸情奴自去当。
拚得到官双膝馒头跪子从实说,
咬钉嚼铁我偷郎。
　　此姐大有义气。②

冯梦龙对"如今新泛头世界"的各种现象感到兴趣,而欣然收录此种民歌,可视为袁宏道时俗主张的一个反响。冯梦龙《山歌》所收录的民间歌谣中,有不少的内容是不太正经的。这从一直以来的士人的想法来看,当然是没有价值且应成为禁止的对象。然而,对于这种歌谣的价值,冯梦龙是如何向世人提出主张?又是在何处发现这歌谣集的价值?在《叙山歌》中,冯梦龙对于《山歌》的价值有

---

① 冯梦龙《山歌》卷一,中华书局,1959年,第9页。
② 同上书,卷二,第15页。

着直接的叙述。① 首先,他在第一段中说:

> 书契以来,代有歌谣,太史所陈,并称风雅,尚矣。自楚骚唐律,争妍竞畅,而民间性情之响,遂不得列于诗坛,于是别之曰"山歌"。言田夫野竖矢口寄兴之所为,荐绅学士家不道也。②

在这一段,我们能够看到如下的明显对立:
(A)"风"——民间性情之响——田夫野竖——山歌
(B)"雅"——楚骚、唐律——荐绅学士家——诗坛之诗
冯梦龙所支持的当然是(A)的立场。接下来,第二段说:

> 唯诗坛不列,荐绅学士不道,而歌之权愈轻,歌者之心亦愈浅;今所盛行者,皆私情谱耳。虽然,桑间濮上,《国风》刺之,尼父录焉,以是为情真而不可废也。山歌虽俚甚矣,独非郑卫之遗欤?③

在此,冯梦龙举《史记·孔子世家》中的"孔子删诗说",来反驳世人对其集刊"私情之谱"的批评。他的理论是,"诗三百篇"是孔子自己所编定的,孔子没有将"郑卫之音"删去,那么当今"郑卫之音"的山歌也当然有记录的价值,自己的做法只不过是学孔子而已。在此,我们必须注意到冯梦龙指出孔子取"郑卫之音"的理由,是其"情真"这一点。以下,论点便向"真"推移。第三段中说:

---

① 关于《叙山歌》,参阅大木康「馮夢龍「叙山歌」考——詩経学と民間歌謡」,『東洋文化』第71号,1990年,第121—145页;Kathryn Lowry, "Excess and Restraint: Feng Menglong's Prefaces on Currently Popular Songs", *Papers on Cinese History*, Vol.2, 1993, Harvard University, pp.94-119。
② 冯梦龙《叙山歌》,《山歌》,第1页。
③ 同上。

且今虽季世,而但有假诗文,无假山歌,则以山歌不与诗文争名,故不屑假。苟其不屑假,而吾借以存真,不亦可乎?抑今人想见上古之陈于太史者如彼,而近代之留于民间者如此,倘亦论世之林云尔。若夫借男女之真情,发名教之伪药,其功于"挂枝儿"等,故录挂枝词而次及山歌。①

在此,冯梦龙提出《山歌》问世的具体攻击目标——"假诗文"。这本是第一段所整理的(A)(B)二系统各自的延长,以"真"评价(A)系列,以"假"否定(B)系列。从这一段我们可以知道,冯梦龙编纂《山歌》的意图,是在攻击当今丧失"性情之响"的"假诗文",以存"真"的山歌回复已走进死胡同的"诗文"的生命。冯梦龙《叙山歌》,主要本是在当时文学理论的范围中的发言。

在上面,我们提到《叙山歌》以文学理论为范围的发言,但中国的文学就像在第一段所整理的,只要是反映"田夫野竖"、"荐绅学士"的社会阶层差别,批评的矛头就会指向"荐绅学士"这一个社会阶层,甚至及于其所以为据的"名教"也可说是极其自然的事。这"借男女之真情,发名教之伪药",是经常受到引用,最具有冲击性的一句。《叙山歌》不但是批判当时的诗文的文艺理论,而且更是对"荐绅学士"及其"名教"的批判,其射程是很长的。

六、冯梦龙《叙山歌》的由来

冯梦龙《叙山歌》中的主张,主要重点有两点。其一是,山歌俗曲是当代的《诗经·国风》;其二,不用说,即是"真"。

关于前者,明白指出《诗经·国风》是当时的民间歌谣的是朱熹(1130—1200)。如《朱子语类》卷八〇《诗一》纲领中说:

---
① 冯梦龙《叙山歌》,《山歌》,第1页。

> 诗,有是当时朝廷作者,雅、颂是也。若国风乃采诗者采之民间,以见四方民情之美恶,二南亦是采民言而被乐章尔。程先生必要说是周公作以教人,不知是如何?某不敢从。①

否定《周南》《召南》是由周公所作的程子之说,并指出《国风》乃是由采诗者采自民间,即将其视为民间歌谣。又,关于"风"和"雅",《诗集传》卷一中说:

> 风者,民俗歌谣之诗也。②

《诗集传》卷九:

> 雅者,正也,正乐之歌也。③

另外,《朱子语类》卷八〇《诗一》纲领更具体地说:

> 风多出于在下之人,雅乃士夫所作。④

对于"风",朱子在《诗集传序》更进一步说:

> 吾闻之,凡诗之所谓风者,多出于里巷歌谣之作,所谓男女相与咏歌,各言其情者也。⑤

以"风"为"民间""在下之人"的"男女"之作,"雅"为"士夫"之作。冯

---

① 黎靖德编《朱子语类》卷八〇,中华书局,1980年,第2067页。
② 朱熹《诗集传》卷一,中华书局,1958年,第1页。
③ 同上书,卷九,第99页。
④ 朱熹《朱子语类》卷八〇,第2066页。
⑤ 朱熹《诗集传》,第2页。

梦龙《叙山歌》中的风、雅二元论,其实是朱子对《诗·国风》的看法的一种变奏。

若要评价民间歌谣的价值,应用朱子的想法是最好的。然而,《国风》是过去的民间歌谣,这与将现今(明代)的民间歌谣视为《国风》,而对其价值加以肯定之间的距离还是很大的。而使这距离缩小的实为复古派李梦阳(1472—1529)的主张。他在《诗集自序》里引王叔武话说:

> 李子曰:曹县盖有王叔武云。其言曰:夫诗者天地自然之音也。今途咢而巷讴,劳呻而康吟,一唱而群和者,其真也,斯之谓风也。孔子曰:礼失而求之野。今真诗乃在民间,而文人学子顾往往为韵言谓之诗。①

又其《郭公谣》说:

> 李子曰:世尝谓删后无诗,无者谓雅耳。风自谣口出,孰得而无之哉?今录其民谣一篇,使人知真诗果在民间。於乎,非子期孰知洋洋峨峨哉?②

这些言论中,特别是"今真诗乃在民间"、"真诗果在民间",非常具有冲击性。他跨越《诗经》这个范围,而指称现今民间所唱的歌谣就是"真诗"。亦即《国风》等于民间歌谣和《国风》等于真这两个等式在此串联,而形成民间歌谣等于真的等式。以民间真诗对峙文人学士的韵言,冯梦龙在《叙山歌》中的所有的想法,在此得到准备。复古派领袖李梦阳的《诗集自序》,明代文学家无论赞不赞成复古,想

---

① 李梦阳《诗集自序》,《空同先生集》卷五〇,台湾伟文图书出版社,《明代论著丛刊》本,1976年,第1436页。
② 李梦阳《郭公谣》,《空同先生集》卷六,第120页。

必都读过①。据沈德符《万历野获编》卷二五《时尚小令》：

> 元人小令，行于燕赵，后浸淫日盛，自宣、正至成、弘后，中原又行"锁南枝"、"傍妆台"、"山坡羊"之属。李崆峒先生初自庆阳徙居汴梁，闻之以为可继《国风》之后，何大复继至，亦酷爱之。今所传"泥捏人"及"鞋打卦"、"熬鬏髻"三阕，为三牌名之冠，故不虚也。②

由此可知李梦阳、何景明(1483—1521)等实际上对民间俗曲也相当感兴趣，同时可看到他们将"锁南枝"等俗曲视为"可继《国风》之后"的想法。有关李梦阳及何景明的记述，又见于李开先的《词谑》：

> 有学诗文于李崆峒者，自旁郡而之汴省。崆峒教以："若似得传唱'锁南枝'，则诗文无以加矣。"请问其详，崆峒告以："不能悉记也。只在街上闲行，必有唱之者。"越数日，果闻之，喜跃如获重宝，即至崆峒处谢曰："诚如尊教！"何大复继至汴省，亦酷爱之，曰："时词中状元也。如十五《国风》，出诸里巷妇女之口者，情词婉曲，有非后世诗人墨客操觚染翰，刻骨流血所能及者，以其真也。"每唱一遍，则进一杯酒。终席唱数十遍，酒数亦如之。更不及他词而散。③

由此可知李梦阳对民间俗曲特别的关心，并可看到何景明"真"的主张及民间俗曲类似于十五《国风》的主张。那么，大家所关心的"锁南枝"曲是什么样的歌呢？据《词谑》所引：

> 傻酸角，我的哥，和块黄泥儿捏咱两个。捏一个儿你，捏一

---

① 关于真诗，参阅入矢义高「真詩」，《吉川博士退休記念中国文学論集》，筑摩书房，1968年，第673—681页。
② 沈德符《时尚小令》，《万历野获编》卷二五，中华书局，1980年，第647页。
③ 李开先《词谑》，见《中国古典戏曲论著集成》第3册，中国戏剧出版社，1959年，第286页。

个儿我。捏的来一似活托,捏的来同床上歇卧。将泥人儿摔碎,着水儿重和过,再捏一个你,再捏一个我——哥哥身上也有妹妹,妹妹身上也有哥哥。①

这是一首带有颜色的歌曲。而这首歌在冯梦龙编的《挂枝儿》卷二也以"泥人"为题被收录。

何景明《明月篇序》说:

夫诗,本性情之发者也。其切而易见者,莫如夫妇之间。是以三百篇首乎雎鸠,六义首乎风。而汉魏作者,义关君臣朋友,辞必托诸夫妇,以宣郁而达情焉,其旨远矣。②

在此,更具体地将"性情"指为"夫妇之间"的情。冯梦龙《叙山歌》中的"借男女之真情",应该也是处在这个潮流中。前引的袁宏道之言,则是将此说作更明确的叙述。

在这样的明代后期的文艺理论界中,《国风》民歌说及民歌真诗说,已超越文学上的派系,而成为一种共识。

此外,在当时也出现了一些想要搜集民歌而编纂民歌集的文人。如李开先(1501—1568)便对民歌感到兴趣而编了一部《市井艳词》。他的《市井艳词序》说:

忧而词哀,乐而词亵,此今古同情也。正德初尚"山坡羊",嘉靖初尚"锁南枝",一则商调,一则越调;商,伤也;越,悦也,时可考见矣。二词哗于市井,虽儿女子初学言者,亦知歌之。但淫艳亵狎,不堪入耳,其则声然矣,语意则直出肺肝,不加雕刻,俱男女相与之情,虽君臣友朋,亦多有托此者,以其情尤足感人

---

① 李开先《词谑》,见《中国古典戏曲论著集成》第3册,第286页。
② 何景明《明月篇序》,《何大复集》卷一四,中州古籍出版社,1989年,第210页。

也。故风出谣口,真诗只在民间。三百篇太平采风者归奏,予谓今古同情者此也。尝有一狂客,浼予仿其体,以极一时谑笑,随命笔并改窜传歌未当者,积成一百以三,不应弦,令小仆合唱。市井闻之响应,真一未断俗缘也。久而仆有去者,有忘者,予亦厌而忘之矣。客有老更狂者,坚请目其曲,聆其音,不得已,群仆人于一堂,各述所记忆者,才十之二三耳。晋川栗子,又曾索去数十,未知与此同否?复命笔补完前数。孔子尝欲放郑声,今之二词可放,奚但郑声而已。虽然,放郑声,非放郑诗也,是词可资一时谑笑,而京韵东韵西路等韵,则放之不可,不亟以雅易淫,是所望于今之典乐者。①

可见,是李开先搜集、拟作民间的歌谣让仆人唱,之后再编辑为一本书,然而这《市井艳词》并未刊刻问世。

以当时的出版业为背景而活跃的冯梦龙,是站在从宋元以来累积过来的如上所述的民间歌谣观上,编纂了《挂枝儿》和《山歌》。冯梦龙编辑、刊刻"三言"为代表的各种白话小说,其背景也同样在对"俗"的重视,和从"俗"看"真"的想法②。

结语——关于"真"

以上我们已概观了明末文学理论界追求真诗、评价民间歌谣等的新潮流。接下来,想以提出对这种新潮流的背景及其所谓的"真"的意义的拙见作为总结。

晚明士人重视民间歌谣的原因之一,可说是岛田虔次『中国に

---

① 李开先《市井艳词序》,《李中麓闲居集》,见《李开先集》卷六,中华书局,1959年,第320页。
② 大木康「馮夢龍「三言」の編纂意図について(続)—真情より見た一側面—」,『伊藤漱平教授退官記念中国学論集』,汲古书院,1986年,第627—647页。

おける近代思惟の挫折』①第四章"一般性考察",及吉川幸次郎《李梦阳的一侧面》一文中所说的晚明士人的庶民性性格。首先以李梦阳为例,其祖父为商人,父亲属于最下层的知识分子,因此,在平时应该即对"锁南枝"这样的俗曲很习惯,而没有以前许多知识分子所持有的蔑视情感,或者说是对于山歌俗曲不会感到"过敏"。这点是明代(至少在明代后期)知识分子普遍的特性,也可说是形成戏曲、小说、俗曲等兴盛的一个基础。

但是,对民间歌谣没有嫌恶之感,和积极地给予评价并搜集还是两回事。因此,我们还必须探索积极评价民间俗曲的理由。有关这个问题,除了表现在他们的文学观,特别是有关如何作诗文的议论外,同时也和他们的人生观有所关联。从李梦阳、何景明开始一直到冯梦龙,他们在山歌俗曲里看到的"真"的内容是男女之情、人的欲望。就以冯梦龙的《山歌》来说,山歌里所谓的"真",具体指的就是在歌曲情节中,以第一人称歌唱想和情人见面的妇女,或大胆地歌唱自己的性欲的男女歌者的无伪、纯真之情。

在这"真(率真)"的背景下,晚明读书人所追求的"真"也许可以说就是一种实感,或者说是一种"身体感觉"。就像在开头提到的,明代的读书人都意识到在他们的诗文作品上、生活上,没有那种心头小鹿乱撞、扑通直跳的感动。因此,如何唤回诗里的真实感动,便成为明代读书人的共同课题。之前所提到的李梦阳等复古派之所以尊《史记》、杜甫等感情性高、热情的文学为范本的理由,也即在此。他们的目标既是在回复真实的感动,则在他们的言论中,有对《诗经》及民间歌曲的评价、对俗曲关心,也是很自然的结果。之后的公安派,虽批评复古派的诗文未歌咏率真的性情,但主要是针对他们对作为范本的文学作品,连表现、文字都模仿的写作方法而言。因此,无论是复古派或公安派,他们的目标其实是一致的。

---

① 岛田虔次『中国における近代思惟の挫折』,筑摩书房,1970年。

因此,在当时找不到文学发展的新路、文学作品丧失感动的堵塞情况下,他们朝向获得真实感动所找到的一条新路,应该就是这民间的"身体感觉"的路。晚明读书人在民歌中所发现的,是一个和他们完全不同的自由精神面貌,没有任何道统规范,可以随心所欲地恋爱或表现欲望的纯粹无垢的群众世界。换句话说,晚明读书人在群众的生活中找到了他们的理想境界。人民群众从来一直被视为统治的对象,和官僚士大夫相比可说是没有价值的存在,但在此群众反而成为读书人所羡慕的对象。读书人这样的"发现民众"可说就是晚明戏曲、小说、歌谣等俗文学兴盛的一大背景。

晚明通俗文学的兴盛和士大夫之"发现民众"

序　说

从中国整个历史进程来看,晚明时代是其中的重要转折点之一。晚明文坛上的一个显著特征,即是《三国志演义》《水浒传》等白话小说的大量刊行。忽如一夜春风来,千树万树梨花开,我们不禁会困惑的是,为何在这一时代突然涌现出汗牛充栋的白话小说?这是一个相当宏大的课题,要寻求个中答案,有必要从多个角度予以考量。首先毋庸赘言,《三国志演义》《水浒传》等长篇作品大量地以印刷物的形式面世,直接得益于当时如日中天的出版业。之前笔者已经对明末出版文化的相关状况作过若干考察。① 然而,晚明出版业的发达不过是白话小说隆盛的物质背景而已。问题在于,较之过去能够刊行更多的书籍之后,为何所刊行者是白话小说?

"白话"为何?简单来说,中国的语言如果从某一地域来考量的话,可以分为方言、官话、白话、文言这几个层级。其中文言、白话为书面(文字)语言,方言、官话基本上是口头语言。

无论是谁,出生后牙牙学语时所习皆为方言。此后由于生活环境、生活经历等的不同,有人终其一生都只会说自己生身之地的方言,有的人能说当时的标准口语(即官话),还有人读书识字、掌握书

---

① 大木康『明末江南の出版文化』,研文出版,2004年;中文版《明末江南的出版文化》,周保雄译,上海古籍出版社,2014年。

面语言——文言、白话。人们对语言的使用情况基本是呈这样一种三分结构。总体而言,语言的分层大致与社会的阶层相对应。占中国人口之大多数的农民,大部分毕生都生活于自己的方言世界;而欲通过科举入仕为官者以及在各地往返奔波的客商,则又势必对文言、官话、白话运用自如。

中国的每个地区都有自己的方言,它们相互之间的差异甚为悬殊。某地区的方言与另一地区的方言,有时甚至难以对话。因此,社会上就需要一种人人皆能听能说的标准语,才能克服方言之间的交流障碍。这种标准语即为官话。将官话以文字形式固定下来,即为白话。我们不妨暂且作这样的简单定义。

白话资料之历史,并非肇端于明末。如果将任何人说的话原封不动地记录下来的文字都称作白话,那么像之前的《论语》,它就是一部孔子的语录,因此白话可以说是自古就有的。如果要探求晚明白话更直接的渊源,或可追溯至北宋开始大量编集的禅宗僧人语录以及之后受禅宗语录影响而纂成的《朱子语类》。它们并未将宗师话语转换成文言,而是依其本来面目原汁原味地记录下来。然而,将某人所说的只言片语依原貌以文字形式固定,并非轻而易举之事。白话表记法之发达,非成于一朝一夕,而是从禅宗语录、《朱子语类》等前代相关典籍中不断汲取营养,逐渐发展、改进、完善而结成的果实。历此漫长的磨砺淬炼,才有晚明时期白话小说之诞生与勃兴。

"三国"、"水浒"等故事在被固化为文字、以白话小说形式出版以前,很早就已是民间口耳相传的说话艺术。从现存文献来看,中国说话艺术的飞跃性发展是在宋代。例如追忆北宋都城汴京之繁华盛况的孟元老《东京梦华录》卷五"京瓦伎艺"条,即记述了当时市井瓦肆中演艺活动的情形,其中可见混杂于小唱、杂剧、傀儡戏、皮影、杂技、相声等形形色色民间艺能中的"讲史"、"小说"等说话形式及其表演艺人。在对说话艺术的记述中,"讲史"有孙宽、孙十五、曾无党、高恕、李孝详,"小说"有李慥、杨中立、张十一、徐明、赵世亨、贾九,"说三分"有霍四究,"五代史"则有尹常卖。"说三分"即为讲《三国志》的故事。

昔日说话艺人口中的《三国志》故事逐渐定型为文字,成为人们手中捧读的书籍,其初期作品,为藏于日本内阁文库的"全相平话"(插图本历史故事系列丛书)之一的《全相平话三国志》。然而,它与明代嘉靖年间刊刻的《三国志通俗演义》相比,篇幅较为短小,通假字、俗字也屡出,显然是一个民间的文本。

嘉靖本《三国志通俗演义》之开头所附庸愚子序文有曰:

> 前代尝以野史作为评话,令瞽者演说。其间言辞鄙谬又失之于野,士君子多厌之。若东原罗贯中,以平阳陈寿《传》考诸国史,自汉灵帝中平元年、终于晋太康元年之事,留心损益,目之曰《三国志通俗演义》。文不甚深,言不甚俗,事纪其实,亦庶几乎史。盖欲读诵者,人人得而知之,若《诗》所谓里巷歌谣之义也。书成,士君子之好事者,争相誊录,以便观览。①

此处所谓"士君子多厌之"的"评话",或许即指"全相平话"之类。该序文云《三国志通俗演义》乃是应"士君子"之好而刊刻,从中不难看出它从口头的说话艺术作品演变发展为真正意义上的长篇小说——白话小说之历程中,"士君子"之力不容忽视。

短篇白话小说集"三言"之编者冯梦龙(1574—1646),被誉为明末通俗文学之旗手。他毕生未尝能在乡试中上榜考中举人。然而尽管冯梦龙终其一生都仅为生员,若将其置于社会全体层面来考量,并不能否认他实际上是一位在统治阶层中占有一席之地的士人这一事实。他在深层意识中,乃以心系经世济民、承担文化引领

---

① 《三国志通俗演义》,人民文学出版社,1975年,卷首附庸愚子《三国志通俗演义序》。

者之责的"士君子"自居。冯梦龙正是站在士大夫的立场上,对庶民文艺——小说、歌谣等寄予满腔热忱。从这一意义而言,他与《三国志通俗演义序》之作者庸愚子所处的立场是一致的。①

毋庸置疑,明末白话小说隆盛的背后,当时士大夫们所发挥的力量不容小觑。问题在于,晚明士大夫缘何对本是庶民生活圈中的昔日难登大雅之堂的白话故事饱含一腔热情呢?本文将以"白话"作品何以在此时代大量问世这一问题为主轴,对当时士大夫与民众之关系作一简单的发掘和观察。

一、自 上 而 下

晚明士大夫因何热衷于白话?依笔者看来,理由大致有二。一方面是"自上而下",即士大夫们有意将自己所处阶层的伦理道德渗透至下层民众间,也就是所谓的"教化";另一方面乃"自下而上",即处于社会上层的士大夫对下层民众的价值观念予以积极认可,并身体力行,主动融入其中。首先不妨看看"自上而下"这一条线索的情况。

"自上而下",即将白话小说视作教化之利器。体现这一思想的典型例子,就是冯梦龙所编的短篇白话小说集"三言"之序。《古今小说序》中,介绍了历代以来小说的发展流变史,认为每个时代都有与自身相合的文学形式,接着又云:

> 大抵唐人选言,入于文心;宋人通俗,谐于里耳。天下之文心少而里耳多,则小说之资于选言者少,而资于通俗者多。试今说话人当场描写,可喜可愕,可悲可涕,可歌可舞;再欲捉刀,再欲下拜,再欲决胆,再欲捐金;怯者勇,淫者贞,薄者敦,顽钝

---

① 关于冯梦龙,请参考大木康『馮夢龍と明末俗文学』,汲古书院,2018年。

者汗下。虽小诵《孝经》《论语》,其感人未必如是之捷且深也。噫,不通俗而能之乎?①

文言小说(唐代传奇)之艺术性不可谓不高,却难入芸芸众生之耳目,天下才识富赡之读者少之又少。而白话小说语言通俗浅显、无艰深晦涩之弊,因此无论愚慧贤不肖,但凡识字者皆能不费吹灰之力地读懂,进而在心灵最深处为之震颤和感动。所以就作品于人的影响力这一点而言,白话小说之功用是远在儒家经典《孝经》《论语》等之上的,这就是它的价值。简而言之,就是采用较文言更通俗易懂的白话,能使教化普及至更多的民众。与此观点类似,《醒世恒言序》曰:

> 六经国史而外,凡著述皆小说也。而尚理或病于艰深,修词或伤于藻绘,则不足以触里耳而振恒心。此《醒世恒言》四十种,所以继《明言》《通言》而刻也。明者,取其可以导愚也;通者,取其可以适俗也;恒则习之而不厌,传之而可久。②

这里毫不隐晦地否定了因"病于艰深"、"伤于藻绘"而"不足以触里耳而振恒心"的士大夫文学。此外,它还指出《警世通言》书名中的"通",乃是取其可以"适俗"之意。《警世通言序》中又云:

> 里中儿代庖而创其指,不呼痛,或怪之,曰:"吾顷从玄妙观听说《三国志》来,关云长刮骨疗毒,且谈笑自若,我何痛为?"夫能使里中儿顿有刮骨疗毒之勇,推此说孝而孝,说忠而忠,说节义而节义,触性性通,导情情出。视彼切磋之彦,貌而不情;博

---

① 冯梦龙编撰、徐文助校注、缪天华校阅《喻世明言》卷首附绿天馆主人《叙》,台湾三民书局,1998年。
② 冯梦龙编撰、廖吉郎校订、缪天华校阅《醒世恒言》卷首附可一居士《原序》,台湾三民书局,1995年。

雅之儒,文而丧质。所得竟未知孰(孰)赝而孰(孰)真也。①

它认为通俗文艺对于人的影响是极为深刻的。较之"切磋之彦,貌而不情;博雅之儒,文而丧质"的士大夫文学,通俗文学能在更深层次上触及人们的心灵,更直接地带给人们种种感动。

与白话小说的价值相关联,《警世通言序》中还有一段颇有意思的文学作品虚构论:

> 野史尽真乎?曰:不必也。尽赝乎?曰:不必也。然则去其赝而存其真乎?曰:不必也。……其真者可以补金匮石室之遗,而赝者亦必有一番激扬劝诱、悲歌感慨之意。事真而理不赝,即事赝而理亦真,不害于风化,不谬于圣贤,不戾于诗书经史。若此者,其可废乎?②

显而易见,此序的观点是文学上的真实与事实上的真实是泾渭分明的两回事,不宜将二者等量齐观。因所记述之情节并非事实(即虚构)之故而以往屡受诟病的白话小说,在虚构中亦能包含另外一种义理上的真实(即"事赝而理亦真")。"真"与"赝"并非壁立千仞地绝然对峙,而是可以相互转化的。"三言"中所收录的诸多因果报应、劝善惩恶的作品,"赝"(虚构)的味道非常浓重。然而,尽管它们从事实上来讲属"赝",但由于揭示了扬善戒恶之"理","不害于风化,不谬于圣贤",从这一意义说它们又是"真"的作品。这是该序文所持的基本态度。

"六经国史而外,凡著述皆小说也。……以《明言》《通言》《恒言》为六经国史之辅,不亦可乎?"(《醒世恒言序》)此论认为白话小

---

① 冯梦龙编撰、徐文助校订、缪天华校阅《警世通言》卷首附《无碍居士序》,台湾三民书局,1983年。
② 同上。

说堪与经史著作并峙,两者价值不相上下。这一宣言之深层思想基础,正是以上对白话小说"事真而理不赝,即事赝而理亦真"之辩证性评断。

《警世通言序》中,对编纂于民众教化有百利的白话小说集之目的,有如下叙述:

> 六经、《语》、《孟》,谭者纷如,归于令人为忠臣、为孝子、为贤牧、为良友、为义夫、为节妇、树德之士、为积善之家,如是而已矣。经书著其理,史传述其事,其揆一也。理著而世不皆切磋之彦,事述而世不皆博雅之儒。于是乎村夫稚子、里妇估儿,以甲是乙非为喜怒,以前因后果为劝惩,以道听途说为学问,而通俗演义一种,遂足以佐经书史传之穷。

此段文意非常清楚明了:通过让人们读小说而引导他们成为"忠臣、孝子、贤牧、良友、义夫、节妇、树德之士、积善之家"。一言以蔽之,小说可用作警世、教化之利器。统治者为了达到这一目的,对于文化水平不高的民众自然必须使用妇孺皆易懂易解的语言——白话。

以上大致观察了"三言"序文对于白话所持之态度。诸如此类的声音并非"三言"之孤响,它也不时回荡在明末其他文人对小说、戏曲等的相关论述中。例如人们较为熟知的王阳明《传习录》卷下中的一段:

> 先生曰:"古乐不作久矣。今之戏子,尚与古乐意思相近。"未达,请问。先生曰:"'韶'之九成,便是舜的一本戏子;'武'之九变,便是武王的一本戏子。圣人一生实事,俱播在乐中。所以有德者闻之,便知他尽善尽美,与尽美未尽善处。若后世作乐,只是做些词调,于民俗风化绝无关涉,何以化民善俗?今要民俗反朴还淳,取今之戏子,将妖淫词调俱去了,只取忠臣孝子

故事,使愚俗百姓人人易晓,无意中感激他良知起来,却于风化有益。然后古乐渐次可复矣。"①

本段叙述了取忠臣、孝子题材的戏剧,俾民众观之,由此激发他们的良知,从而起到教化之效。陶奭龄《喃喃录》卷上则将戏剧作品比拟成《诗经》,认为它们可分为颂、大雅、小雅、风等几类:

若夫《西厢》《玉簪》等诸淫媒之戏,亟宜放绝,禁书坊不得鬻,禁优人不得学。违则痛惩之,亦厚风俗、正人心之一助也。②

文中云应禁绝《西厢记》《玉簪记》等淫荡之戏,此同样是从能否"厚风俗、正人心"这一角度来衡量评判戏剧作品之优劣高下的。

田仲一成『中国祭祀演劇研究』(东京大学出版会,1981年)第二篇第二章第一节"郷居地主系社祭演劇の戯曲類型"中,把明末的日用类书《新镌增补类纂摘要鳌头杂字》里所见的戏剧对联分为忠孝类、节义类、风情类、功名类、豪侠类、仙佛类等若干类别,其中豪侠类和仙佛类仅有名目,其下未收录对联实例。"要言之,(1)忠孝类、(2)节义类、(3)功名类等鼓吹体制道德和体制内立身、保守地安抚民心的剧目占据了压倒性比重(近九成)",此"无非是手里握有社祭演剧剧目选择之实权的乡居地主阶层,对乡民强制推行和灌输体制道德的结果"(第351页)。

另外,吕坤编纂了满纸多是教化内容的《小儿语》《续小儿语》以及《演小儿语》。其中《演小儿语》是一部歌词为教育内容的童谣集,意欲通过使小儿歌唱此类童谣,来达到教育他们的目的。吕坤在《书小儿语后》中有如下言论:

---

① 王守仁撰,吴光、钱明、董平、姚延福编校《王阳明全集》上册,上海古籍出版社,1992年,第113页。
② 王利器辑录《元明清三代禁毁小说戏曲史料(增订本)》,上海古籍出版社,1981年,第268页。

> 小儿皆有语,语皆成章,然无谓。先君谓无谓也,更之。又谓所更之未备也,命余续之。既成刻矣,余又借小儿原语而演之。语云,教之婴孩。是书也诚鄙俚,庶几乎婴孩一正传哉。乃余穷自愧焉。言各有体,为诸生家言则患其不文,为儿曹家言则患其不俗。余为儿语而文殊不近体。然刻意求为俗,弗能。故小儿习先君语如说话,莫不鼓掌跃诵之,虽妇人女子亦乐闻而笑,最多感发。①

无论一部作品的内容多么高妙,首要之务都必须使人理解其语言。倘若存在语言隔阂,那么那些深思妙论都不过是缥缈的空中楼阁。这一观点,与以上所见"三言"之序文等无疑是不谋而合的。

此外关于白话,不得不提及明末时编纂的白话教材。大家所熟知的,或即张居正为教育年仅十岁就即位的万历帝而编的《帝鉴图说》。这是一本集历代帝王事迹的教科书。每则事迹均先以文言书写,再加上"解"即用白话写成的解说,尔后又附以直观的图画"图说"。不妨以"戒酒防微"条为例看看其具体情况:

> 夏史纪禹时仪狄作酒,禹饮而甘之,遂疏仪狄,绝旨酒,曰:"后世必有以酒亡国者。"
> 〔解〕夏史上记大禹之时,有一人叫做仪狄,善造酒。他将酒进上大禹,禹饮其酒,甚是甘美,遂说道:"后世之人,必有放纵于酒以致亡国者。"于是疏远仪狄,再不许他进见,屏去旨酒,绝不以之进御。②

如上例所示,该书中"解"的部分,就是将正文以白话形式加以疏解。张居正《进帝鉴图说疏》(《张太岳文集》卷三)有曰:

---

① 《吕氏遗书》道光七年序刊本所收《演小儿语》。
② 张居正、吕调扬《帝鉴图说》,《四库全书存目丛书》第282册,第316页。

> 今臣等所辑,则媺恶并陈,劝惩斯显。譬之熏莸异器,而臭味顿殊;冰镜澄空,而妍媸自别。且欲触目生感,故假像于丹青;但取明白易知,故不嫌于俚俗。①

由此可见,编者乃是为了将劝善惩恶之内容通俗浅显地传授给学习者,故在书中附以图画和"不嫌于俚俗"的白话解说。

另外,张居正还有以白话讲解经书内容的记录传世。例如《四书经筵直解》之《论语》部分:

> 有朋自远方来,不亦乐乎?
> 朋是朋友,乐是欢乐。夫学既有得,人自信从将见那同类的朋友皆自远方而来,以求吾之教诲。夫然则吾德不孤,斯道有传,得英才而教育之,自然情意宣畅可乐,莫大乎此也。所以说不亦乐乎。②

在张居正看来,万历帝年幼登基,故有必要刊刻此类书籍作为其教科书。这一事件也折射出当时白话广泛流行的景象,它不仅蔓延于市井,也渗入了宫廷。

16世纪以降,随着大量海外白银的流入,中国的商品经济蓬勃发展,大都市日益繁荣。然而同时大地主阶层又汲汲于土地兼并,以致不少人无立锥之地,被迫沦落为佃户或奴仆。在明末这一风云变幻的动荡社会中,如何坚实地经营家业才能避免走上家道中落之穷途末路,恐怕是大多数地主们最关心的头等大事。此外在明末,旧有的社会秩序持续崩塌,这无疑使士人的内心被笼罩于一种深重的危机感之中。③

---

① 张居正《张居正集》第1册,荆楚书社,1987年,第104页。
② 《四书经筵直解》卷四,日本江户刊本。
③ 参森正夫「明末の社会関係における秩序の変動について」(『名古屋大学文学部二十周年記念論集』,1979年)、岸本美緒「名刺の効用——明清時代における士大夫の交際」(氏著『風俗と時代観 明清史論集Ⅰ』所収,研文出版,2012年)等。

在这样的社会大背景下,"三言"中比比皆是的因果报应、劝善惩恶的故事,绝非偶然的天外来客,而是源自时人皆能切身体会到的严峻现实。作品中登场人物所作所为之是非善恶,善有善报、恶有恶报这种劝善惩恶的故事结局,于冯梦龙等人而言正道出了他们内心对现实之理想,同时也包含有对善者未必昌、恶者未必亡这种不合理的现实秩序之批判的意味在内。

以我们现在的眼光来审视,这些因果报应、劝善惩恶的故事,的确是为收警世之效而进行的有意编造,文学价值并不为人所普遍认可。然而冯梦龙等明末时代的人,实际上对因果报应之理是深信不疑的。

明末时与此因果报应故事的层出不穷相类似的还有一种现象,那就是善书的流行。① 学界已有研究者指出善书对白话小说的影响,并从每个具体作品出发对二者进行了比较。② 若要追问明末当时为何会出现这两种类似的现象,笔者认为它们或皆根源于同一时代之同一人群所共有的危机感和焦虑感。

正因为此种危机感深植于晚明士大夫心间,所以冯梦龙才在"三言"序文中力陈小说于人的教化之功,并创作了不少具有因果报应情节结构的教诫性作品。故而如果将此类作品中的因果报应、劝善惩恶之情节或思想视作价值低下之流而摒弃罔顾,那么或将妨碍我们正确理解冯梦龙编纂"三言"之深层意图以及当时的人们对此书爱不释手的心情。

通过小说来教化众生,引导他们成为忠臣、孝子,在晚明时代,确为迫在眉睫之事。此外,借由白话来教导更多的民众,士大夫便能更深切地理解他们的寒热冷暖、喜怒哀乐。在当时的士大夫眼

---

① 关于善书,可参酒井忠夫『中国善書の研究』(弘文堂,1960 年)、奥崎裕司『中国郷紳地主の研究』(汲古书院,1978 年)。
② 小川阳一「西湖二集と善書」(『東方宗教』第 51 号,1978 年)及「三言二拍と善書」(『日本中国学会報』第 32 集,1980 年),亦收于氏著『日用類書による明清小説の研究』(研文出版,1995 年)。

中,民众不再是以前抽象的、隔膜的"民",而已然是有血有肉的具体存在。此为晚明士大夫对民众的"发现"之一端。

二、自下而上

第一部分已简要探讨了晚明时代"白话"作品兴盛之背景的一个侧面——士大夫置身于庶民之上的立场上,以俯视的姿态对民众施行教化之时,采用平白易懂的语言白话。这一部分将从与上文相反的角度出发,考察白话兴盛之背景的另一个侧面,即士大夫从庶民中发现了自身文化圈所无有的价值,由此他们积极标举并主动融入庶民群体的白话文艺。

最能反映晚明士大夫这一思想倾向的,或即冯梦龙之《叙山歌》:

> 书契以来,代有歌谣。太史所陈,并称风雅,尚矣。自楚骚唐律,争妍竞畅,而民间性情之响,遂不得列于诗坛,于是别之曰"山歌"。言田夫野竖矢口寄兴之所为,荐绅学士家不道也。
>
> 唯诗坛不列、荐绅学士不道,而歌之权愈轻,歌者之心亦愈浅。今所盛行者,皆私情谱耳。虽然,桑间濮上,《国风》刺之,尼父录焉。以是为情真而不可废也。山歌虽俚甚矣,独非郑卫之遗欤?且今虽季世,而但有假诗文,无假山歌。则以山歌不与诗文争名,故不屑假。苟其不屑假,而吾籍以存真,不亦可乎?
>
> 抑今人想见上古之陈于太史者如彼,而近代之留于民间者如此,倘亦论世之林云尔。若夫借男女之真情,发名教之伪药,其功于《挂枝儿》等。故录挂枝词,而次及山歌。①

开头第一段指出《诗经》的两个系列——"风"与"雅";"诗坛之诗"为

---

① 冯梦龙《叙山歌》,《冯梦龙全集》第42册,上海古籍出版社,1993年。

"雅"之末裔,"山歌"则是"风"之末裔。从这种将二者相对立的观念图式中,不难看出冯梦龙显然对其中"田夫野竖"随性咏唱的"山歌"之价值的评断是相当高的。那么为何在他眼里,乡野庶民之歌谣的价值高于诗坛之诗呢?冯梦龙认为诗坛之诗充斥着"假",而山歌则蕴含了更多的"真"。也就是说,在冯梦龙的观念里存在着这样一种图式:"假"的是士大夫,"真"的是庶民。鉴于此,冯梦龙采集了近四百首苏州地区的民间歌谣,辑为《山歌》一书。

中国的文艺既反映"田夫野竖"与"荐绅学士"的社会阶层之差异,冯梦龙将批判的矛头指向"荐绅学士"这一社会阶层以及他们所立身的"名教",自是顺理成章之事。此处"借男女之真情,发名教之伪药"一语,是《叙山歌》中最具冲击力的部分,屡屡为后人称引。该序不仅从文艺理论层面对当时之诗文进行了批判,还站在社会批判的高度对"荐绅学士"及其立身之"名教"毫不留情地予以抨击,其瞄向的阵线可以说是极为深长的。①

从深层次上看,冯梦龙的这种观念,许是脱胎于李卓吾以及袁宏道等公安派文人的言论。例如袁宏道曾在其《叙小修诗》(《锦帆集》卷二)中有这样一段代表性论述:

> 且夫天下之物,孤行则必不可无。必不可无,虽欲废焉而不能。雷同则可以不有。可以不有,则虽欲存焉而不能。故吾谓今之诗文不传矣。其万一传者,或今闾阎妇人孺子所唱"擘破玉"、"打草竿"之类。犹是无闻无识真人所作,故多真声。不效颦于汉魏、不学步于盛唐,任性而发,尚能通于人之喜怒哀乐嗜好情欲,是可喜也。②

---

① 关于冯梦龙的《山歌》,请参考拙著『馮夢龍『山歌』の研究』(日本劲草书房,2003年;中文版,复旦大学出版社,2017年);有关《叙山歌》,参看拙作「馮夢龍「叙山歌」考—詩経学と民間歌謡—」,『東洋文化』第71号,东京大学东洋文化研究所,1990年,亦收在拙著『馮夢龍と明末俗文学』,汲古书院,2018年。
② 袁宏道《锦帆集》卷二,《续修四库全书》第1367册,第671页。

在袁宏道眼中,"间阎妇人孺子所唱'擘破玉'、'打草竿'"之类的俗曲,因是"无闻无识真人所作",故为可传衍至后世的"真诗"。而袁宏道的这一主张又是受李卓吾思想的启发而来。李卓吾在其《童心说》(《焚书》卷三)中有云:

> 天下之至文,未有不出于童心焉者也。苟童心常存,则道理不行,闻见不立,无时不文,无人不文,无一样创制体格文字而非文者。诗何必古选,文何必先秦。降而为六朝,变而为近体;又变而为传奇,变而为院本,为杂剧,为《西厢》曲,为《水浒传》,为今之举子业,皆古今至文,不可得而时势先后论也。故吾因是而有感于童心者之自文也,更说甚么六经,更说甚么《语》《孟》乎?①

在李卓吾的观念里,卓越的文学作品皆源自"童心";但凡是发于"童心"之作,无论是诗,还是戏曲,抑或小说等,它们就无高下之分。他对《西厢记》《水浒传》之价值予以了充分肯定。

然而实际上这一文学思想并非萌芽于明代中后期,而可往前追溯至更早的时候。明代复古派代表人物李梦阳(1472—1530)之《诗集自序》(《空同先生集》卷五〇)中有如下一段:

> 李子曰,曹县盖有王叔武云。其言曰:"夫诗者,天地自然之音也。今途咢而巷讴、劳呻而康吟、一唱而群和者,其真也,斯之谓风也。孔子曰,礼失而求之野。今真诗乃在民间,而文人学子顾往往为韵言,谓之诗。夫孟子谓'诗亡,然后《春秋》作'者,雅也。而风者,亦遂弃而不采,不列之乐官。悲夫。"李子曰:"嗟,异哉,有是乎?予尝听民间音矣。其曲胡,其思淫,

---

① 李贽《焚书 续焚书》,中华书局,1975 年,第 99 页。

其声哀,其调靡靡,是金元之乐也,奚其真?"王子曰:"真者,音之发而情之原也。"①

此序文由李子(即李梦阳自己)与王崇文(字叔武)往复论辩之对话的形式构成。王崇文的根本观点是"真诗乃在民间",即从民间歌谣中可觅得宝贵的"真",对此李梦阳试图予以逐一反驳。然而他的反驳被悉数否定,最后以"李子闻之惧且惭,曰'予之诗,非真也,王子所谓文人学子韵言耳'"这样痛心疾首的自我批判而告终。

李梦阳该序中"今真诗乃在民间"一句,认为当今民间咏唱的歌谣即为"真诗",尤为振聋发聩。另外,他还把此民间之"真诗"与文人学士所作的"韵言"视若水火。"真诗乃在民间",换言之,即文人学士所作之诗丧失了"真"之品质。李梦阳身处士人阶层,却否定士大夫之诗,而由衷褒赏乡野市井饱蕴素朴真情的歌谣。沈德符《万历野获编》卷二五"时尚小令"条记载:

元人小令,行于燕赵,后浸淫日盛。自宣、正至成、弘后,中原又行"锁南枝"、"傍妆台"、"山坡羊"之属。李崆峒先生初自庆阳徙居汴梁,闻之以为可继《国风》之后。何大复继至,亦酷爱之。今所传"泥捏人"及"鞋打卦"、"熬髢髻"三阕,为三牌名之冠,故不虚也。②

据此可见,李梦阳与同是复古派文人的何景明(1483—1521)在实际上皆对俗曲颇有兴致。

李开先《闲居集》卷六收录了《市井艳词序》《市井艳词后序》《市井艳词又序》《市井艳词又序》等四篇序文。其中《市井艳词序》中有如下之语:

---

① 李梦阳《诗集自序》,《空同先生集》卷五〇,台湾伟文图书出版社,1976年,第1436页。
② 沈德符《万历野获编》卷二五,中华书局,1959年,第647页。

> 忧而词哀、乐而词亵,此古今同情也。正德初尚"山坡羊",嘉靖初尚"锁南枝",一则商调,一则越调。商,伤也;越,悦也。时可考见矣。二词哗于市井,虽儿女子初学言者,亦知歌之。但淫艳亵狎,不堪入耳。其声则然矣,语意则直出肺肝,不加雕刻,俱男女相与之情,虽君臣友朋,亦多有托此者,以其情尤足感人也。故风出谣口,真诗只在民间。三百篇太半采风者归奏,予谓今古同情者此也。尝有一狂客,浼予仿其体,以极一时谑笑。随命笔并改窜传歌未当者,积成一百以三,不应弦,令小仆合唱。①

他收集市井艳词的理由,可以从"虽儿女子初学言者,亦知歌之"、"语意则直出肺肝,不加雕刻,俱男女相与之情,虽君臣友朋,亦多有托此者,以其情尤足感人也。故风出谣口,真诗只在民间"等这些句子中寻找到答案。李开先不仅在理论上对市井艳词大力举扬,还在实际上改作、拟作了不少此类艳词,并俾小仆合唱,将它们集结成册。此外,宋懋澄《听吴歌记》(《九籥前集》卷一)有载:

> 乙未孟夏,返道姑胥。苍头七八辈,皆善吴歌。因以酒诱之,迭歌五六百首。其叙事陈情,寓言布景,摘天地之短长,测风月之深浅。……皆文人骚士所啮指断须而不得者。乃女红田畯,以无心得之于口吻之间。岂非天地之元声,匹夫匹妇所与能者乎?②

可见宋懋澄亦对此类歌谣甚是钟情,曾于万历二十三年(1595)特意召集善吴歌之下仆,聆听他们的歌唱。

通过以上数例,我们已不难发现嘉靖至万历年间,诸如这般对庶民歌谣满怀热情并积极搜集记录的士人并非凤毛麟角。

---

① 李开先《闲居集》卷六,《续修四库全书》第1341册,第3页。
② 宋懋澄《九籥前集》卷一,《续修四库全书》第1373册,第629页。

结　　语

　　以上对明末时代如火如荼创作和出版的白话文学作品之隆盛的背景从两个不同的侧面分别进行了简单考察。概言之,一方面是士大夫为教化庶民、回复社会秩序,故采用平白晓畅、人人皆易理解的白话;另一方面则是士大夫从庶民群体中发现自身所丧失的品格,由此对庶民文艺不遗余力地推举。无论从哪个角度来看,或皆可归结为晚明士大夫发现崭新的庶民形象和庶民价值,即本文标题所谓之"发现民众"。士大夫之"发现民众"是晚明通俗文学兴盛的一个很重要的背景。

（王汝娟　译）

从俗文学看明清的城市与乡村、中央与地方

前　　言

关于"族群、迁徙与文化"这个议题,本文将从笔者所关心的文学的角度,特别是俗文学的范围提出对中国的城市与乡村、中央与地方的一点拙见。围绕此议题,笔者曾发表《从俗文学看中国的城市与乡村、中央与地方》(《现代中国》第 66 号,1992 年,第 20—28 页)一文。本文是根据此论文加以增订而翻译成中文的。

笔者开始意识到中国的地方性的契机应该可以溯自 1984 年 9 月到 1985 年 8 月间前往上海复旦大学留学的那一年。留学生活中令笔者印象最深刻的莫过于上海的方言——上海话。未到上海之前已听闻中国的方言种类相当多,各个方言之间的差距很大,实际到达上海,行走在街上,才发现上海人说的话完全听不懂。在上海生活的经验,让笔者深切地感受到中国方言的存在。

前往中国大陆时感受到了所谓方言的差异性,这经验让笔者不得不去考虑关于中国的地方性,也就是地域性的问题。此外,不只是语言的问题,笔者在上海留学期间游览了中国大陆许多地方,深刻地感受到食物的调味,抑或各地方人们的气质个性等都具有地方的特色。这一切有关地域性的问题,倘若只是在日本坐于书桌前阅读中国的文献,恐怕一辈子也无法感受得到也说不定。

一般所谓的田野调查、现场调查研究,乃是亲自到现场去体验,但因为人的身体只有一个,进入现场后,便只能够感受到身体所在地的种种。也就是说,我们前往中国大陆能够体验到的是依北京、上海、广州等地的不同所呈现的单一地区的特色。事实上,一个人要道尽中国这个国家的一切是不太可能的。用一种比较极端的说法来说,我们所谓的"中国文学"或是"中国哲学"这样说法,虽然使用的是"中国",然而多半是无视于各地域的差异性来总括讨论的,在那个只能够通过书本取得中国信息的时代当然无法苛求,不过在可以自由地前往中国各地现场勘察的时代,是否能暂且放弃使用"中国"这个标签?

一、语言的阶层性——
方言、官话、文言

前文所述的关于方言与地方性的问题,在讨论俗文学时,因其与方言具有直接的关联,更显其重要性。

在此笔者想用一个描写地域以及语言和文学之间的关联的金字塔模式来解说。首先,有关中国的语言,若选取某一区域来讨论,如图1所表示的,有方言、白话(官话)和文言等阶层。在此,"白话"所指的是书写"官话"的言语。这当中文言和白话是书写的语言,而官话和方言基本上是口头语言。

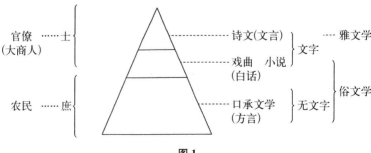

图1

此外,这个金字塔图形所显示的还包括各种语言的使用人数,其中使用方言的人在最底层人数最多,当中有少数人使用白话(官话)和文言。这样的分布情况同时也显现出中国人学习语言的进程。不论是什么人,出生以后最初所使用的语言就是方言。这当中有人一生只使用方言,没有进入学习文字的阶段,也有人通过教育来学习文字、白话(官话)和文言。但是要注意的是,习得文言或白话(官话)的人并不代表舍弃了原来使用的方言。即使是具有使用'文言'与作诗文能力的人,(至少在跟同乡人间)用语言交谈的时候还是会使用自己的方言,这意味着自身脚下还是沉浸在方言的世界里。中国的知识分子因为必须参加科举考试,故而从年少的时候就开始读"四书五经",他们最初诵读这些经典时,使用的便是各地的方言。

这个语言的金字塔图形也可表示出相对应的社会阶层(图1左侧)。意即在中国的人口比率以农民占其中的大多数,他们一辈子都在方言的世界中,至于以通过科举考试达到仕宦目标的,以及足迹遍及各地的从商者则操用第二和第三语言的文言与白话(官话)。语言和社会阶层有对应关系,乃是基于中国的文字教育需要时间与费用,因此我们认为两者之间具有相对应的关系。①

至于文学乃因其以语言作为媒介,因此必然会产生和语言使用阶层相对应的各种各样的文学作品(如图1右侧)。用文言表现的诗文作品,以及以白话作为书写载体的戏曲和小说,都是使用文字来表现的文学作品,此外,还有不以文字作为媒介的口传文艺,像是歌谣与传说等(这当中也有后来被文字化的)。过去在中国对于这些作品的评价方式,依序是用文言书写的诗文价值最高,用白话书写的戏曲与小说评价比较低,至于口传文艺最初并不被列入文学的范

---

① 科举制度与当时知识分子的文言或官话教育有密切的关系。参阅拙稿「明清時代の科挙と文学——八股文をめぐって」,『中国——社会と文化』第7号,1992年,第83—96页。

畴中。这应该可以说是,个别的文学类型相对应于相当程度的语言,而那语言的程度是从对应于社会的领导阶层或是庶民阶层的差异中自然地引导出的价值观。

那么,在这里我们先假设一个区域,看在那范围里的语言、文学和社会阶层,如何具体地考量这个区域的范围有多大,在此笔者想以单一的表演艺术所能达到的通用范围来讨论。和其他文类比较起来,用戏剧来探讨比较容易,全中国大约有三百种的地方戏剧,而中国约有三十个直辖市、省和自治区,单纯地来计算,一个省约有十种地方戏剧。① 这个数字实际上与在 1960 年前后刊行的《中国地方戏曲集成》(中国戏剧出版社,1958—1963 年)各卷的卷头所附的各省戏曲剧种分布图相较并没有太大的差距。笔者认为可以将单一表演艺术圈视为一个区域。因为一省有十种剧种,理论上大约与行政区域划分而成的一府相当。

1991 年的夏天,笔者有机会到中国做田野调查,前往江西省南丰县水南村,那是一个以消灾招福为目的演出面具戏或跳面具舞的游唱艺人辈出的村落。② 就当地调查听取到的内容来看,他们的活动范围是以南丰为中心,向北延伸到宜黄、南城、黎川;往南到达广昌、东至越过省界的福建省建宁,这些城市的位置大约都与南丰相距约五十公里的地方,他们的活动范围是以南丰为中心直径约一百公里的地区。他们的活动范围越过了行政区上以府作为划分的界线(该区域在清朝时称为建昌府,而南城就是当时的府城)。民间艺人的行动确实是很有趣,建宁府在行政划分上虽是属于福建省,但从语言上来看,却是属于江西方言区的抚广(抚州、广昌)片,这是由《中国语言地图集》(香港朗文书店,1987)中的《江西省与湖南省的汉语方言》得到确认的,这与笔者所假设的非常相符。此外

---

① 《中国大百科全书·戏曲、曲艺卷》"中国戏曲剧种",中国大百科全书出版社,1983 年,第 587—605 页。
② 关于水南村的傩舞,参阅田仲一成『中国巫系演劇研究』第一篇结章,东京大学东洋文化研究所,1993 年,第 337—354 页。

就面积上来说,他们活动的范围大约相当于建昌府一府的范围。无须说,这活动范围对艺术表演者维持生计来说是相当足够的。关于他们的活动范围里的交通等问题的探讨也是笔者相当感兴趣的部分。

笔者对一个地区的观察即如上述所陈,至于整个中国就是众多如图1所示的金字塔的罗列。只是虽然说呈罗列状,但是各区域之间并非没有相互的联结,像读书人或商人是行走于全国各地,便架起了全国性的网络。

二、"城市的表演艺术"与"乡村的表演艺术"

以上的论述是以单一区域关于语言和文学所绘出的概念图,接着下来则是要看看在一个区域中,实际上有什么样的表演艺术在演出,同时也将城市与乡村作为衡量的基准纳入讨论。关于这个问题,笔者在「芸能史からみた中国城市と郷村の交流——一つの試論—」(『東洋文化』第69号,1989年,第211—237页)一文中讨论过,在此则以该篇文章作为基础,再加上其后的新认识来论述之。

这篇论文首先以描绘了清代乾隆时期苏州地方的乡村与城市样貌的《盛世滋生图》作为底本,从中看到了城市和乡村各自有何表演艺术的演出。其结果如下:

(乡村)

1. 山歌(乡)

2. 俗曲・说唱故事(乡・城)

3. 戏剧(乡)

(城市)

1. 戏剧(城)

2. 俗曲·说唱故事(乡·城)

3. 杂技(乡·城)

4. 山歌(乡)

括号当中的"农"或"城"所指的是该表演艺术是起源于乡村或是源自城市。所谓"表演艺术"原本就有在城市形成发展与在乡村形成发展两类。虽然苏州在过去的中国是大城市,然而在这里所看到的是,不论是源于城市或乡村的表演艺术,在这里是并存的。同时这两者之间又有相互的交流,也互有影响。

笔者想就歌谣来讨论。歌谣当中有属于乡村的歌谣(山歌)、有属于城市的流行歌曲(俗曲),两者是并存的。尤其是城市俗曲对乡村的浸透力很强,可以说城市里有没听到山歌的时代,而在乡村却是不存在没有听过俗曲的时代(当然这是苏州这个大城市近郊乡村的情况)。不过,山歌与俗曲即使是同时存在,若将时间的跨度拉长来看,似乎有乡村的山歌较盛而自行推向城市的时代与城市俗曲占优势的时代。明末苏州人冯梦龙(1574—1646)编有《挂枝儿》与《山歌》两种歌谣集。《挂枝儿》属于城市的俗曲,而《山歌》则是源自乡村。简单地说,住在大城市苏州的冯梦龙能够搜集到乡村的山歌,应该就意味着明末已经是乡村山歌取得优势的时代,因此即使在苏州城里也听得到乡村山歌(冯梦龙会兴起想要搜集从来就被认为没有价值的山歌的想法,甚至真的去实现,无须多说,乃是因为当时有这样的重视俗文学的文学和思想背景)。① 冯梦龙《山歌》所收的歌含有不少男女的赤裸裸的爱情歌曲。其大胆的内容与它的用苏州方言的表达方法有密切的关系。举一两首为例:

---

① 关于《挂枝儿》与《山歌》,参拙稿「馮夢龍『山歌』の研究」,『東洋文化研究所紀要』第105册,1988年,第57—241页;「俗曲集『掛枝兒』について—馮夢龍『山歌』の研究・補説—」,『東洋文化研究所紀要』第107册,1988年,第89—118页;《冯梦龙〈山歌〉研究》,复旦大学出版社,2017年,第二章;《晚明俗文学兴盛的精神背景》,《世变与维新》,2001年,第103—126页,又收于本书。

看(卷一)
小年纪后生弗识羞,
那了走过子我里门前咦转头。
我里老公谷碌碌介双眼睛弗是清昏个,
你要看奴奴那弗到后门头。

又:

半夜(卷一)
姐道我郎呀,尔若半夜来时没要捉个后门敲,
只好捉我场上鸡来拔子毛。
假做子黄鼠郎偷鸡引得角角哩叫,
好教我穿子单裙出来赶野猫。

笔者曾经在分析《山歌》里所收的每一篇歌曲的时候,特别留意每一首歌被传唱的"场所",分析出(1)原本源于乡村的歌、(2)流入城市市井的歌、(3)在妓院被传唱的歌,以及(4)文人拟作的歌等四种,并提出收录在《山歌》卷七、八、九的长篇山歌,是叙情山歌的故事化,可视为往戏剧发展的过渡期作品。乡村的山歌传到城市,发展成为戏剧,这在明末以前的南宋戏文里也能看到相关的资料,此外,后来在清末出现的山歌剧也是很好的佐证。实际上,如上关于明末山歌的发展模式也是由清末山歌剧的讨论所引导出来的。例如,现在以上海为中心的越剧原来也是清末时代绍兴乡村的山歌,而流传到绍兴的城市。先是成为可以弹唱的表演艺术,之后再流传到上海这个大城市而戏剧化,有着这样的演化路径。经过此种演化路径的戏剧不仅止于越剧,还有东北的二人转、天津的评剧等。现在被称为某某剧的,大多数是清末时期从乡村流传到城市所发展出来的(被称为"剧"是在中华人民共和国成立以后)。也就是说,乡村在这

个时期已经开始凋敝,生活也相当困难,几乎到了要向人乞讨的地步,因而表演者不得不携艺出走。在此同时,城市则异常地繁荣,于是到城市去也许生活还能有着落的想法在那些原来住在乡村的艺人身上萌生。

如上所言,城市的表演艺术与乡村的表演艺术之间具有相互的关系,也就是说:从城市流向乡村趋势显著的时代,与从乡村流入城市倾向明显的时代,这两种时代交互作用。

三、两种不同的"俗文学"——"乐曲系"与"诗赞系"

以上是以歌谣作为主要的材料来讨论城市的表演艺术和乡村的表演艺术,而这些可以说与戏剧也有所关联,像这样的说法近年来更是益发受到认可。20世纪80年代末期到90年代初期,为了调查当时被发现与介绍并引起很大风波的一连串宗教戏剧,笔者屡次前往中国大陆。当时有两个主要受到关注的剧种,分别是"傩戏"与"目连戏",当中傩戏可以说是与日本的"神乐"相当,是一种演出者戴上很多种面具演出的乡村剧。在此之前,中国被认为并没有出现面具戏,然而事实上是存在的。此外,在此之前关于戏剧的起源说被认为是"劳动起源说",但实际上,如傩戏般对宗教起源说有利的材料却不断出现。为了做此调查,笔者前往了四川、贵州、江西、安徽、江苏和浙江等地。因为是古老的剧种,所以偏远山区留存下来的比较多。①

傩戏的问题涉及很广泛的范围,其中有它在上演时所使用的底本的问题。傩戏所使用的底本大多是七言且是很长的连绵体的说唱(叙事诗)形式,这与20世纪60年代在上海嘉定县的墓地发掘出来的《成化说唱词话》的说唱形式几乎是完全一样的,而且当中的

---

① 关于傩戏,参阅田仲一成『中国巫系演劇研究』,第1153页。

《花关索传》等几篇,被作为安徽省贵池所上演的傩戏的脚本,至今仍被使用着。① 简而言之,过去的戏剧研究者对此傩戏完全没有注意到。叶德均(1911—1956)把过去的讲唱文学整理为"乐曲系"与"诗赞系"两大类。② 金代的《董解元西厢记》、元代的杂剧、明代的传奇等都是属于"乐曲系"的戏剧,是比较高级的戏种。而敦煌所发现的变文、明代的《成化说唱词话》、民间的鼓词、弹词等都属于"诗赞系",是较通俗的说唱艺术。上述提到最近被发现的傩戏唱本则都属于"诗赞系"的。意即在俗文学的领域里,还是有所谓高级的俗文学与非高级的俗文学。③

关于这个问题,至今仍有继续追问的必要,再怎么说,令人觉得不可思议的是,像在贵州"地戏"那样,即使是从艺术性的视点来看,几乎是达到了完整的境界,然而在此之前的中国戏剧史研究中,却完全没有被注意到。④ 这当中的理由应该可从两方面来说,首先从农民的立场来说,因为基本上像这样与宗教仪式相结合的戏剧,解放后一直不能再演出,但最近政府对乡村实行怀柔政策,缓和了以前的紧缩局势,于是傩戏一下子复活了起来。其次,再从研究者的角度上来说,在此之前,如同前文所述,因为戏起源于劳动说的权威性难以动摇,实际上也不可能提出与此相左的看法,再加上近年来由于改革开放的政策,使得研究者可以自由地引进海外的研究成果。在这个层面的意义上,傩戏的研究可以说是当代中国与海外研究动向间的链条。

回过头来说,着眼于一个地区时,会有如上所述的各种各样的

---

① 关于贵池的傩戏与《成化说唱词话》的关系,有王兆乾《池州傩戏与明成化刊本〈说唱词话〉——兼论肉傀儡》(《中华戏曲》第 6 辑,1988 年)里详细的介绍。又关于《花关索传》,参阅井上泰山、大木康、金文京、冰上正、古屋昭弘『花関索伝の研究』,汲古书院,1989 年。
② 叶德均《宋元明讲唱文学》,见叶德均《戏曲小说丛考》,中华书局,1979 年,第 625—688 页。
③ 小松谦「詩讃系演劇考」(《富山大学教養部紀要》第 22 卷 1 号,人文・社会科学篇 别册,1989 年);金文京「詩讃系文学試論」(《中国——社会と文化》7,1992 年)。
④ 关于安顺地戏有拙稿「安順地戯調査報告」,见田仲一成编《东亚农村祭祀戏剧比较研究》,东京大学东洋文化研究所,1992 年,第 39—65 页。现收于本书。

情况浮现。在此之前,关于文学的问题,很少从地域的侧面来进行研究。今后将从这个研究方向出发,并试着持续检讨之。

四、"地方的表演艺术"与"中央的表演艺术"

以上论述主要是有关区域的问题。一个区域可以说是如同一个小宇宙般,各自完成各种形态的文学,而这些各自拥有不同特性的地区的集合体,就是中国的总合。的确,像这样纵使单一地区的独特性受到认可的另一方面,还是存在着不管到中国的哪个地区,总是会让人感到中国就是中国的印象(比方说,虽有三百种的地方戏剧,但用眼睛粗略来看,看起来差异不大,差异只在其语言而已)。在这里,地区与地区、中央与地方的交互关系也随之形成。以下将透过此一问题略述之。

首先是关于歌谣流行的问题。明末时期,《挂枝儿》等俗曲,从华北往南流传,造成全国性的流行(冯梦龙编有《挂枝儿》)。沈德符《万历野获编》卷二五《时尚小令》有:

> 元人小令,行于燕赵,后浸淫日盛。自宣、正至成、弘后,中原又行"锁南枝"、"傍妆台"、"山坡羊"之属。李崆峒先生初自庆阳徙居汴梁,闻之以为可继《国风》之后。何大复继至,亦酷爱之。今所传"泥捏人"及"鞋打卦"、"熬鬏髻"三阕,为三牌名之冠,故不虚传也。自兹以后,又有"耍孩儿"、"驻云飞"、"醉太平"诸曲。然不如三曲之盛。嘉、隆间,乃兴"闹五更"、"寄生草"、"罗江怨"、"哭皇天"、"干荷叶"、"粉红莲"、"桐城歌"、"银纽丝"之属。自两淮以至江南,渐与词曲相远。不过写淫媟情态,略具抑扬而已。比年以来,又有"打枣竿"、"挂枝儿"二曲。其腔调约略相似,则不问南北,不问男女,不问老幼良贱,人人习

之,亦人人喜听之,以至刊布成帙,举世传诵,沁入心腑。其谱不知从何来,真可骇叹。①

如上所示,这些俗曲呈现全国性的流行。笔者认为像这样的俗曲,跨越了不同方言之间的阻碍,而流传到全国各地的各个社会阶层,就是因为当时的妓院起了流行据点的作用。各地的青楼就是一个一个的据点,俗曲从那里起始而流传到整个区域。而且据点与据点之间,有像官僚、商人那样的人物,在游走各地时一并将俗曲带走,因而形成如此的一个结构吧。②

其次,就前文所述,有所谓乡村的表演艺术较繁盛的时候,也有城市的表演艺术较活络的时代,关于中央与地方之间似乎也可以说有相同现象。③ 例如,唐代中央(宫廷)的表演艺术,流传到地方的情形十分显著(其中的例子是杜甫[712—770]的《江南逢李龟年》和白居易[772—846]的《琵琶行》)。相对于此,从地方传到中央的表演艺术的代表则是京剧。京剧的发展历史是距今约二百年前从安徽传到北京的地方剧团,在宫中受到保护,而后又流传到全国,至今京剧中某种语句的发音被认为还残留着安徽方言。以京剧的情况来看,正是属于由地方进入中央,以及从中央流向地方,经历两种流传方式的剧种。④

结　　语

通过以上论述可以了解到探讨中国文学尤其是俗文学的时候,

---

① 沈德符《万历野获编》卷二五,中华书局,1980年,第647页。
② 关于此点,参阅拙稿「俗曲集『掛枝児』について—馮夢龍『山歌』の研究・補説—」,『東洋文化研究所紀要』第107册,1988年,第89—118页。
③ 关于中央与地方,参阅拙稿「芸能史からみた中国城市と郷村の交流——一つの試論—」,『東洋文化』第69号,1989年,第211—237页。
④ 苏移《徽班演变的四个阶段——京剧形成问题初探》,《京剧史研究》,学林出版社,1985年。

必须将地域性的问题纳入研究视野;同时在另一方面,地域与地域,或是中央与地方之间的相互关系,也是必须加以考虑的。中国的俗文学便是在上述基础上发展而来的。从中央与从地方,由上与由下,经由这两方面作为切入角度所捕捉到的中国,从中能看到其多样化的面相。从此视角所展开的俗文学研究,对于了解中国的社会结构也裨益良多。这种方法尤其在外国人的中国研究中能提供很有效的视点。

通俗文艺与知识分子
——中国文学的"表"与"里"

前　言

一直以来,笔者都以明末清初的江南文学为中心,对当时的社会文化进行研究。那么,这个笔者执着的明末,究竟是个怎样的时代呢?执着于此的意义何在?首先,这或许是由于明末是中国通俗文艺史上集大成且最为多产的时代。具体而言,明末以前,在小说方面只有《西游记》的前身《大唐三藏取经诗话》、历史演义的前身《全相平话》等一类作品而已。到了明末,除了《三国志演义》《水浒传》《西游记》《金瓶梅》以及短篇的"三言二拍"之外,还出版了为数众多的小说。究竟是什么缘故而产生了像这样突如其来的变化呢?

以现在的角度来看,在明末,这个被视为中国通俗文艺的黄金时代,戏曲、小说、歌谣俗曲等的通俗文艺究竟占据着怎样的地位呢?

现今的"世界文学全集"里,将《水浒传》《红楼梦》视为中国文学的代表而收录其中,并非是件不可思议的事。然而,小说的价值受到高度评价,是受到了欧洲近代文学的影响。在中国,从20世纪初,受到欧洲文学观的影响而产生的胡适的文学革命以来,作为"国民文学"范本的白话小说的评价日益提高,戏曲及小说的发掘与研究也以此为契机而展开。

然而,在赋予小说过高的文学地位的同时,也有人提出了像"文学革命前,小说在中国的地位并非如此崇高"的反思。幸田露伴的

《古代支那文学中的小说地位》(1926年发表,《露伴全集》第十八卷)、吉川幸次郎的《中国小说的地位》(1946年发表,《吉川幸次郎全集》第一卷)都提出了这样的观点。吉川教授明确地表示:

> 在过去的中国社会里,小说的地位,与在西洋近世社会中的地位,及我国现今社会中的地位有明显的差异。它并非是具有价值的存在,而是反价值的存在;与其说是文化,不如说是非文化。①

此外,根据狩野直喜的《支那小说戏曲史》的记载,在日本大正五年(1916)京都大学的"支那小说史"课程中,开头的第一章"总论"也提到:"作为支那文学的一部分,我将讲述关于小说与戏曲的一部分。在此必须预先提及的是,诚如众所皆知,在中国,这类文学并未如他国般的发达。"②

"在中国,小说原本就文学地位低微"的观点,基本上并没有错误。然而我们也不能忽略,狩野、吉川两人在主张小说价值低微的同时,也指出了小说广为众人阅读的一面。由于小说受到广泛阅读一事亦属事实,所以通俗小说是否真有如日荫下的花朵般见不得光的疑问也因此产生。

迄今为止,论述者多半在垂直方向的价值坐标轴上——即在雅俗价值的直线上——思考相对于诗文的小说的价值。在狩野氏的《支那小说戏曲史》总论中可以看到这样的说法,"中国人是有着表里两面的人。纵使表面上说着小说并非士君子应该阅读的东西并予以排斥,背地里却几乎没有不爱读小说的人"。③ 在此,笔者(虽然与狩野氏在意义上有所不同)试图从坐标轴水平方向上的表里关系

---

① 吉川幸次郎「中国小説の地位」(1946年发表),『吉川幸次郎全集』第一卷,筑摩书房,1973年,第201页。
② 狩野直喜『支那小説戯曲史』,みすず书房,1992年,第3页。
③ 同上书,第4页。

来思考小说的定位。本篇论文首先想探讨"小说"的概念,然后针对知识分子进行论述。接着重新检讨以往在讨论中国文学时屡屡用到的雅俗概念,期望可以成为论究整体中国文学的契机。

环绕小说的诸多问题

中国的"小说"是什么,是个相当复杂的问题。若提到中国小说史的话,鲁迅的《中国小说史略》(1923、1924 年新潮社初版)是最早出版,并奠定了至今为止的小说史架构的著作。鲁迅在《史略》的开头,相当于总论的第一篇《史家对于小说之著录及论述》中,引用胡应麟《少室山房笔丛》卷二九中的"小说"分类而将"小说家"一项分成六种类型,并进行论述:①

  志怪 《搜神》《述异》……
  传奇 《飞燕》《太真》……
  杂录 《世说》《语林》……
  丛谈 《容斋》《梦溪》……
  辩订 《鼠璞》《鸡肋》……
  箴规 《家训》《世范》……

在此,值得注意的是,鲁迅只触及了胡应麟所提的小说六种分类中的前三项。对于后三项,即广义上被称为"笔记小说"的作品群,鲁迅则彻底地将它们从小说史的范畴中割舍掉。

这个情况同样可见于《史略》第一篇中,所引用的有关清代《四库全书总目提要》子部小说家类的论述。鲁迅举出其《小说家类序》中的"(小说家类)凡有三派,其一叙述杂事,其一纪录异闻,其一缀

---

① 鲁迅《中国小说史略》,《鲁迅全集》,人民文学出版社,1982 年,第 8 页。

辑琐语也",并从各派中提出下列的例子。

> 杂事:《西京杂记》《世说新语》
> 异闻:《山海经》《穆天子传》《搜神记》《续齐谐记》
> 琐语:《博物志》《述异记》《酉阳杂俎》《续集》①

然而,实际翻阅《四库全书总目提要》的话,其中关于杂事的部分,除了这里列举的作品之外,还有如《刘宾客嘉话录》《云溪友议》《北梦琐言》《涑水纪闻》等大量的笔记小说。鲁迅似乎是尽量不将这些作品放入"小说史"的框架中。

这是为什么呢？或许是由于鲁迅想把小说彻底地局限在民间创作的范畴里,想要割舍掉知识人的作品的缘故。这个状况也可从《史略》的叙述片段中窥见。例如,第二篇《神话与传说》有云:

> 《汉志》乃云出于稗官,然稗官者,职惟采集而非创作,"街谈巷语"自生于民间,固非一谁某之所独造也,探其本根,则亦犹他民族然,在于神话与传说。②

从这个论述中,我们似乎可以看到,鲁迅无论如何都着重于"民间"与"民族"。同样地在第三篇《汉书艺文志所载小说》中有云:

> 其所录小说,今皆不存,故莫得而深考,然审察名目,乃殊不似有采自民间,如《诗》之《国风》者。③

鲁迅暗自的以作品是否采自民间为标准,划分了界线。

---

① 鲁迅《中国小说史略》,《鲁迅全集》,第8—9页。
② 同上书,第17页。
③ 同上书,第27页。

试图将小说与民间直接联系的想法,追根究底来说,或许是受到了胡适等人的文学革命的影响。这个时代的基本潮流是反封建的,文言文学被贴上封建的标签,相反地,白话文学则受到了厚遇。鲁迅意图强调民间文艺的价值,纵使是曾被归类为"小说"的作品,也因其不属于"民间"文艺而予以割舍。这必定是受到了肯定民间文艺价值、贬低知识人文艺的时代潮流的影响。

这样的观点在1949年后依然延续不变。中华人民共和国成立后,以人民史观为基础的文学观成为主流,使得这样的倾向益加明显。例如,北京大学中文系1955年级《中国小说史稿》编辑委员会的《中国小说史稿》(人民文学出版社,1960年)中,便完全没有触及所谓的笔记小说。

那么,在此让我们重新回到"小说"是什么这个问题。如同从鲁迅以来所指出的,"小说"这个词语最早见于《庄子》外物篇的"饰小说以干县令"。这里的"小说"很明显地是与"大说"相对而言,也就是不登大雅之堂、无聊而价值甚低的言论。我想这恐怕是"小说"一贯的根本定义。

倘若我们再次回到先前提及的胡应麟,必然会产生鲁迅为何将笔记小说切割掉的疑惑。若是就"与天下国家无关的无聊故事"这样的定义来看,无论是否出自文人手笔,都可以符合小说的定义。又,小说的描述是否属实完全不重要。比方说,翻开正统派文人司马光所书写的《涑水纪闻》,在卷一中可以看到关于宋太祖的记事。例如:

> 太祖之自陈桥还也,太夫人杜氏、夫人王氏方设斋于定力院。闻变,王夫人惧,杜太夫人曰:"吾儿平生奇异,人皆言当极贵,何忧也。"言笑自若。太祖即位,是月,契丹、北汉兵皆自退。[1]

---

[1] 司马光《涑水纪闻》,中华书局,1989年,第4页。

宋太祖赵匡胤,在开封郊外的陈桥由部下拥戴为天子一事是史上著名的事件,同样可见于正史《宋史》中。然而,正史中并没有记录有关赵匡胤的母亲与妻子在当时的言谈内容。这完全是私密的事件,也可以说是所谓的秘闻。而这样的文字才正是小说。

小说,也就是秘闻、传闻。如果我们看看司马光这个人的话,他当然有《资治通鉴》这样规规矩矩的著作,但另一方面也有《涑水纪闻》这样随意记下的闲话。

终其一生,不分昼夜都认真过活的人是不存在的。有时战战兢兢、夙兴夜寐,有时悠然自得、恣意游乐,这才是人生。也就是说,有从正面讲解大说的时候,也有热衷于无聊闲话的时候,这才是人。无论是庶民也好,知识人也好,皇帝也好,都是没有差别的。

以往提到小说时,多半直接朝着民间文艺的方向考量。但或许不从这种阶级差异的方向,而是从每个人的表里两面的方向思考的话会更合乎实际情况。

知识人与通俗文学

小说,相对于"表"的大说,是"里"。也就是说,倘若它是所有人都拥有的一个面象的话,那么关于小说或是更广义的通俗文艺作品与知识人的关系,就有重新检讨的价值。一直以来,我们多半从通俗文艺是属于庶民这样的方向进行思考,然而对于从前的知识人来说,通俗文艺究竟是什么呢?

让我们看看一个具体的例子——虽然是个众所熟悉的例子——胡适的《四十自述》(亚东图书馆,1933年)。胡适出生于1891年,即清末光绪十七年。他的家族是安徽省绩溪县的名门。胡适的父亲胡传,虽然没有走上科举的正道,却可说是彻底读过诗书而做过官的上层知识阶级。这样的胡适是如何与通俗文艺结下因缘的呢?这可见于胡适《四十自述》之一《九年的家乡教育》。

当我九岁时,有一天我在四叔家东边小屋里玩耍。这小屋前面是我们的学堂,后边有一间卧房,有客来便住在这里。这一天没有课,我偶然走进那卧房里去,偶然看见桌子下一只美孚煤油板箱里的废纸堆中露出一本破书。我偶然捡起了这本书,两头都被老鼠咬坏了,书面也扯破了。但这一本破书忽然为我开辟了一个新天地,忽然在我的儿童生活史上打开了一个新鲜的世界!

这本破书原来是一本小字木板的《第五才子》,我记得很清楚,开始便是"李逵打死殷天锡"一回。我在戏台上早已认得李逵是谁了,便站在那只美孚破板箱边,把这本《水浒传》残本一口气看完了。不看尚可,看了之后,我的心里很不好过:这一本的前面是些什么?后面是些什么?这两个问题,我都不能回答,却最急要一个回答。①

在这一节之前,详细记述了胡适所受的教育。三岁多起开始在家塾(四叔父为其师)学习,但在进入家塾以前,胡适已识得近一千字,因此不需再学习《三字经》《千字文》《百家姓》《神童诗》等的教材。胡适的教材是父亲所写的文章,以及《孝经》《朱子小学》《论语》《孟子》等的文本。对于累月经年学习的九岁胡适来说,以白话书写的《水浒传》是"一口气"就能读完的作品。

此外,通过舞台上的演出而得知李逵故事的这点也十分重要。在看到《水浒传》的文本之前,胡适已通过戏剧这个媒体,了解了《水浒传》的故事内容。因此我们可以知道,借由戏剧等的方式,《水浒传》即使在学习识字前的孩童,或目不识丁的民众之间依然广为熟知。只是,从知识人与小说的观点考量的话,至少在清末绩溪胡氏这样的书香门第中,也散置了所谓的"诲盗书",可称为禁书代表的

---

① 胡适《四十自述》,亚东图书馆,1933 年,今据《近代中国史料丛刊续编》,文海出版社,1983 年,第 46—47 页。

《水浒传》。

> 我拿了这本书去寻我的五叔,因为他最会"说笑话"("说笑话"就是"讲故事",小说书叫做"小话书"),应该有这种笑话书。不料五叔竟没有这书,他叫我去寻守焕哥。守焕哥说:"我没有《第五才子》,我替你去借一部;我家中有部《第一才子》,你先拿去看,好吧?"《第一才子》便是《三国演义》,他很郑重的捧出来,我很高兴的捧回去。
>
> 后来我居然得着《水浒传》全部。《三国演义》也看完了。从此以后,我到处去借小说看。五叔,守焕哥,都帮了我不少的忙。三姊夫(周绍瑾)在上海乡间周浦开店,他吸鸦片烟,最爱看小说书,带了不少回家乡;他每到我家来,总带些《正德皇帝下江南》《七剑十三侠》一类的书来送给我。这是我自己收藏小说的起点。我的大哥(嗣稼)最不长进,也是吃鸦片烟的,但鸦片烟灯是和小说书常做伴的——五叔,守焕哥,三姊夫都是吸鸦片烟的——所以他也有一些小说书。大嫂认得一些字,嫁妆里带来了好几种弹词小说,如《双珠凤》之类。这些书不久都成了我的藏书的一部分。①

就这样,少年胡适开始频繁地从家族成员中借阅通俗文艺的书籍。对于胡适而言,小说的阅读虽然是从《水浒传》《三国演义》这类正统派小说开始,但值得注意的是,这个吸食鸦片的姊夫所阅读的《正德皇帝下江南》也好,《七剑十三侠》也好,都是通俗性极强的小说。可以见得,就算同样是小说,在清末,是由像《水浒传》《三国志演义》这样的古典作品与陆续出版的二流作品所构成的双层结构。此外,同样值得关注的是,略识文字的女性将弹词文本作为嫁妆带入夫家的这点。

---

① 胡适《四十自述》,《近代中国史料丛刊续编》,第47—49页。

> 三哥在家乡时多；他同二哥都进过梅溪书院，都做过南洋公学的师范生，旧学都有根柢，故三哥看小说很有选择。我在他书架上只寻得三部小说：一部《红楼梦》，一部《儒林外史》，一部《聊斋志异》。二哥有一次回家，带了一部新译出的《经国美谈》，讲的是希腊的爱国志士的故事，是日本人做的。这是我读外国小说的第一步。①

在前一节中，我们看到纵使是通俗文艺也有阶层之分，而在这节中也提到了相同的概念。比方说对于怀抱若干才识的胡适三哥来说，提到小说，便是《红楼梦》《儒林外史》《聊斋志异》。与前述吸食鸦片的他们所阅读的作品间有一定的差距。

从这份资料里，可以获得众多关于欣赏通俗文学作品方式的情报，并且可以知道，纵使在相当上层的读书人家庭中，依旧可见小说的踪迹，而小孩并不会因为阅读小说而受到特别的责罚。一面阅读小说，一面持续学习古典知识，这两者间可以说存在着互为表里的关系。

胡适在此提到，他在往后的"文学革命"中主张白话文学的价值，也针对若干作品进行考证研究，其基础就是幼年时阅读小说的经验。

在名门望族的家庭里，通俗文艺未必受到单方面排挤的例子，同样可见于出生在苏州著名世家的顾颉刚。在他的《古史辨第一册自序》(1926年)中也有关于幼年时从祖父和继祖母口中听到许多民间故事与传说，及从家中老仆口中也听过这些故事的记载。另外，还记录了听闻《山海经》故事时的乐趣。即使是出身名门，像顾颉刚一样从幼年起便不断学习古典知识的人也好，在年幼时都曾确确实实地接触过民间文艺。

顾颉刚在之后加入了北京大学歌谣研究会，亲自搜集苏州歌

---

① 胡适《四十自述》，《近代中国史料丛刊续编》，第49页。

谣,编写成《吴歌甲集》,上述的记事也可视为这些经历的基础。但在此之前,顾颉刚也坦言自己曾有短暂有意地回避民间文艺的时期。从"绅士"的形成这个角度来看是相当有意思的。

> 上面说的,我曾在祖父母和仆婢的口中饱听故事,但这原是十岁以前的事情。十岁以后,我读书多了,对于这种传说便看作悠缪无稽之谈,和它断绝了关系。我虽曾恨过绅士,但自己的沾染绅士气却是不能抵赖的事实。我鄙薄说书场的卑俗,不屑去。我鄙薄小说书的淫俚,不屑读。在十五岁的时候,有一种赛会,唤作现圣会,从乡间出发到省城,这会要二十年一举,非常的繁华,苏州人倾城出观,学校中也无形的停了课,但我以为这是无聊的迷信,不屑随着同学们去凑热闹。到人家贺喜,席间有妓女侍坐唱曲,我又厌恶她们声调的淫荡,唱到我一桌时,往往把她谢去。从现在回想从前,真觉得那时的面目太板方了,板方得没有人的气味了。①

如同这里的回想般,顾颉刚也曾在生涯的某段时期里,染上"绅士"的风习,回避与曲艺场、小说书、赛会、妓女等的接触。倘若就此步上绅士的道路,或许会成为与通俗文艺绝缘的读书人。但纵使步上那样的道路,他仍在幼年时从仆人口中听过民话与传说,虽然感到厌倦却也前往曲艺场,曾与妓女同席过。所以就算有喜欢或讨厌的个人好恶,通俗文艺依旧存在于触手可及的地方。附带一提,顾颉刚进入北京大学,走上收集民间歌谣的道路,也是受到了当时北京大学教授胡适的影响。

胡适与顾颉刚,都是一面维持与小说及其他通俗文艺的关系,一面成长的。虽然不知道通俗小说已相当大众化的清末到民国时

---

① 顾颉刚《古史辨第一册自序》(1926 年发表),《古史辨》,上海古籍出版社,1982 年,第 1 册,第 19—20 页。

期,是否与明末这个小说最初兴起的时期状况相同,但在明末,同样也有生长于书香世家并阅读过通俗小说的记录。陈际泰(1567—1641)的《陈氏三世传略》(《太乙山房文集》卷一一)里,记载了有关他十岁时的经历:

> 是年冬月,从族舅钟济川,借《三国演义》,向墙角曝背观之。母呼食粥不应。呼午饭又不应。即饥索粥饭皆冷。母捉裾将与杖,既而释之。母或饮济川酒。"舅何故借而甥书?书上载有人马相杀事,甥耽之,大废眠食。"泰亟应口曰:"儿非看人物,看人物下载字也。已悉之矣。"济川不信也。试挑之,如流水。①

这里同样记录了书香世家中的十岁孩童因阅读《三国演义》而废寝忘食的情况。在此济川所持有的是所谓上图下文的版本。父母以为小孩只是翻看上段的图画,但小孩看的不是图画,而早已能流畅地阅读下段的文章。胡适的情况亦同,一个家族里多半会有一个喜爱小说并持有书籍的成员。

此外,明末通俗文学的旗手冯梦龙同样也在孩提时期听过歌谣。《山歌》卷一《睃》的后评里提到:

> 余幼时闻得十六不谐,不知何义,其词颇趣,并记之。②

并载录了略带猥亵的数数歌"十六不谐"。冯梦龙也出生在苏州生活水平较高的家庭里,但即使在这样的家中,猥亵的歌谣依旧会传入孩童的耳里。

清代的钱大昕在《正俗》(《潜研堂文集》卷一七)中提到:

---

① 陈际泰《陈氏三世传略》,《太乙山房文集》卷一一,引自杜联喆辑《明人自传文钞》,台湾艺文印书馆,1977年,第247页。
② 冯梦龙《山歌》卷一,《明清民歌时调集》,上海古籍出版社,1986年,第272页。

> 古有儒释道三教,自明以来又多一教曰小说。小说演义之书,未尝自以为教也,而士大夫农工商贾无不习闻之,以至儿童妇女不识字者亦皆闻而如见之。是其教较之儒释道而更广也。①

他对于小说的渗透表示感叹。如果考虑到前述状况的话,我想这恐怕是当时具有一定生活水准的家庭中普遍存在的事实。

那么,综合上述内容,至今为止我们都将通俗文学视为庶民的文化。当然通俗文学确实出自民间。然而,这样的民间文艺尽管盛行于民间,却绝非仅限于民间。撇开对于民间文艺的好恶,或是否特意记录下阅读民间文艺的经验与相关讯息不论,通俗文学也已渗透到了商人与知识人中间。

就像方言俗语绝不是专属于庶民的语言一样(纵使是知识人,在故乡也讲方言),通俗文艺也断然不是庶民的独占物。也就是说,关于通俗文艺的知识是超越所有阶级的,可以说它是当时的中国人的基底。与通俗文艺相对照的传统诗文,则毫无疑问地被读书人所独占。但这不表示知识人只懂得诗文,而是诗文存在于通俗文艺的基底之上。换言之,诗文与通俗文艺的关系,不是诗文在上、通俗文艺在下,两者毫无关系、彻底区隔的形式,而是通俗文艺与仅存于上层的诗文上下相通的形式。就像即使顾颉刚是绅士,实际上也已具备了许多民间故事的知识。

又,诗文与通俗文艺不是上下关系,那是否是所谓的表里关系呢? 在吉川幸次郎的《中国小说中对论证的兴味》中有下述的一节:

> 小说是舟车旅行不可或缺得伴侣。不仅如此,多年前我在从中国回来的蒸汽船中,看到毕业于美国大学的中国年轻人一

---

① 钱大昕《正俗》,《潜研堂文集》卷一七,《四部丛刊》本。

心一意地埋首阅读《隋唐演义》。看来他似乎认为,阅读小说是消磨船上时光的最好选择。①

在那个时代,留学美国的人是具有相当高的教育水准的。而那样的人,以阅读小说来消磨时间。

在雅、俗的问题上,没有绝对纯粹的雅人,也没有完完全全的俗人。总归来讲,至少当我们将焦点聚集在单一知识人身上并加以观察时,人会因为时间与状况的不同,而有雅的一面与俗的一面。有雅亦有俗,创作诗文也阅读小说,这不就是中国知识人的实际情况吗?

结语——中国文学中的"表"与"里"

本文的出发点是想要思考通俗文艺在中国文学中所占的位置。试图从"小说",然后是"知识人"开始,观察尽管被称为通俗文学,但绝非仅属于庶民所有,而是超越阶级,作为一种知识被共有的现象;接着从单一知识人的角度,试着观察雅的诗文与俗的通俗文艺在不同场合中共存的情况。

根据这样的想法重新检视中国文学史的整体,我们可以了解,雅和俗并不是依据阶级或人物的不同而毫无关联地各自存在,它们是互为表里的关系。(当然诗文是"表",这是不容置疑的事实。)

不用说创作年代最早的《诗经》收录了"风"与"雅"两边的作品。此外像六朝梁代,昭明太子编撰了《文选》。这无疑是"表"的大文学。而在同一个梁代的宫廷里,也有汇集了艳诗的《玉台新咏》。《文选》与《玉台新咏》的关系,同样也是表与里的关系吧。

让我们看看唐代,例如白乐天。他一方面是描绘玄宗与杨贵妃的爱情罗曼史《长恨歌》的诗人,同时也是讽刺时政的诗歌"新乐府"

---

① 吉川幸次郎「中国小説に於ける論證の興味」(1941 年发表),『吉川幸次郎全集』第一卷,第 212 页。

的作者。白乐天在《与元九书》中提到,世人一直称扬《长恨歌》,但自己擅长的其实是"新乐府"等的讽刺诗。"新乐府"与《长恨歌》的关系也是表里两面。

若是提到白乐天的盟友元稹的话,他也是既身为"新乐府"的作者,又是传奇小说《莺莺传》的作者。

唐宋以后,在诗之上,又加入了词这个新产生的文类。诗与词的关系自然也是表里两面。无论是欧阳修也好,苏东坡也好,他们一方面是朝中显宦,表面上是创作有关国家社稷的诗文的作者,另一方面则是艳丽的词的作者。这是并存于同一个诗人当中的。

时代再往前进,从明末以后,小说与戏曲繁盛,成为相对于诗文的"里"的文艺。话虽如此,从不少文人参与戏曲小说的创作看来,明末这个时代,或许可说是"表"的正统文艺与"里"的通俗文艺相互较贴近的时代。

简而言之,中国的文学是表里具备的。

庶民文化·民众文化

引言——是"庶民"还是"民众"

有关"庶民文化"、"民众文化",现将几部有关著作按发表年代顺序大致列举如下:

森山重雄《封建庶民文化研究》(三一书房,1960年)

高尾一彦《近世的庶民文化》(岩波书店,1968年)

尾上兼英《庶民文化的诞生》(《岩波讲座世界历史》9,中世3,1970年)

泽田瑞穗《中国的庶民文艺——歌谣、说唱、演剧》(东方书店,1986年)

米哈依尔·巴赫金(Bakhtin, M. M.)《佛朗索瓦·拉伯雷的作品与中世、文艺复兴的民众文化》(川端香男里译,せりか書房,1988年)

罗伯特·芒德鲁(Mandrou, Robert)《民众书本的世界——十七、十八世纪法国的民众文化》(二宫宏之、长谷川辉夫译,人文书院,1988年)

彼德·伯克(Burke, Peter)《欧洲的民众文化》(中村贤二郎、谷泰译,人文书院,1988年)

柴田三千雄等《民众文化》(《世界史系列解答》6,岩波书店,1990年)

相田洋《中国中世的民众文化：咒术、规范、反乱》（中国书店，1994年）

"庶民文化"这一用语并非完全不使用,不过,80年代末起"庶民"在微妙地向"民众"转化。"民众文化"一词大体上是西文"popular culture"的译语。

由"庶民"到"民众",究竟在哪些地方有所不同了呢？简言之,"庶民"多用于阶级分析的角度;而"民众"则多用于所谓"社会史"描述中。①

在把社会分为统治阶级和被统治阶级时,庶民用来指被统治阶级。本来,"庶"与"士"相对,"民"与"官"相对,与"庶民"一词完全对应的相反意义的词,一时很难找到,但具体来说,庶民一般与贵族相对使用。无疑,"庶民"可以指集团,不过可能更多的时候,还是用来表现属于下层社会的个别的人（而且也有作为个人的自我意识）以及这些人的集合体。至少在今天,"庶民"一词几乎不具有任何贬义。

日语中的"民众"一词,与"庶民"一样,指社会下层,根据 Pocket Oxford Dictionary（《袖珍牛津词典》）,"民众文化"一词的原文"popular culture"中的"popular",意指"of the people"。而且"people"辞条的解说是"persons belonging to a place or company"。按照西文的文理,"民众"指属于某一范围的"人们",虽说并非不可与"庶民"同义使用,但本来并不是以阶级区分为前提的,而是指包含各种社会阶层的"人们"。即使同样在日语中,"这个人是庶民"的说法大致能成立,但是我们却不能说"这个人是民众"。以往的年鉴（Annales）学派反省过去的历史学仅仅是"社会上层"的历史,于是他们开始关注

---

① 同一主题的文章中,那波贞利的《唐代庶民教育史研究的一条资料》（载『支那学』10卷特别号,1942年）和涩谷誉一郎《民众教育与讲唱文学——以敦煌本〈李陵苏武书〉与胡会〈咏史诗〉为中心》（载『芸文研究』54号,1988年）两文中也出现了从"庶民教育"到"民众教育"的区别使用。

"社会下层"人的常性(生活习惯、心性等),对于这个"社会下层"的人们,他们也并非是从排他性的角度提出来的。① "庶民"与"民众",在日语中意思相同的部分非常之多,然而在这些表象背后,历史观却是大相径庭的。

接下来是关于"文化"的讨论。"文化"这个词基本有两个意思,一是专指学问、艺术等有形的事物现象;一是泛指一定的思考行动的类型。至少在英语中,按照《袖珍牛津词典》的解释,"culture"的意思是"trained & refined state of the understanding & manners & tastes",与前面提到的文化含义的后者同义。在这里,"庶民文化"更多是与前者结合,而"民众文化"则似乎更多与后者发生联系。②

因此对于眼下这个主题,既可以从"庶民／文化"的角度和方法来考虑,也可以着眼于"民众／文化"的角度和方法。本文首先将重点放在其中下层"庶民"(创造的)文化方面,并就几个具体问题试作论述,而论述过程中势必也将要涉及这个"民众"(思考行动)文化方面。

---

① 中国学中,关于民众文化,David Johnson、Andrew J. Nathan 和 Evelyn S. Rawski 主编的 *Popular Culture in Late Imperial China*(University of California Press, 1985)这一著作非常重要。关于这本书,笔者曾写过一篇书评,刊于平成五—七年度(1993—1995)科学研究费综合研究(A)研究成果报告书《中国的方言与地域文化(3)》(研究代表:平田昌司,1995 年)。
② 斯波义信曾试图对中国有关"庶民"的资料作一总体概括性整理,他在《中国庶民资料分类的备忘录》(载『史学史研究』三,1986 年)中写道:"由于关心不够或残存资料的匮乏等原因,下层社会史每每得不到应有的重视,但是事实上我们绝不是无从了解社会下层史的。"斯波将庶民资料作了如下分类:
　1. 传统实用科学知识记录
　2. "士民""士商"阶层的记录
　　　(1) 官箴与公牍
　　　(2) 商业指南
　　　(3) 族谱、族规、家训、善堂、育婴堂的记录
　3. 庶民阶层的记录
　　　(1) 稗史、小说、故事
　　　(2) 契约文书
　斯波义信整理的分类,究竟是不是都属于前面谈到的"非知识分子的(或者译为非精英的)"的庶民的生活资料还是个问题。这些资料与其说是以阶级区分为前提的"庶民"或者"下层社会史"的资料,毋宁说是贯穿所有阶层的非观念性的生活部分,即前面提到的"日常"或者"基层文化"的资料。所以这些(这里可以包括前面谈及的英语中广义的范围)资料应该属于"民众文化"范畴。

一、扫视"庶民文化"

中国自古以来就有民声即天声的思想(例如《尚书·泰誓》就有"天视自我民视,天听自我民听"),但是,如果暂且不论其作为"民可使由之,不可使知之"(《论语·泰伯》)等的政治统治方针的运用,可以说实际上庶民并未进入知识阶层关注的领域。

有关庶民的资料没有能够存留下来,是因为把持文字的知识分子对庶民漠不关心;庶民资料开始存留下来,则是因为知识分子开始关注起庶民这个阶层了。

通观历史,"庶民"生活、活动、交流、歌唱,这样鲜活地度过每一天。他们当然没有想过要把他们的这些活动记载流传下来。了解这些知识分子为什么要发现"庶民"、"庶民文化",较之于了解过去的时代中,"庶民"的"文化"的实际情况更为重要吧。极端地讲,"庶民文化"是这些知识分子虚构出来的。尽管庶民文化比精英文化贫乏得多,但是在庶民世界中仍然有区别于精英文化的独特的成分,在这些庶民文化中自有积极的价值。记录"庶民文化"的意识就是由此生发出来的。

庶民文化的实体,即使早在记录保留下来以前就已经存在了,但是如果没有记载留下,就等于不存在。如果追踪庶民文化的记录,就会发现时代越晚,记录就越多。

拿中国来说,庶民生活的记载,特别是宋代以后似有所增加。我们根据记载北宋都城汴京的《东京梦华录》、南宋都城临安的《梦粱录》等,可以很清楚地了解当时都市庶民的生活。

我们从元稹(《酬翰林白学士代书一百韵》)、李商隐(《娇儿》)的诗中可了解到,唐代已经有了传奇小说《李娃传》所本的说唱故事《一枝花话》,《三国志》故事成为参军戏等短剧的题材,但是元、李的记载都不过一鳞半爪,还远不似宋代繁华都市的艺术活动记载那样体系化。

从《东京梦华录》序文中作者所述的创作目的看,作者只是因为留恋逝去的前朝都城,记录都城曾经的繁华,未必是因为认可庶民生活自身的价值而特意记录存留下来的。但是,知识分子意识到,要描绘出都市的繁华,闹市区庶民的艺术活动不可或缺,这样的意识变化值得注意。唐宋之际发生了变化的,恐怕不在于艺术活动本身,而在于对这些艺术活动的态度。当然,在这一变化背后,确实存在一个事实:庶民的实力提高,使得知识分子对他们也不可等闲视之。

接近明末,知识阶层中欲从庶民中发现积极价值的想法愈加明显。戏剧、小说、歌谣等俗文学作品可称得上明清时代中国文学史上(今天看来)的奇葩。一直由说书人在曲艺场上讲唱的故事经知识分子之手,以书面文字的形式固定了下来。《三国志演义》《水浒传》《西游记》等明末刊行的白话小说,就是这样形成的。这些小说因为经过知识分子的改造而与从前的讲唱故事性质有所不同,但即便如此,毕竟是由于知识分子关心庶民阶层,认可其积极的价值而最终成为作品的。

关于歌谣,或许是由于传统诗文的表达手法行不通了,许多人主张"真诗在民间",像宋懋澄就召集男仆们听他们唱歌(宋懋澄《九籥前集》卷一《听吴歌记》),更有李开先(《市井艳词序》等)、冯梦龙(《挂枝儿》《山歌》)那样,将民间流行的歌谣收集编成民谣集。冯梦龙编辑的苏州地方的歌谣集《山歌》序文中,有以下一节:

> 且今虽季世,而但有假诗文,无假山歌。则以山歌不与诗文争名,故不屑假。苟其不屑假,而吾藉以存真,不亦可乎?抑今人想见上古之陈于太史者如彼,而近代之留于民间者如此,倘亦论世之林云尔。若夫借男女之真情,发名教之伪药,其功于《挂枝儿》等,故录《挂枝词》,而次及《山歌》。

身为知识分子的冯梦龙强调庶民诗歌"真"的价值,是要向充斥着"假"的诗文以及与之相关的知识分子的"名教(儒教)"世界射出批判的利箭。①

在庶民中发现知识分子身上所不具备的质朴、纯真,可以说是明末通俗文学发展的原动力。在欧洲,纯粹的庶民的发现,是他们即将从现实中消失的近代19世纪时的事了;而在中国,有意识地发现"庶民",在明末就已经开始了。

但是不消说,在旧中国,传统的诗文仍然是占统治地位的,明末时期一些知识分子发出的要倾听庶民的歌声的呼声,并没有改变文学整体的价值观。

在文学整体结构中,以往一直受到蔑视的白话小说、民间歌谣等的价值开始受到正视(不再受到蔑视),是进入20世纪所谓"文学革命"之后的事。

"文学革命"的旗手是胡适。胡适早年留学美国,他看到19世纪欧洲的文学状况是小说处于文学的中心地位,于是发表了《文学改良刍议》(1917年)一文,试图将传统诗文从中国文学中心的位置上拉下来,而提高小说的地位。胡适的改革并不只限于文学,而是带动了全社会反封建的改革运动。此时,胡适选取了《水浒传》《红楼梦》等白话小说作为小说的样本。

若要举出文学革命与继之而起的"五四"新文化运动的口号,应该是个性、庶民(民众)、抵抗(反封建)。白话文学受到好评,以戏曲小说为中心的俗文学研究大量涌现,也都有着这样的背景。20世纪20年代,胡适、周作人等都纷纷组织歌谣研究会,采集歌谣。

前面提到的冯梦龙所作《山歌》被再度发现也是在这一时期。《山歌》于1934年一被发现,翌年即由顾颉刚校注出版了排印本。顾颉刚本人就曾是歌谣研究会的中心成员之一,他编了《吴歌甲集》

---

① 入矢义高「真詩」,『吉川博士退休記念中国文学論集』,筑摩书房,1968年;拙稿「馮夢龍「叙山歌」考——詩経学と民間歌謡」,『東洋文化』第71号,1992年。

(1925年)。顾颉刚在为《山歌》排印本撰写的长序中高度评价了该作品：这一发现终于能够接触到三百年前民众的歌声,并且在这个封建礼教重重压迫,广大民众完全没有恋爱、婚姻自由的时代,勇敢反抗,毅然打开了一条血路。"民众"与"抵抗"的确构成了评价的基准(从此处前后文的逻辑性来看,"民众"一词是最贴切的。但这里,有"民众运动"却没有"庶民运动")。

其后,1949年后至80年代,是中国根据人民史观来衡量文学作品价值的时期,人民史观实际上也基本是继承了"五四"时期的民众、抵抗(反封建)的观点。

仅就现在的"庶民文化"研究,特别是俗文学研究而言,其思想的基本框架是20世纪初以来的一种现代主义。在今天,显然不可以再用"庶民的抵抗"这种百年前的模式来套用今天的通俗文学。接下来想就几个问题作一探讨。

二、对"白话(庶民)"的探讨——关注方言

现在(我们目前生活的年代)的研究状况,与我们前一代最大不同的一点,可能是我们能够到中国当地去吧。"庶民文化"研究也一样,在无法深入当地的年代,只能根据文献做研究。深入当地、在中国人社会中亲身体验,有了这样的经验,当然会产生与在文献中看到的中国不一样的中国印象。单就"庶民文化"来说,一个新变化,就是人们强烈地意识到语言中存在方言,因而有必要对以往的白话、通俗文学的概念作些修改;另一个新变化是,通过实地调查,能够实际接触到"庶民",因而可以更精确地认识他们的形象了。①

---

① 有关实地调查的几个方向,请参考拙稿《俗文学所见的中国都市与农村、中央和地方》,《现代中国》第66号,1992年;又收于本书。

20世纪80年代,笔者在复旦大学留学。在那里的生活中,印象最深的就是上海话。在这里人们平常讲的不是学校里学到的"中文"之类,而是始终是上海话。公共汽车里人们的对话,当地的歌曲、故事、演剧等也都是方言。我切实感觉到,如果你真想抓"庶民"的东西,若是搞不清方言就无从下手。

如前所述,20世纪初以来的俗文学研究一直处于胡适在《文学改良刍议》中提出的白话文学评价的框架之中。胡适在《文学改良刍议》的第八条"不可回避俗语俗字"中写了下面一段话:

> 及至元时,中国北部已在异族(辽、金、元)之下,三百余年矣。此三百年中,中国及发生一种通俗行远之文学。文则有《水浒》《西游》《三国》……之类;戏曲则尤不可胜计……以今世眼光观之,则中国文学当以元代为最盛;可传世不朽之作,当以元代为最多,此无可疑也。当是时,中国之文学最接近言文合一,白话几成文学的语言矣。

胡适对于文言与白话的印象,是受到欧洲的拉丁语与英语、法语、意大利语等的关系的启发而产生的。古代欧洲,拉丁语是唯一的共同标准语言,后来,曾经是"俚语"的法语等发展成为"国语",成长为文学语言。①

胡适的这些分析,也可能包含了中国作为近代国民国家应该如何确定作为其根本的"国语"这样的战略设想,然而欧洲的模式在中国究竟是否能通用呢?

中国的语言、文学及其与社会结构的关系大抵如下图所示:

中国的语言,在具体考虑到某一地域时,基本上分为文言、官话(白话)、方言这样三个阶层。其中文言是文字语言,方言是基本的

---

① 关于中国近代的白话,研究成果有村田雄二郎的《在"文白"的彼方——近代中国的国语问题》(《思想》1995年第7号)等。

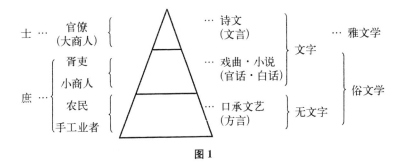

图1

口头语言。居中的官话,是以北方方言为基础的官僚的通用语。以这种官话为基础后来又形成了"国语"、"普通话",明清时代,至少在官僚、大商人之间,以及在由外地来任官的官僚那里,执行当地税收、裁判等公务的胥吏们中间,官话被广泛使用,由此在全国范围内普及、通行。将官话这种口头语言以文字写下的就是白话小说等所谓的"白话"。因此这个居中的语言具有口头语言"官话"和文字语言"白话"两面性。

文字语言	文言	白话	
口头语言		官话	方言

今天的广东话中,全国标准话即相当于旧时官话的"国语"(中国台湾、香港的说法)和"普通话"(大陆的叫法)被称作"国语",广东方言则叫作"白话"。"白话"本来是指口语。这是因为,相对于文言,白话虽说是官话但毕竟是口语。不过实际上,可以说官话即白话的,还只限于北方有限的方言区域。在其余地区,存在着一个双重结构:官话之下,还有真正意义上的白话——方言(就方言而言也有两重结构,即省城等地方讲的标准方言和更具地方性的方言)。

胡适虽然称赞"俗语",但他所说的"俗语"是官话而绝不是方言。这也是因为,如果承认各地的方言,那么重要的、国民国家中国的统一也许就会失掉。胡适为了国民国家的建设,有意识地无视可能导致国家分裂的方言的存在。此后中国政府对方言也一贯采取冷淡的立场。逐渐地承认方言，或者说方言不再受到责难，也不过是20世纪90年代开始的事。

我们从前面提到的中国地区语言金字塔中可以了解到的一点是，明清两代俗文学的发展，大概是以这个中间层（识字层）的增加、实力的提高为背景的。[①] 在更久远的时代，只有文言作品，是因为识字的人只局限在极少数上层阶级，上下阶层差距太大；而到了明清时代，中间的识字层大为增加。这一现象才是白话俗文学发展的原动力。如此，今后的研究，泛泛地讲"庶民"已经不够，必须抓住像"胥吏"、"诉讼师"等[②]更限定的阶层或职业。

接下来，我们从前面金字塔结构展望一下庶民文学的发展前景。古时，只有用文言记录的诗文才是文学，白话戏曲、小说等俗文学成为文学研究的对象，还是20世纪上半叶以来的事。但是在那个阶段的俗文学多限定在白话阶段，即文献资料阶段。方言文学或者说口头讲述的艺术（基本上均指方言）等几乎没有成为研究对象。

20世纪90年代来，各地开始利用本地的方言文献进行文学研究，例如苏州方言记载的《山歌》、吴语讲唱的"弹词"[③]、广东话的"木鱼书"[④]等。方言文献之于我们这些日本人，不论是学习汉文训读法的，还是学习所谓普通话的，应该说都是很难译解的，是语言研究上的死角。方言文献本身肯定是足以探求"庶民"心性的资料，通过这

[①] 余英时认为明清时代士与商之间的界限已经很模糊了。他的著述《中国近世宗教伦理与商人精神》（台湾联经出版事业公司，1987年；日译本，森纪子译，平凡社，1991年）下编二"新四民论——士商关系的变化"与笔者见解互为表里。与前述斯波义信一览表中的"士商"阶层也是相照应的。
[②] 关于"胥吏"与俗文学，吉川幸次郎《元杂剧研究》（《全集》第十四卷）第二章、小川环树《中国小说史研究》（岩波书店，1968年）第二章"关于《水浒传》的作者"等都有述及。
[③] 以往并非没有关于吴语的研究。有关吴语的资料，有《吴语研究书目解说》（《神户外大论丛》第3卷第4号，1953年），不过以前的研究大致是将重点放在语言学方面的。最近有山口建治的文章《论弹词（南词）"雷峰塔"》（载《和田博德教授古稀纪念：明清时代的法与社会》，汲古书院，1993年）等。
[④] 稻叶明子、金文京、渡边浩司编《木鱼书目录》（好文出版，1995年）是具有划时代意义的成果。

些研究很可能会填补以往研究史上的空白。研究正在向前面描述过的语言金字塔的更下(基)层深入。

| 文言 | 诗文 | 士大夫 | 恶 |
| 白话 | 小说、戏剧 | 庶民 | 善 |

现在我们再从另一个角度重新考虑"白话"。近代的俗文学研究中,仿佛人们在无意识中,已经先入为主地形成了如上表这样一种价值观,或者说"白话＝庶民"范式的这样一种思维方式。从反封建立场出发要否定士大夫,肯定庶民。因此白话文学受到高度评价。但是究竟这个根本的"白话＝庶民"范式可以成立吗?说文言是士,或者更广义地说是统治阶层使用的语言似乎的确说得通,但是反过来说白话就是庶民使用的语言,似有些欠妥。若与"文言"比较起来看,并非没有相应的说服力;但是作为"官话"的"白话"则未必是直接与"庶民"相接合的。我们可以举几个反面的例子。

例如,《四书大全》。《四书大全》编纂于明初永乐年间,是科举考试所依据的国家公认的四书解释书集。这里大量引用《朱子语类》外,还用白话记述了许多学者的学说。例如《大学章句大全》卷中释"诚意"条中,东阳许氏(许谦)解释道:"诚意只是着实为善,着实去恶。自欺是诚意之反,毋自欺是诚意工夫。二如是诚意之实,自谦是自欺之反而诚意之效,慎独是诚意地头。"

在这里,我们可以看到"只是"、"着实"、"工夫"、"地头"等口语词汇。朱子学文献,可称得上国家教材,就用了许多白话。有些文集中的讲章(经书讲义录)也是白话。

还有一例。有一本书叫《逆臣录》(北京大学出版社排印本,1991年),收集的是明开国不久发生的大事件胡蓝案(胡惟庸之狱、蓝玉之狱)中蓝玉之案牵扯到的一些人的供词。题为明太祖朱元璋所编。

本来,裁判用的口供录常用白话书写,此处提供这些供词的都是曾进入政权中枢的要员。例如,卷一吏部尚书詹徽的一部分供词是这样的:

> 一名詹徽,年六十岁,湖广黄州府黄冈人,任吏部尚书。逐招于后:
> 一招洪武二十六年正月内失记的日,因见凉国公征进回还,权重,不合要得交结,同男詹绂前去凉国公宅内拜见,留于后堂。吃茶毕,本官对说:"如今朝中无甚了人,老官人你常来这里走遭,有一件紧要的话商量。"是徽依允回还。

这些话语也都很明显是用口语记录的。用白话写供词,恐怕是因为考虑到由白话口语记录可以保证供述内容的实在感。因为要如实无误地反映证人的口供,才使用了白话。①

由非庶民阶层使用的白话,通过《四书大全》和《逆臣录》可以想到:文言和白话的关系未必能够还原到阶级差别,而是反映了使用它们的"场"的不同。或许也可以说是表、里的分别运用(在这个意义上,前面谈到的语言金字塔也恐怕要再深入研究了)。

"白话=庶民"这个范式一旦靠不住,中国的"庶民"究竟为何物、"庶民"是否存在等问题也就出来了。关于中国明清时代的社会和庶民文化,岛田虔次有过如下论述:

> 中国近世的庶民意识并不是建立在某种新原理上,没有提出新的世界观,相反无外乎是士大夫对这种意识的迎合。这样的理解恐怕并不为过。在旧中国,本义上社会就是士大夫的社会。庶民从原理上讲无外乎就是不充分的士大夫、不完美的士

---

① 唐泽靖彦《在说与写的夹缝中——清代裁判文案中口供录的口述文体性质》,载《中国——社会与文化》第九号,1994年。

大夫,或者说是士大夫的外围部分。①

岛田指出的是,随着向万人开放的科举制度的成熟,即使是庶民也可以跻身于士大夫的行列,但反过来却因此没能形成庶民独特的文化。如果是以前的日本(江户时代)、欧洲那样严格的身份社会,认为存在过与精英文化完全不同的"庶民"文化倒是很自然的;但是如果从一开始作为(像日本、欧洲)阶层的"庶民"的分界线本身就含混不清,那就必须重新考虑设定"庶民文化"这个命题的当否了。

所谓"士大夫"也具备白话的文化要素,所谓"庶民"也并非与文言的、士大夫式的事情完全无缘。这条线很难划,导致中国"庶民文化"研究困难、复杂。

想象你周游中国,乘火车旅行的情形吧。有时可能与高干同乘一间软卧车厢,有时又在硬座车厢与所谓"庶民"在一起。然后,你会在漫长路途中与这些人攀谈起来。这时你会发现,他们的话题、他们关注的事情极其相似。当然,由于成长环境、社会地位不同,他们的言谈举止多少有所不同,然而身为中国人的共性还是很明显的。虽然旧中国明清社会与现在不可同日而语,但是我们可以强烈地感受到:在明清时代被称作士大夫、庶民或者统治者、被统治者之前,他们首先是中国人。这一点,也似乎与前面谈到的"民众文化"、"集团心性"这一端联系起来。②

三、"庶民"的细分

接下来想围绕"庶民"概念再提一个问题。在中国,有"民间文学"这一块领域,调查农村歌谣,等等。若问起是谁唱的那首歌,似

---

① 岛田虔次《中国近代思维的挫折》第四章"一般性考察",筑摩书房,1970年,第250页。
② 关于中国民众的心性史,上田信《那里的尸体——事件的理解的方法》(载《东洋文化》第76号,1996年)一文的论考很耐人寻味。

乎总不是那些所谓的一般庶民。

1995年4月3日,我在上海市松江县张泽乡调查了歌谣。为我唱歌的是张金松老人。据松江县民间文学艺术集成编辑室编《松江县民歌集成》(1993年)中的传记记载:

> 张金松,生于1918年。家只有一间破屋,靠佃耕六亩荒田无法维持一家人的生活。父亲靠表演"打田发"勉强赚得菲薄的收入,母亲靠给人家帮佣补贴家用。他还不满十岁时就给人放牛割草。全家拼死拼活地干活,还是吃不饱、穿不暖,所以父亲决定让十二岁的儿子去学艺。

传记记载张金松发奋学艺,结果掌握了许多拿手节目。他的确也从事农业,但在其他场合,他就不是普通的农民而是一名艺人。他的拿手戏中,"打田发"是一种沿门唱书,"敬大人"等是祝富户繁荣。

近年采集的各地的山歌,如《海门山歌选》(中国民间文艺出版社,1989年)开篇歌"我唱山歌千千万来万万千"等那样,很多内容是表现歌手为自己能唱好多山歌而自豪。这些歌的宣传、演唱者,恐怕就不是一般庶民,而是像张金松老人这样受过特别训练的专门艺人。这样考虑岂不更自然。①

即使我们简单地叫民间歌谣,事实上并不是所有农民都同样地唱歌,我们知道其中有一种专门职业。拿日本艺能史研究来说,大家都知道有一种专门从事艺术活动的特殊艺能民。那么说到中国,可能因为规定了"人民"的"反封建"性质这个大前提,所以研究者一直回避对庶民进行更详细的划分。中国的情况也在变,今后对过去归纳出的庶民这个题材也还是有可能探讨的。

---

① 《红娘子》是流传于江苏省南通地区的长篇叙事山歌。传唱这支山歌的是一位叫缪银二的"民间艺人",据说他是在公共汽车站上唱这支歌时,被前来收集山歌的贾佩峰发现。这缪银二也可以说是"半农半艺"的专家之一。请参照拙稿《关于中国民间故事"红娘子"》,载《传承文学研究》第37号,1989年。

清末,源自农村的民间小戏流入大都市,发展成天津的评剧、上海的越剧等。农村凋敝贫穷之时,能携艺闯大都市的,也还是那些原本身怀技艺的人们。这些剧目的歌词又印成册子大量发行。所谓的"唱本",一册只有四五页,印刷极其粗糙,可能人们看过就丢开了。这些宝贵的资料如今收藏在台湾"中央研究院"傅斯年图书馆、上海复旦大学图书馆赵景深文库等地。"唱本"中,有故事,有抒情歌,有表现上海文明开化的,有关涉时事的,总之五花八门,一应俱全。如其中有反映清末义和团事件的歌《洋人进京,太后回朝,洋人回国》(藏傅斯年图书馆),歌的开篇部分是这样的:

> 大清的奸臣巴君蒙放走洋人去般(搬)兵
> 英国法国日本国十三国
> 发来黑白鬼子后边行
> 大小七万重洋兵
> 八国洋人说不中
> 英国法国洋发兵
> 立刻放了三声炮
> 催大对(队)起了营击了山口
> 前行一奔海口发大兵

这里用了许多别字、俗字,并且反复使用套话。虽然有些粗劣,然而这些东西却是庶民传播消息的渠道(有些近似于日本以前的"读卖")。这样的剧目,在"中央研究院"的俗曲目录中分在"杂曲·太平年"。"太平年"是北方的俗曲,可能是华北一带流传的歌。在那个没有人关心这些俗曲的年代,傅斯年和赵景深收集了这些资料,可见两人的远见卓识。然而到目前为止,这些资料几乎没有得到应有的重视。这也是"庶民文化"的宝库,将是今后研究的最前沿之所在。

结　　语

　　以上,就为什么要思考"庶民文化",以及"庶民文化"研究的进展、今后的展望等谈了一些我现在想到的看法。如我在序文部分谈到的,"庶民文化"的意义,说到底就在于要不要在庶民中发现价值。我们考虑过叫作"庶民"或是"民众",然而眼下称为"群众"或是"大众"更恰当。今村仁司的《群众——怪物的诞生》(筑摩书房,1996年)一书中有这样一段话:

　　　　长期以来千篇一律的阶级社会论,把各个阶级看作"本质(或可译作'实体')",现代社会就是各个阶级对立的社会。实际上,现代社会与其说是"实体性的"各个阶级像拳击选手在拳击场上互相攻击那样的社会,实质上毋宁说是一个彻底的群众社会。不管是阶级还是社会阶层,它们不都是通过认识操作的手段而从群众这个社会媒介中划分出来的吗?(第10页)

　　今后的研究恐怕对这个"群众"的情况也要给予注意,但即便如此,"群众文化"是不成立的。我现在的立场是关注"民众文化",集中研究"庶民文化"。[1]

(马一虹　译)

---

[1] "庶民"是与某种一定的价值观相联系的语言,相对于这一点,"民众"一词则是暧昧含糊的。彼德·伯克《欧洲的民众文化》一书日译本译者的译记中有这样一段话:"我们在金斯伯格(Ginzburg)和戴维斯(Davies)底比斯的民众文化研究方法那里可以感受到他们对民众乃至人情的眷恋;相反伯克(Burke)的东西则是暧昧、模糊的。"(第429页)这一点我们需要注意。

16、17世纪 世界的文学

纵览16、17世纪东、西方文学,我们会发现一个惊人的巧合:那些给世界留下了宝贵精神财富的通俗小说作者,如创作了短篇白话小说"三言"的冯梦龙①(1574—1646)和《堂吉诃德》的作者塞万提斯(1547—1616),他们都生活在同一时期;同样的,作为戏曲作家活跃于中国的汤显祖(1550—1616)与英国大剧作家莎士比亚(1564—1616)竟然也是同一时代的人。

这段通俗文学的繁荣期恰值15世纪开始的"大航海时代"。1498年达·伽马绕过好望角到达印度的卡利卡特;1543年葡萄牙人把火枪带到日本的种子岛;1549年方济各·沙勿略将基督教传播到日本;1557年葡萄牙人租占了澳门。这一系列事件表明欧洲同东亚从这段时期开始实现了直接的交流。

明末清初的文人冒襄(1611—1693)为了追忆正值青春妙龄却香消玉殒的爱妾董小宛而创作了《影梅庵忆语》一文:

> 壬午清和晦日,姬送余至北固山下,坚欲从渡江归里。余辞之力,益哀切,不肯行。舟泊江边,时西先生毕今梁寄余夏西洋布一端。薄如蝉纱,洁比雪艳。以退红为里,为姬制轻衫,不减张丽华桂宫霓裳也。偕登金山,时四五龙舟冲波激荡而上。山中游人数千,尾余两人,指为神仙。

---

① 关于冯梦龙,可参见大木康『明末のはぐれ知識人——馮夢龍と蘇州文化』,东京讲谈社,1995年;『馮夢龍と明末俗文学』,东京汲古书院,2018年。

以上是一段冒襄叙述的回忆,他与董小宛从镇江的金山上观端午龙舟赛。我们由此得知冒襄与一位"西先生毕今梁"有来往,后者赠送给他一批西洋布。文中"毕今梁"所指应为1644年前后在扬州府、苏州府、宁波府一带进行传教活动的耶稣会传教士毕方济(François Sambiasi)。可见明末的江南,西洋传教士可以不受限制地活动,并与文人结交。①

而以语言为媒介的东、西文学的交流则首先要提到《伊索寓言》。1600年左右,《伊索寓言》被译为罗马字《イソポのハブラス(ESOPO NO FABVLAS)》在日本天草诸岛刊印出版,而有同书日文版《伊曾保物语》。但其究竟是否对当时的日本文学产生了很大的影响,这个问题还要存疑。或许在这之后日本禁止基督教的影响,然而幕末的日本国学者平田笃胤(1776—1843)依照利玛窦的中文著作《畸人十篇》把《伊索寓言》译成日语,这一事件本身所反映出的西洋文化通过中国传入日本的过程却很值得深思。②

在中国学界,李奭学的力作《中国晚明与欧洲文学》,对明末清初欧洲文学作品流入中国的现象进行了考察研究。③ 不过,迄今尚难断言西欧文学作品是如何对明末白话小说产生直接影响的。

不可否认的是在同一时期,世界的东西方都出现了极其相似的文学形式。我对这个主题备感兴味。在此我将运用几个指标对16、17世纪东西方文学之异同进行初步的考察。

一、小 说 时 代

当我们简单归纳三千年的中国文学之时,有时将其总结为"汉

---

① 关于《影梅庵忆语》,可参见大木康『冒襄と「影梅庵憶語」の的研究』(东京大学东洋文化研究所报告),东京汲古书院,2010年。又关于 Le P. François Sambiasi,可参见 Le P. Louis Pfister, S.J., *Notices Biographiques et Bibliographiques sur Les Jesuites de L'ancienne Mission de Chine 1552-1773* (Chang-hai, Imprimerie de la Mission Catholique, 1932),内有其生平介绍。
② 小堀桂一郎『イソップ寓話:その伝承と変容』,东京讲谈社学术文库,2001年。
③ 李奭学《中国晚明与欧洲文学》,台湾联经出版事业公司,2005年。

文"、"唐诗"、"宋词"、"元曲"(这种说法最早出现于明初叶子奇的《草木子》)。每个时代有那个时代的最优秀的文学体裁。

尽管这个观点中并未涉及明清文学,我们却不妨认为代表明清时代的文学体裁是小说,尤其是白话小说。从今天的观点看来如《三国演义》《水浒传》《儒林外史》《红楼梦》这样鸿篇巨制的白话小说,足以代表一个时代的最高文学水平。①

更具体地说,假如我们要阅读《三国演义》,一般会选择百回本或一百二十回本。这个版本定型于明代嘉靖年间,亦即附有嘉靖元年(1522)序的《三国志通俗演义》。嘉靖元年序本与我们今天读到的版本已经无甚大区别了。

《水浒传》的情况与《三国演义》类似,其版本的最终确立是明万历三十年(1602)前后刊行的"容与堂百回本"。而《西游记》的通行本恰巧也是在万历年间才刊印的,如今日常见的"世德堂本"、"李卓吾批评本"等。

总而言之,包括中国读者在内,现如今我们所读的《三国演义》《水浒传》《西游记》等作品,无论是哪一部,它们都是在明朝后期到清代初期这期间最终确立起来的。而且,在这个时期还诞生了像冯梦龙的"三言"、凌濛初的"二拍"之类的短篇白话小说。可以说中国的16、17世纪就是白话小说的时代。

另一方面,当我们转过头审视欧洲文学。法国的拉伯雷(François Rabelais,约1494—约1553)的《巨人传》刊行于1532—1564年间,恰巧与《三国志通俗演义》的刊行时间重合。西班牙人塞万提斯(1547—1616)的《堂吉诃德》则于1605—1615年间付梓,几乎和《水浒传》处于同一时期。笔者认为东西方同时诞生小说的杰作,这个现象十分值得关注。

---

① 关于明末小说的概论,请参见大木康『中国近世小说への招待:才子と佳人と豪傑と』(NHKライブラリー),东京 NHK 出版,2001 年;大木康『中国明清时代的文学』(日本广播电视大学教材),东京放送大学教育振兴会,2001 年。

另外我还想补充一点的是,相当于明末的这一段时期同样也是戏剧家活跃的黄金时代。除了我们刚刚提到的汤显祖和莎士比亚,这个戏剧舞台上还有法国的莫里哀(Molière,1622—1673)、拉辛(Jean Racine,1639—1699)等伟人的身影。

二、俗 语 文 学

我们把汉文、唐诗、宋词、元曲与明清小说(白话小说)排列在一起,就能发现文学发展的一个总的趋向。这个趋向即代表时代的优秀文学形式是从用文言(古文)书写的诗文,向着用白话(俗语)记叙的戏曲和小说而发展的。

白话小说,正如其字面含义,是指用"白话"写成的小说。文学以语言为媒介,所以必然会有与使用不同语言的各社会阶层相对应的各种文学形式。例如文言的诗文、白话的戏曲和小说等。但在中国古代,人们一般认为社会上层的名士用文言文写就的诗文价值最高,而用庶民大众的白话写作的戏曲、小说价值较低。而且在当时人眼中,无论是明代成书的《三国志演义》,还是同时代的《水浒传》,它们都是从市井瓦肆中说书人的脚本脱胎而来的,是所谓的通俗文学、大众文学。但是,正因如此,我们才说它们具有特别的意义——以往只存在于口耳相传之间的民间文学在白话小说的时代被大量地书面化,而且其形式得到了进一步的发展,因此其意义不可谓不重大。

我们再来看看欧洲的情况。欧洲的通用语言是拉丁语,但在中世纪末开始出现由欧洲中某一国语言所写的文学作品。最早的《神曲》(1307—1321)是但丁(Dante,1265—1321)用意大利语写作的。除此以外,但丁的《俗语论》也很有意义。薄伽丘(Giovanni Boccaccio,1313—1375)的《十日谈》(1348—1353)等小说是用的意大利语写作的。乔叟(Geoffrey Chaucer,1340—1400)的《坎特伯雷故事集》(*The Canterbury Tales*)是用英文写成的。1534年拉伯雷用法语完成了《巨人传》(第一本)。后来塞万提斯发表了西班牙语的《堂吉诃德》。于是,在欧洲用本国语言而不是拉丁语进行小说创作的传统确立了起来。

总而言之,从小说的语言上看,东西方世界的文学语言存在着文言—白话、拉丁语—各国语言这两大流向。不过产生这两种流向的背景是绝不相同的。在欧洲,文学是以各个国家为单位形成的,呈现出一种所谓的"民族文学"的形态(17世纪法国为了保护正统的法语成立了法兰西文学院[Académie Française]是最具代表性的一例)。而在东方,明清时期的中国是皇帝君临天下的统一国家,虽然各地有相当于欧洲各国语言的方言,但是这些方言并不作为某地的口语独立存在,白话就是从共同的口语(即官话)发展而来的。因此,与欧洲民族性、地域性的背景不同,中国口语文学的繁荣须从其他地方追寻根源。

三、人本文学

纵览16、17世纪的东西方文学之后,我们不妨将目光转入具体作品。下面我们就试着比较一下冯梦龙的"三言"之《古今小说》卷一《蒋兴哥重会珍珠衫》和塞万提斯的短篇小说《妒忌成性的厄斯特列马杜拉人》(*EL celoso extremeno*)。

首先是《蒋兴哥重会珍珠衫》的梗概[①]:

明初成化年间,在襄阳枣阳县有一个名叫蒋兴哥的商人,他南下广东经商,留其妻三巧儿独守空房。丈夫不在期间,三巧儿与新安商人陈大郎有了私情,在陈大郎回乡之际,三巧儿将蒋家传家宝

---

① 关于《古今小说》这部作品,请参见大木康《关于〈古今小说〉卷一〈蒋兴哥重会珍珠衫〉》,载『和田博德教授吉稀記念:明清时代の法と社会』,东京汲古书院,1993年,第685—709页。

物珍珠衫赠与了他。陈大郎路过苏州时正好碰上回家途中的蒋兴哥,兴哥看了陈大郎携带的珍珠衫,就此撞破了两人的奸情。蒋兴哥回家休了三巧儿。然而,依然爱着三巧儿的蒋兴哥并未公开休妻的原因,甚至还将三巧儿所用之物都赠给了她。后来三巧儿遇到要往广东潮阳县赴任的吴杰,就作了他的妾室。话分两头,陈大郎行到襄阳知道了三巧儿被休又做了他人之妾的事情,郁闷成疾,待其妻平氏赶来便撒手人寰。生活无落的平氏改嫁给了蒋兴哥,兴哥看到平氏行囊中的珍珠衫方知道她是陈大郎的原配。后来蒋兴哥在广东合浦县遇见一个老人要偷走他的珍珠,二人起了争执,老人猝死。蒋兴哥被状告入狱,断案的判官正是吴杰。知晓这件事情的三巧儿不忘旧恩遂向吴杰求情,于是蒋兴哥被赦免了罪责。而吴杰在了解此事的前因后果后深受感动,让两夫妻破镜重圆,三巧儿作为妾室再次被蒋兴哥娶回。

这部作品可分为以下几段,我们不妨统计一下各部分作者使用了多少篇幅:

1) 开头部分——三巧儿与陈大郎的相遇,199 行(19.8%);

2) 薛婆出场——二人定情,351 行(38.9%);

3) 三巧儿与陈大郎的分别,遭蒋兴哥休妻,改嫁吴杰,166 行(18.4%);

4) 陈大郎之死,平氏改嫁蒋兴哥,120 行(13.4%);

5) 广东的杀人官司——大结局,81 行(9.0%)。

记叙篇幅较多的,是作者着力较大的地方,而相应的读者的阅读时间也会较长。在全篇的几折中,第二部分着墨最多。亦即原本贤淑的三巧儿在兴哥外出行商时,从安分在家到与别人产生私情的这个转变,这里即作者通篇讲述的中心。这一段描述了三巧儿从一个过着"目不窥户,足不下楼"生活的"贞妇"变成要跟行商路过的陈大郎私奔的"淫妇"。陈大郎要返乡时三巧儿甚至"情愿收拾了些细软,跟随汉子逃走,去做长久夫妻",也就是说原本恪守妇道的三巧儿到最后已经比情夫还主动地要求与他同谐连理了。这样一个性格发生巨大变化的女性形象,作者将她的心理活动作了非常细致深刻的描绘。

一般在白话文小说中,故事的展开是叙述重点,人物性格塑造基本上都是一种刻板化的模型。比如《金瓶梅》中的潘金莲,她"淫妇"的性格是贯穿作品始终的。而《三言》中的三巧儿,原本是个贤淑的女性却一点一点地逐渐沦为了"淫妇",这种塑造人物的手法就开始类似于近代文学中的心理小说了。不但如此,最后作者还让女主人公三巧儿迎来了大团圆的结局。从这一点上来看,作者就不是单单把她作为"淫妇"来写的,因为传统上"淫妇"是没有喜剧收场的。可见作者进行的是一种新的人物塑造的尝试,是对真实人物的心理的探求。

塞万提斯的短篇小说《妒忌成性的厄斯特列马杜拉人》讲述的是出身厄斯特列马杜拉贵族世家的小伙儿卡利萨莱斯,离开故乡到各地巡游。不久卡利萨莱斯散尽家财,只好在新大陆重新创造财富。当卡利萨莱斯上了年纪,他重返了故乡。已经成为豪富的他想到自己死后应该有一个继承庞大财富的人,于是就娶了只有十三四岁的没落贵族少女莱奥诺拉。嫉妒心强的卡利萨莱斯将莱奥诺拉封闭于深深的庭院之中,聘请众多侍女当她的玩伴,而让一般人无法接触到他的妻子。后来在这个城镇游逛的小伙儿罗阿里沙出现了,他听说了此事就用尽各种手段把莱奥诺拉得到了手。

在这部作品中,小说的叙述重点就是罗阿里沙怎样设计去接近莱奥诺拉,而曾满足于深宅中富足生活的莱奥诺拉逐渐抵制不住对外界的向往,把罗阿里沙引入自家的这个心理变化。[①]

冯梦龙和塞万提斯,两位几乎处于同一时期的、位于欧亚大陆东西方两端的作家,从他们的作品中却可以发现如此接近的创作思想,这一点是意味深长的。

---

① 牛岛信明译『セルバンテス短篇集』,东京岩波书店,1988 年。

四、人文主义和复古派

上述这种对人真实心理的探究,其根源来自何处呢? 一般认为这是欧洲历史上文艺复兴和人文主义运动的结果。与中世纪宗教性文学相比,人们通过回归到希腊和罗马的古典文化,开始对更为自由奔放的人物形象发生了兴趣。大致来讲,由这一点上继续发展下去就产生了拉伯雷和塞万提斯的小说。

那么,在中国人们的这种创作理念又是如何诞生的呢? 十分凑巧,在中国明代文学中也出现过同文艺复兴类似的复古主张。15世纪的明代中国文坛,出现了所谓"前七子"、"后七子"的复古派(在日本被称为古文辞派)。"前七子"之一的李梦阳打出了鲜明的旗帜"文必秦汉,诗必盛唐",显示出这一派文人倡导以古典诗文作为自己创作的榜样。他们之所以如此倡导,乃是源于对当时文学的不满。李梦阳在《诗集自序》(《空同先生集》卷五〇)中记录了同派文人王叔武的主张,具体地阐明了这种不满的理由:

> 曹县盖有王叔武云。其言曰:"夫诗者天地自然之音也。今途咢而巷讴,劳呻而康吟,一唱而群和者,其真也,斯之谓风也。孔子曰,礼失而求之野。今真诗乃在民间,而文人学子顾往往为韵言谓之诗。"[1]

其中"今真诗乃在民间"一句,最有冲击性。即是说当时在民间传唱的歌谣本身就是真诗,与文人学子的韵言相比,它显然得到了王叔武更高的评价。可见李梦阳一方面主张回归过去的古典,一方面也

---

[1] 关于明末的真诗,可参见入矢义高「真詩」,载『吉川博士退休記念中国文学論集』,1968年。又参见大木康「馮夢龍〈叙山歌〉考—詩経学と民間歌謡—」,『東洋文化』第71号,1990年,第121—145页。

提倡重新认识民间文学的价值。这种庶民的、大众价值的发现,在明末袁宏道(1568—1610)等人的主张中表现得更加清晰明了,其代表作《叙小修诗》(《锦帆集》卷二)中有:

> 吾谓今之诗文不传矣。其万一传者,或今闾阎妇人孺子所唱"擘破玉"、"打草竿"之类。犹是无闻无识真人所作,故多真声。不效颦于汉魏,不学步于盛唐,任性而发,尚能通于人之喜怒哀乐嗜好情欲,是可喜也。

"闾阎妇人孺子所唱'擘破玉'、'打草竿'"这种一类的俗曲,因是由"真人"创作的"真声",所以能流传于世。在这里,以往被认作是毫无价值的民众,现在却成为不会被"知识见识"所污染的纯粹本真的存在。我以为正是这种"民众的发现"孕育了戏剧、小说等通俗文学的隆兴。

从某种意义上来说,欧洲借由希腊罗马文化的回归所兴起的人文主义(即人性的发现)与中国明代复兴古典的思想,有异曲同工之妙。应该说正是上述之精神支撑了小说的发展。

五、世 俗 文 学

这个时期东西方文学的共同点还有一点要提出来,那就是世俗性的,抑或说是反宗教的。

从《十日谈》《坎伯雷故事集》到伊拉斯谟(Desiderius Erasmus)的《愚人颂》(*Moriae encomium*),这些作品都包含着许多否定宗教权威的内容,甚至有人认为它们对之后的欧洲宗教改革运动产生了影响。

同样,明末小说中也出现了对宗教特别是佛教的猛烈批判。明末小说中经常出现僧人参与犯罪的故事,或是揶揄嘲弄僧侣的故事。[①]

[①] 参大木康《明末"恶僧小说"初探》,《中正汉学研究》2012年第2期,第183、212页。

譬如《龙图公案》《古今律条公案》这类以案件的侦破和处理为主题的公案小说中经常有僧侣的作奸犯科。《古今律条公案》中还专门设有"淫僧"的条目,收集了恶僧的故事。冯梦龙编纂的短篇白话小说集"三言"(《古今小说》《警世通言》《醒世恒言》)和凌濛初编纂的"二拍"(《初刻拍案惊奇》《二刻拍案惊奇》)的故事中也有许多主人公是僧人、尼姑的,且多描述的是他们的罪恶和荒淫。大致成书于明朝万历到天启年间的《僧尼孽海》是描绘破戒僧侣的最具有代表性的作品,可称得上是恶僧故事集大成者。另外,如冯梦龙的《笑府》这样的短篇笑话集,也经常把僧人作为讽刺和嘲笑的对象。

有观点认为白话小说中出现上述反佛教的主题或许和明嘉靖帝崇道排佛有关,但社会的整体上宗教权威逐渐被世俗所削弱,这才是出现反佛教主题的最直接的根源。就这一点上来讲,东西方社会都是相同的。

六、文学作品的发表形态

笔者最后想谈的是小说作品是如何问世的,这是围绕文学作品传播的物质基础。

16、17世纪东西方文学作品,特别是小说,我们要留意它们的传播是建立在大量印刷的基础上的。古登堡(Gutenberg)《圣经》于1450年左右印刷,在那之后印刷技术开始逐步普及。16世纪拉伯雷的《巨人传》问世时,印刷出版文学作品早已变得司空见惯,塞万提斯的小说也是在这种背景下为大众所熟知的。

此外,彼时的中国明朝同样也进入了一个印刷出版的繁盛期。如前文所述,像《三国演义》一百回,《水浒传》一百回、一百二十回等版本的白话小说,都是长篇作品。虽然不能以作品长度论其价值,但它们的确都是宏篇巨制的出版物。我们可以从这些书籍被陆续印刷出版的背后看到当时出版业的进步。①

中国的印刷出版从唐代便已开始,但到宋代才得以广泛应用。宋代出版的大多数书籍是有既定评价的儒家经典"五经"或唐诗等古典作品。因此从书籍出版的量和多样性上讲,印刷在宋代还未得到真正的普及。

印刷真正走入民间是在明代晚期,即16、17世纪的嘉靖年间(1522—1566)、万历年间(1573—1620)、天启年间(1621—1627)和崇祯年间(1628—1644)。

杨绳信编著的《中国版刻综录》②著录了目前在中国各地的图书馆所藏的宋代以后出版的书籍。假如以出版年代为线索,则会得到如下表所示之结果:

年　　代	出 版 数 量
宋	362
金・元	280
明(洪武—正德)	433
明(嘉靖—隆庆)	701
明(万历)	973
明(天启)	114
明(崇祯)	231

以上共计有3 094种图书,在这之中从嘉靖到崇祯大约100年间出版的书竟达2 019种,仅仅在这100年间,所出版的书籍种类竟达到了从宋金元至明正德大约600年间出版书籍总数的两倍还多。

我们再从地域上试作考察。明代书籍的印刷出版是以长江下游的南京、苏州、杭州等经济发达、文化昌明的江南地区为中心的。

---

① 关于明末的出版,可参照大木康『明末江南の出版文化』,东京研文出版,2004年;中译本《明末江南的出版文化》,周保雄译,上海古籍出版社,2014年。
② 杨绳信《中国版刻综录》,陕西人民出版社,1987年。

宋代以来持续发展的书籍印刷,在这一时期发生了极大的变化,最明显的是量的突变,这反映出印刷品得到了极大的普及推广。我们可以据此认为当时在这个地区形成了初期的大众传播社会。

我认为正是以出版业、读者、大众传播社会为背景,作为一个新的文学门类的白话小说才登上了历史的舞台。

结　　语

以上我们从(1)小说时代、(2)俗语文学、(3)人本文学、(4)人文主义与复古派、(5)世俗文学、(6)文学作品的发表形态这几个方面回顾了16、17世纪东西方的文学状况。意味深长的是,我们可以发现它们之间存在着某种"同质性"。

诚然,西欧文学经过译介,对近代亚洲各国的文学都产生了影响。然而当追溯到16、17世纪,由于当时直接翻译引进的欧洲文学极少,这种东、西之间的文学影响就不完全是直接的了。那么,产生这种"同质性"的根源何在呢?这是我们今后需要继续研究的课题。

最后还要提及的一点是:继冯梦龙和莎士比亚的时代之后又过了五十年,东方边陲的日本出现了世俗文学名家井原西鹤(1642—1693)和大众戏剧家近松门左卫门(1653—1724),他们也是借助印刷术而使其作品广为人知的。

(张　博　译)

从图像资料看明清时代的歌唱文化

明清时代还没有录音技术,我们现在自然无法听到当时实际演奏的音乐。但不仅是文字资料,图像资料也能为我们打开一扇了解当时的音乐和歌唱的重要窗口。

笔者近来试图通过明末清初的文人冒襄(扬州府如皋县人,1611—1693)来考察当时江南文人社会的具体情况。冒襄家有戏班,亦亲自教授他们歌唱,是与戏曲、音乐有密切关联的重要人物。故本文将以冒襄为线索,通过图像资料,结合性别视角,揭示明末清初江南地区的歌唱文化之一端。

一、女　　乐

正如笔者在《冒襄的戏剧活动》(收于本书)中概述的那样,冒襄家有戏班,凡有客至即演剧,一起欣赏娱乐。陈济生的《祝冒辟疆社盟翁先生双寿序》是顺治十七年(1660)为了祝贺冒襄五十岁生日而写的。文云:

> 数年来,余裹足荒山,冒子屏迹园林,与天下守志之士,流连高咏,羽觞醉月,曲水歌风,花之朝,月之夕,擘笺刻烛,杂以丝竹管弦之盛。否则邮简往返,寄骚雅之兴,写优游之况。远近慕其流风,恨相见之晚,而小三五倡和,遂甲天下。①

---

① 冒襄辑《同人集》卷二,《四库全书存目丛书》集部第385册,台湾庄严文化事业有限公司,1997年,第53页。

文中谈到每当冒襄兴之所至或有宾客来访,必有"丝竹管弦之盛"。"丝竹管弦"中应该也包括戏剧。而如吴球《久别巢民老先生。己巳花朝后,闻得全堂宴集,歌舞留宾,管弦送月,不禁神往,因倚韵和之》(《同人集》卷一一)之类的诗则透露,康熙二十八年(1689),时年七十九岁的冒襄于花朝(百花生日,农历二月)在得全堂举办"歌舞"、"管弦"之会。

此外,许承钦、邓汉仪、陈世祥有《寒夜饮巢民得全堂,观凌玺征手制花灯,旋之张宅听白璧双琵琶歌》(《同人集》卷七);许承钦曾作《仲冬晦日,巢民同令子青若招饮湘中阁看雪。同散木、孝威、嵋雪、无声、石霞、永瞻再听白璧双弹琵琶。续呼三姬佐酒歌》(《同人集》卷七);冒襄也曾赋《听白璧双弹琵琶,即席书赠》(《冒巢民先生水绘庵诗集》卷一)。以上这些诗均记述了冒襄与其友人一起听琵琶之事。《玉谷调(新)簧》一书的封面上即有弹琵琶的图像,而颇有色情意味(图1)。

图1 《玉谷调簧》封面,叶廷礼刻本

众多女乐中,以泰州俞瀫家的女乐最受关注。刘水云《明清家乐研究》附录《明清家乐选考》中"俞锦泉家乐"载:

> 俞锦泉,名瀫,号水文,江苏泰州人。以廪生膺荐候选中书。俞锦泉家雄于赀,园亭声伎之美,冠绝一时。俞氏好交游、喜伎乐,一时名士乐与之游。①

---

① 刘水云《明清家乐研究》(上海古籍出版社,2005年)附录《明清家乐选考》中"俞锦泉家乐",第589页。

从所引材料可以看出,俞潋的境遇与冒襄颇为相似。

曹溶曾以《壬戌冬夜同巢民先生过水文宅观女乐赋十绝索和》(《静惕堂诗集》卷四四,七言绝句;又《同人集》卷九)为题赋诗。曹溶(1613—1685),字洁躬,一字秋岳,秀水(今嘉兴)人。崇祯十年(1637)进士,后一度仕清,康熙六年(1667)辞官,此后不再复出。诗题中壬戌为康熙二十一年(1682)。《同人集》所收此诗中第一首后有自注云:

> 主人好事开筵者再。有漱石、青屿、半隐、长在、汲山、叔定诸君。①

由此可见,许承钦(漱石)、许之渐(青屿)、吕潜(半隐)、吕泌(长在)、孙继登(汲山)、汪耀麟(叔定)等均出席宴会。其中,冒襄与许之渐留下了唱和之诗(《同人集》卷九)。根据曹溶《顾见巢民先生者五十年矣。壬戌之冬,相遇海陵客邸,盘桓三昼夜,别后奉赠十章》(《同人集》卷九)可知,当时曹溶与冒襄初次见面,共度了三日。冒襄以曹溶为主客举办宴席,共有四十多人参加(曹溶《顾见巢民先生者五十年矣。壬戌之冬,相遇海陵客邸,盘桓三昼夜,别后奉赠十章》其三之注)。曹溶与冒襄结识于海陵(泰州),可能又在冒襄的安排下,与这些友人一同在俞水文(俞潋)家中欣赏女乐。冒襄对曹溶诗的唱和之作其二云:

> 碧烟微动细如丝,
> 活凤生花裛玉枝。
> 始识紫薇真爱客,
> 雪儿莫比作红儿。
> 　　宛罗重谷起歌筵,活凤生花动碧烟。诸姬皆主人如意珠,非家乐也。②

---

① 冒襄辑《同人集》卷九,《四库全书存目丛书》集部第385册,第400页。
② 同上。

紫薇指中书舍人杜牧,雪儿乃唐朝李密爱姬,善歌舞。李密每见文章有奇丽入意者,即付雪儿歌之(《北梦琐言》)。后来泛指歌女。据说唐代罗虬杀了官妓杜红儿,后来作《比红儿》诗。在此,冒襄认为俞溅对歌女的待遇很好。"宛罗重谷起歌筵,活凤生花动碧烟"是张祜《听崔侍御叶家歌》中句。该和诗其五云:

> 入拍须知毫发明,
> 能圆解转晓珠擎。
> 月宫更羡霓裳舞,
> 纵有周昉画不成。
> 　明珠解转又能圆。①

此处"明珠"亦是歌者。"霓裳舞"则显示当时载歌载舞,并非单纯的歌唱。周昉为唐朝画家,善画妇女。此诗称赞舞者身姿动人,纵有名画家如周昉也无法将其形于纸面。该和诗其四云:

> 妙解微参叹久孤,
> 客逢公瑾肯模糊。
> 吴门曲圣推南沈,
> 绝调曾传羡玉趺。
> 　吴门南曲推沈恂如,北曲推沈子芬。余客吴门,恂如每向余赞叹水文诸姬独得其传。②

此云俞家女乐师从苏州名师,冒襄赞赏她们承续了几近失传的音乐正统。正如刘水云所指出的大批名士曾到访俞家,我们可以推想他们当会留下不少题咏。关于俞家的女乐,还有杜首昌《绾秀园诗选》

---

① 冒襄辑《同人集》卷九,《四库全书存目丛书》集部第385册,第400页。
② 同上。

中的《海陵观俞水文女伶同曹秋岳侍郎》一诗,这大概也是与曹溶等人共赏俞家女乐之作。杜首昌,字湘草,明末盐商,富而豪,以于西湖畔修绾秀园而闻名。明亡后,杜首昌支持福王,但入清后拒仕,游历他乡,与冒襄同属明朝遗民。其诗云:

> 妙舞清歌排日新,
> 只缘游戏认为真。
> 桃花扇底堪招隐,
> 碧玉箫中好避人。
> 　歌台前联句:采隐于桃花扇底,避人在碧玉箫中。①

从诗中可见,当时歌台上有"采隐于桃花扇底,避人在碧玉箫中"一联。"妙舞清歌"则显示歌唱的同时有舞者相伴。冒襄《同人集》卷一一收有杜首昌的《寿蔡少君》,两人显然是知交。

汤右曾《怀清堂集》卷一有长诗《观俞锦泉家乐》,激赞俞氏家乐之动人心魄。诗云:

> 我醉来为蕊宫客,
> 丹梯直上三十级。
> 红牙檀板才一声,
> 珠裙美人雁行立。
> 平开宝靥玉色匀,
> 小曳罗襦香气袭。
> 谁其主者芙蓉仙,
> 紫衫两部回春妍。
> 云窗雾阁到今夕,
> 绝艺一一谁争先。……②

---

① 杜首昌《绾秀园诗选》,《四库未收书辑刊》第 7 集第 30 册,北京出版社,2000 年,第 331 页。
② 汤右曾《怀清堂集》卷一,乾隆十一年刻本。

王仲儒《西斋集》癸亥诗中有《俞锦泉招观家乐》一诗。癸亥为康熙二十二年(1683),即冒襄、曹溶等共赏家乐的第二年。该诗集的辛未诗亦有《暮春雨中俞锦泉招观家乐,又枉诗相赠,即席次韵酬之》。

吴绮《林蕙堂全集》卷一九《亭皋诗集》中的《俞锦泉招观女剧漫赋》及卷二〇《亭皋诗集》中的《过俞锦泉流香阁观剧》则显示当时除女乐之外,还可以欣赏戏剧。后一首诗的末两句称:

> 紫云不识今谁是,
> 但倒金尊唤奈何。①

诗中所提"紫云"为杜牧所觅的歌妓之名。此时杜牧"自饮二爵",见《唐诗纪事》卷五六"杜牧"条。卷二二《亭皋诗集》有《俞锦泉招观女乐席间得断句十首》。其二曰:

> 流香小阁影参差,
> 十样娥眉斗一时。
> 就里搴帘能巧笑,
> 不知谁合比红儿。②

俞锦泉家中演奏音乐的场所,似是流香阁。

> 紫云一笑定如何,
> 老去参军兴未磨。
> 探取江南红豆在,
> 一宵惆怅为情多。③

---

① 吴绮《林蕙堂全集》卷二〇,《景印文渊阁四库全书》第1314册,台湾商务印书馆,1983年,第621页。
② 吴绮《林蕙堂全集》卷二二,同上书,第662页。
③ 同上书,第623页。

出入俞家的众多文人中,尤爱俞家女乐的,似当是《桃花扇》的作者孔尚任。其《再过海陵,俞锦泉中翰留观家姬舞灯,即席作》(《湖海集》卷二《丁卯存稿》)歌咏夏天表演灯笼舞的盛状:

> 节近端阳续五丝,
> 君家却是上元时。
> 天边一曲霓裳舞,
> 题满人间无限诗。①

孔诗显示,观赏了俞家女乐的众多文人纷纷提笔赋诗。孔尚任还有长诗《舞灯行留赠流香阁》(《湖海集》卷二《丁卯存稿》)。此外还有《暮秋喜冒辟疆、邓孝威诸者旧集昭阳,俞锦泉中翰亦挟女至,欲作花洲社不果,怅怅赋此》(《湖海集》卷三《丁卯存稿》),记录了其在昭阳(今兴化一带)时,俞氏携女乐出游。由此可知,俞氏不仅在泰州宅邸内蓄乐,也会携家乐出游。②

徐旭旦《世经堂初集》卷一七《流香阁倡和词题辞》载:

> 流香阁者,为音隐子俞锦泉内翰偃息之地,日命双鬟度曲,以消永昼者也。囚仆监理河务招使居之,仙音法曲,缭绕冰簟棐几间,四方宾友顾予者,亦时集其下。③

徐旭旦时任监理河务招使,身在此地。文末提及,当时曾命雪儿(歌女)唱词。

需注意的是,前往俞家欣赏女乐的多是和冒襄一样的明朝遗民。明朝有教坊管理妓女,但清顺治年间撤销了教坊,女乐随之消

---

① 孔尚任《湖海集》卷二《丁卯存稿》,徐振贵主编《孔尚任全集辑校注评》第3册,齐鲁书社,2004年,第781页。
② 孔尚任《湖海集》卷一一中收录了他寄给冒襄及俞锦泉的书信。
③ 徐旭旦《世经堂初集》卷一七,《四库未收书辑刊》第7集第29册,第378页。

亡。戏剧中也禁止女性登台,改由男伶演出,下文将讨论的徐紫云也与这一命令密切相关。①

如此背景下,可以发现在康熙二十一年大兴女乐的俞氏实乃特例。拜访俞家的明朝遗民络绎不绝,大抵也是因为在明朝时大兴、清代却几近消亡的女乐中感受到了对明朝的无限怀念。俞家女乐大受欢迎的背后正是胜国遗老对明朝的眷念。冒襄诗云"南曲推沈恂如,北曲推沈子芬,余客吴门,恂如每向余赞叹水文诸姬独得其传",强调优伶师从旧日名家,恐怕也是带有缅怀的意味。

描绘这类女乐情形的图画,留存于戏曲插图等资料中。可以想象,俞家女乐大抵也如这些插画一般。虽然当时亦有男性歌伎,但值得注意的是,此类画作绝大多数情况下描绘的是女乐(图2、图3)。

图 2 《琵琶记》

① 王书奴《中国娼妓史》(生活书店,1934 年)第六章第一节"清代中叶以前之娼妓"。

图 3 《玉合记》

二、男 性 歌 手

仅看图像资料,很容易陷入认为只有女性才与音乐有关的误区,但事实上当时男性歌手并非没有。余怀《板桥杂记》中介绍了明末时期南京秦淮的器乐名手:

> 张魁,字修我,吴郡人,少美姿首,与徐公子有断袖之好。……魁善吹箫度曲、打马投壶,往往胜其曹耦。……
> 丁酉再过金陵,歌台舞榭,化为瓦砾之场,犹于破板桥边,一吹洞箫。矮屋中,一老姬启户出曰:"此张魁官箫声也。"为呜咽久之。又数年,卒以穷死。①

---

① 余怀撰、李金堂校注《板桥杂记》卷下,上海古籍出版社,2000 年,第 56 页。

文中张魁乃男性,洞箫名手。除此之外,孔尚任《桃花扇》第二出《传歌》中为李香君教昆曲的清客苏昆生也是男性:

  (小旦)前日才请一位清客,传他词曲。
  (末)是那个?
  (小旦)就叫甚么苏昆生。
  (末)苏昆生,本姓周,是河南人,寄居无锡。一向相熟的,果然是个名手。……
  (净扁巾、褶子,扮苏昆生上)
  闲来翠馆调鹦鹉,懒去朱门看牡丹。在下固始苏昆生是也。自出阮衙,便投妓院,做这美人的教习,不强似做那义子的帮闲么?①

可见负责教妓女昆曲的人中也有男性。此外,"歌者"虽是男女通用的称呼,但多为"歌者某生"、"歌者某郎"等说法。例如,王穉登《王百穀集十九种》延令纂卷上《赠歌者陈生》曰:

  冻云寒树客江天,
  旅馆萧条夜不眠。
  赖有清歌消浊酒,
  征途逢着李龟年。②

王穉登将陈生比作唐代著名音乐家李龟年,陈生显然是男性歌手。除此之外,另有徐𤊹《幔亭诗集》卷一三的七绝《东原别歌者周郎》、卓尔堪《遗民诗》卷四所收陆圻《与歌者陈郎》、朱彝尊《曝书亭集词

---

① 孔尚任撰,王季思、苏寰中、杨德平注《桃花扇》卷一第二出《传歌》,人民文学出版社,1980年,第17页。
② 王穉登《王百穀集十九种》延令纂卷上,《四库禁毁书丛刊》第175册,北京出版社,1998年,第378页。

注》卷三《江湖载酒集下》载《又赠歌者陈郎》等,均明确指向男性歌手。但现有图像资料中几乎没有描绘男性歌手表演现场的画作。

有关歌手的画作均以女性为中心,可见其性别比例极度失衡。但考虑到欣赏画作的多为男性,这种失衡在某种意义上也并不意外。

三、《九青图咏》

不过,图像资料中仍有少数特例,即以冒家男伶徐紫云为题的画作。冒氏家班中,秦箫、徐紫云和杨枝颇负盛名。陈瑚《得全堂夜宴后记》(《同人集》卷三)载:

> 伶人歌《邯郸梦》。伶人者,即巢民(辟疆)所教童子也。徐郎善歌,杨枝善舞,有秦箫者解作哀音。每一发喉,必缓其声以激之。悲凉仓兄,一座唏嘘。①

其中徐紫云因与陈维崧的同性恋情而最为著名。陈维崧是冒襄盟友陈贞慧之子,当时作为馆师住在冒家,而得与徐紫云相恋。钮琇《觚賸》卷二《赋梅释云》载有陈徐二人轶事:

> 余所交海内三髯,一为慈溪姜西溟,一为郃阳康孟谋,其一则阳羡生陈其年也。其年未遇时,游于广陵,冒巢民爱其才,延致梅花别墅。有童名紫云者,儇丽善歌,令其执役书堂。生一见神移,赠以佳句,并图其像,装为卷帙,题曰"云郎小照"。适墅梅盛开,生偕紫云徘徊于暗香疏影间。巢民偶登内阁,遥望见之。忽佯怒,呼二健仆缚紫云去,将加以杖。生营救无策,意极彷徨,计唯得冒母片言,方解此厄。时已薄暮,乃

---

① 冒襄辑《同人集》卷三,《四库全书存目丛书》集部第385册,第85页。

> 趋赴老宅前长跪门外,启门者曰:"陈某有急,求太夫人发一玉音。非蒙许诺,某不起也。"因备言紫云事。顷之,青衣媪出曰:"先生休矣,巢民遵奉母命,已不罪云郎。然必得先生咏梅绝句百首,成于今夕,仍送云郎侍左右也。"生大喜,摄衣而回,篝灯濡墨,苦吟达曙。百咏既就,亟书送巢民。巢民读之击节,笑遣云郎。①

见陈维崧与紫云两人亲密地共赏腊梅,冒襄大怒。文中虽作"佯怒",但见自己的宠伶被他人怜爱,冒襄怕是早已怒不可遏。冒襄对紫云的宠爱之深,可见一斑。

当时不少文人作诗题咏冒家优伶,如邓汉仪《徐郎曲》《杨枝曲》(《同人集》卷六),陈维崧《秦箫曲》《徐郎曲》《杨枝曲》(《同人集》卷六),吴锵《得全堂席上戏赋赠三小史》(咏徐雏、金菊、金二菊等艺人)、《醉赋三律,雏儿出扇索书,因再题断句一首。时明月将沉,漏鼓四下矣》(《同人集》卷一一)等。陈维崧在长诗《徐郎曲》中盛赞紫云色艺双绝。他又令人为紫云作画,诸多文人题诗于上。这些诗收于张次溪所编《九青图咏》,有七十六人题诗一百六十首之多②。吴綮《题〈九青图〉序》云:

> 《九青图》者,阳羡陈其年先生(陈维崧)为徐郎所画小照也。徐郎名紫云,为如皋冒辟疆(冒襄)歌儿。先生负才落魄,冒尝馆之幸舍。居小三吾,进声伎以娱之。紫云儇巧明媚,吹箫度曲,分刌入神。先生嬖之,为画其小影,携之出入,遍索名人题句。其后云竟从先生归。云亡,先生睹物辄悲,若不自胜者。尤悔庵(尤侗)、徐电发(徐釚)、储同人(储欣)皆载其事,风流

---

① 钮琇《觚賸》卷二,上海古籍出版社,1986年,第41页。
② 冒氏后人冒鹤亭编《云郎小史》,记载了徐紫云的一生。张次溪编纂的《清代燕都梨园史料》(中国戏剧出版社,1988年)中收录了《云郎小史》及《九青图咏》。

放达,仿佛晋人之遗。余读其诗若词,未尝不慨然想见其为人。①

由此可知,紫云之事颇受当时文人的关注。我们来看看这幅图。此前,Sophie Volpp、毛文芳及郭劼等曾对这幅画像作过详细的分析。②

关于徐紫云与陈维崧,可见于《迦陵填词图》(图4)。此为陈维崧与徐紫云二人画像,而紫云显然身着女装。这幅画清楚地显示出,即便是男性同性恋情,恋爱双方也有男女角色之分。《填词图》展现的正是陈维崧作词、紫云演唱的场景,也暗含着陈维崧特为恋人紫云作词的心意。画中紫云双手执箫,暗示其长于音乐。

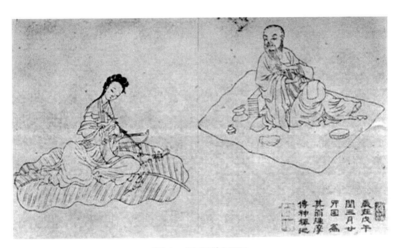

图4 《迦陵填词图》

笔者在上文中指出,极少有针对男性歌手的画作。此处紫云虽为男儿,但身着女装,仅从外表来看,只会被当作女性歌手的画像。

接下来请看《紫云出浴图》。此画据说为陈维崧遣人所绘,同样

---

① 张次溪《九青图咏》,收于《清代燕都梨园史料正续编》,中国戏剧出版社,1988年,第998页。
② Volpp, Sophie. *Worldly Stage: Theatricality in Seventeenth-Century China*. Harvard University Asia Center, 2011 中第五章"The Literary Consumption of Actors in Seventeenth Century China";毛文芳《图成行乐:明清文人画像题咏析论》(台湾学生书局,2008年)V"长鬟飘萧·云鬟窈窕:陈维崧《迦陵填词图》题咏";郭劼《晚明至民初视觉文化与男同性关系之想像》(《中正汉学研究》2013年第2期)。

也有很多文人为之题咏。画中描绘紫云出浴,颇为香艳。紫云坐石上,右侧置箫一支,显示其歌手身份。

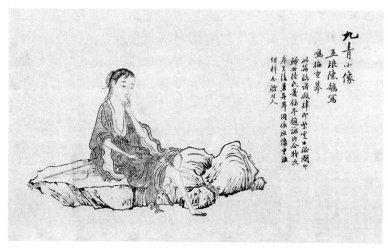

图 5 《紫云出浴图》

这幅肖像画中最值得注意的是紫云的足部。《填词图》中,紫云的足部被衣物遮盖而不可见。众所周知,当时女性必须缠足,画作中不应展现女性足部,只有部分春宫画才会画出女性足部。甚至可以说,描绘女性足部是春宫画的一大要求。

而男同性恋则不同。扮演女性角色的人终究是男性,绝不至于缠足。明代小说《弁而钗·情奇记》中的插画及《金瓶梅》第三十五回书童男扮女装侍宴时的插图也都画出了男性较大的足部。与之相对,从《金瓶梅》第十一回宴席等插图看,其女性形象均不露足。

图 6 《弁而钗·情奇记》

图7 《金瓶梅》第三十五回（男扮女装）　　图8 《金瓶梅》第十一回（妓女）

相对的，《紫云出浴图》不仅是美人出浴的香艳场景，更画出了女性肖像画中不可能出现的裸足，因而显得更为性感诱人。大量文人吟咏此画，可能也与此有关。

有资料显示，明末时期"小唱"颇为流行①。"小唱"即男扮女装的唱曲演员。可以说，紫云正位于小唱文化的延长线上。此外，正如上文所述，进入清朝后，女伶、女性歌手及妓女均遭禁，只能由男性来取代其功能。这一时代背景也可以说是《紫云出浴图》受欢迎的一个原因。

小　　结

本文考察了明末清初时期与音乐相关的几幅图像资料。这些画作描绘的大多是女性歌手、舞手、乐队。当时虽有男性歌手，但却

---

① 程宇昂《明清士人与男旦》（上海古籍出版社，2012年）第三节"明代人士与小唱的交往"。

不直接入画,只有在男扮女装时方能成为画题。《填词图》和《九青图》也证明了这一点。《九青图》中特意描绘了女性肖像画中不能出现的裸足,为画中人物增加了一丝性感。

由此可知,当时与音乐相关的画作的结构十分奇妙,画中人物的性别极度不平衡,男性仅在女装时方能入画。

(杨帆 译)

第二编 戏曲各论

安顺地戏调查报告

前　　言

　　1990年1月及9月,笔者两次实地观看了流传于贵州省安顺市一带的所谓"地戏"。

　　地戏,最简单地说,是明代初年迁居到此的汉族——屯堡人所传承下来的一种面具戏,其内容都是以武技为主的《三国》《隋唐》《精忠》等历史故事。地戏虽是当地农民所演出的戏,但从其装扮的华丽、面具艺术的精工、故事的生动、音乐美等来看,可以说地戏是一种完完整整的戏剧。这一戏种的存在,实在令人惊讶。

　　更令人讶异的是,向来所发表过的许多有关中国戏剧研究著作里,竟没有一字提起"地戏"。从清末、民国到1949年中华人民共和国成立以来的中国的戏剧研究,都只是注重剧本的文献学研究,以及在城市演出的"剧场戏剧"(如京剧、昆剧等)而已。这可以说是从来的研究者的重大偏向。

　　像中国的地戏般,仅在农村演出而还未发展到"剧场戏剧"的这种戏剧的存在,在日本戏剧史上是属于一般的常识。因此,日本学者很自然地可以推测,在中国的农村也一定保留有这种戏剧。但是,没人注意的事情就等于不存在般地被漠视。而且,在改革开放以前,国外学者几乎无法得到任何信息,无法亲自到现地去调查。虽然贵州、云南等少数民族地区是人类学者较早开始调查的地方,但是,这些学者们的关心主要在苗族、壮族等少数民族的文化上。

而作为汉族戏剧的"地戏"却完全被放在研究的死角里。

以上所说的是研究者的情况。另一方面,在农民当中,他们虽然很喜欢看这种戏,很想演出,但是因为这种戏大多和宗教仪式结合在一起,所以一律被认为是迷信活动,而一直受到禁止。结果,呈现出几十年不得演出、不能培养接班人、烧掉古面具等悲惨情况。

80年代以来,研究者和农民双方都有了变化。一向被禁止上演的这种带有宗教性的戏剧逐渐复活,且逐渐受到研究者的重视。这是一件值得庆贺的事。衷心希望这方面的研究能更发展、兴盛。

本文目的,一是就这三年所做调查提出报告,二是探讨安顺地戏对中国文学史、戏剧史等研究所提供的新问题。

首先,对"地戏"这一名称,交代一下。"地戏"这一剧种,当地农民并不称"地戏",而叫"跳神"。杨有维先生说:

> 地戏,是官方和文人对贵州安顺乡村中跳神活动的称呼。直到90年代的今天,只有外宾或县级以上的领导(区、乡负责人都是本地人)来看跳神,村民们介绍情况时才把这一民间活动称为地戏。有的老人和神头(地戏头人)甚至认为"地戏"一词是对他们异常尊崇的跳神的侮辱和蔑称。因为自古以来,他们认为跳神是求神保佑清吉平安和五谷丰登,而不是演什么戏。①

他主张"地戏"这名称并不大合适,而"跳神"这名称则更正确。他的文章里都用"跳神",而不用"地戏"。杨先生的说法是对的。实际上,在分析这戏的整体(含括宗教仪礼部分)时,"跳神"的概念比"地戏"更具体有效。

但是,"跳神"这名称在当地是一种"普通名词",且这词的性质,在中国的很多剧种当中,很难作为专指这安顺一带的面具戏的"固

---

① 杨有维《地戏崇神心态》,见沈福馨等编《安顺地戏论文集》,文化艺术出版社,1990年,第93页。

有名词"而言。加之,"地戏"这名称,现在已经在一定程度上落实通用了,所以,本文也采用"地戏"这一般性名称。

一、关于安顺詹家屯

这次实地观看的安顺地戏是下列三种:
华严区头铺乡麒麟屯　《薛丁山征西》
二铺区大西桥镇　　　《四马投唐》
旧州区詹家屯乡詹家屯　《三国演义》

其中由于赴詹家屯时,正值中元节(农历七月十五日)前三天,所以在此能够进行最详细的调查活动。因此,本报告主要以詹家屯为主。

首先看村子的外景(参看图1、照片1)。詹家屯大致由地图上所指的聚落A和聚落B两部分构成。聚落A的周围,过去有围墙和大门楼(现在已毁)。在聚落B的入口,也有两边石墙的小径。从村子的结构来看,詹家屯可以说是较典型的"屯堡人"村寨。

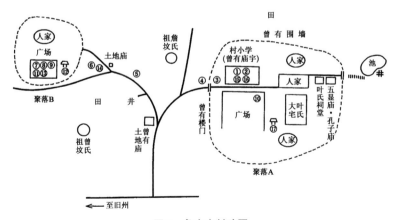

图1　詹家屯村略图

山地较多的贵州当中,这安顺一带是平地较多,适于农业的地方。明代的军队——就是屯堡人的祖先,以军事力量为背景来到

照片1　詹家屯外景

这里,驱逐了先住的少数民族,而霸占了条件最好的这一块地方。他们虽然有武力,但因为四周都是少数民族,他们为了保护自己,而建成这牢固的村寨。屯堡人居住的地方,都有地戏。这勇壮而华丽的地戏演出,也可能是为了对应周围少数民族的胁威而发展来的。

关于安顺屯堡人,早在1902年,到此访问的日本人类学者鸟居龙藏博士曾做过记录。他的《从人类学看西南中国》(1926)里介绍明初从江南迁居的军士后代——凤头鸡[①]。他正在调查凤头鸡村庄的时候,有从广西方面蜂起的土匪进攻来的风声。居民们就大闹起来,各人手持武器,打锣鼓,大家聚在山坡上,以防备敌人进来。这一事实可以说明他们村寨的结构和地戏发展的心理背景。

观看屯堡人的风俗习惯,我们可以了解14世纪以前的江南情况。贵州地戏、贵州屯堡人的研究不单是贵州一省的问题,而且是研究明代江南社会的重要线索。

现存在詹家屯有两个地戏班子。一个是由曾家和詹家组织的

---

① 《鸟居龙藏全集》第10卷。

《三国》班子。一个是由叶家组织的《精忠》班子。我们主要参观的是前者的《三国》班子。

1979年重修的油印本《曾氏宗谱》"入黔简史"说：

> 远祖曾德一(姓吕氏)，原籍江西南丰县，明朝初年，我祖任征远将军之职，前来征伐贵州。
>
> 洪武七～十二年，镇居于安顺府杀猪巷，在府任职，统办军民事务。
>
> 洪武十三年，调北填南，设置屯军之时，正当云南南方(文山地区)尚未平定，续召我公进军讨伐。不幸在强战花江之役，临战沉江身亡。得结盟义弟詹翁(任镇远副将军)投江救护，抢捞尸体，将衣甲鞍覆发来安顺，葬于北门外。(时因天暑，乃将死尸葬于江岸)
>
> 其后，洪武十八年，奉功安职，由詹祖任屯操指挥，我祖曾明、曾月、曾英任屯操巡捕，袭职前来，定居詹家屯，实非詹官屯之故地。
>
> 同时来者，有叶姓翁任文案，及叶、罗、侯、金、周五姓住于小门，曾、詹二姓住于大门。至今诸氏子孙，世代昌隆。延今六百一十三年(1365—1979)实源渊流长。
>
> 曾明(刘太君)、曾月(胡太君)、曾英(詹太君)均葬于詹家屯，门外水井坡曾家坟院，至今世代相传。每届清明佳节，与詹氏祖坟东西相望，各都聚族扫墓，孝思子孙沿途不绝，可谓一时之盛。
>
> ——1964年按道光谱书整理而就

据此材料，可知曾氏原是江西南丰县人(据《曾氏宗谱》所引康熙五十四年《安顺合族记》"宗支情况"，是南丰府丰城县上河湾人)。詹、曾两家有明初征伐云南时，结义为兄弟以来的密切关系。詹家屯的村名也由此而来。

1991年9月,我们有机会到江西南丰县参观当地的傩舞。南丰石邮村的傩舞节目中有"关公对刀"及"双伯郎"。这些都戴面具、手拿武器而跳舞(照片2、3)。安顺地戏和南丰傩舞之间的关系,虽然不是可以简单下结论的问题,但是一定成为今后傩戏研究的重大课题。

照片2 "关公对刀"(江西省南丰县石邮村)

照片3 "双伯郎"(江西省南丰县石邮村)

二、詹家屯的中元祭祀和戏剧

首先须要注意的是,地戏的演出必定和节日的宗教活动结合在一起,且绝不会单独演出。一年当中,固定的地戏演出机会有两次:农历一月,春节的"玩新春";农历七月十五日,中元节的"跳米花神"。由这一点可以看出,安顺地戏在戏剧史上的古老位置("剧场戏剧"可以随时演出,没有固定的日子)。

我们这次所调查的詹家屯地戏,也作为中元节的宗教活动的一部分。所以,先须看中元节的祭祀活动。

中元节也叫鬼节。中元节前后是一年中农家最辛苦的时候。收获前,粮食最少,旱灾水灾最多。人们认为,这种灾害原是没受济度的幽鬼所致,所以祭拜这些幽鬼。

在詹家屯,中元的时候,每家房内设小坛,供香,供馔(照片4)。所挂的图,相当于各家代代的牌位。中元节期间,不断地烧香。中元活动的高潮就是农历七月十四日晚上的"烧包"仪式(日本的盂兰盆也有"送火")。在村里的广场,烧钱包(钱包上写明故人的名字),而把祖先的灵魂送回彼岸(照片5)。这钱包是为了他们祖先的灵魂

照片4　中元祭坛

照片5　烧包

而烧的。其他作祟的孤魂野鬼,虽然仪式很简单,但也向他们烧香,烧纸钱(照片6)。这钱包上写的"天运"的元号是清代天地会所用的(贵州德江县的傩堂戏里也用天运的元号。贵州一带的宗教仪式与秘密结社的关系,也是须要探讨的题目)①。农历七月十四日的晚上,从詹家屯回安顺的路上,到处看到烧包活动。其中最热闹的是川边桥下的"漂灯"活动。这些宗教活动就是演出地戏的大背景。

照片6　为孤魂野鬼烧纸钱

下面看中元节所演出的戏剧。按这次所调查的时间顺序而作的是表1。表上所标明的①②等号码符合于前揭图所表示的各个节目的场地。

表1　詹家屯村中元祭祀演剧日程

1990.9.2 (七月十四日)	①	开箱
	②	参庙·辞庙
	③	辞门间-Ⅰ

---

① 田仲一成《粤东天地会的组织与演剧》,《东洋文化研究所纪要》第111册,1990年。

(续表)

	④	辞门间-II
	⑤	接风
	⑥	参庙
	⑦	扫开场 小童唱扫场词
	⑧	（设朝）
	⑨	"白马大战"(关云长斩颜良)(《三国志演义》第25回)
	⑩	烧包
9.3(七月十五日)	⑪	"长坂坡"(赵云救主)(《三国志演义》第41、42回)
9.4(七月十六日)	⑫	开财门
	⑬	扫收场-I
	⑭	参庙
	⑮	"潼关战马超"(《三国志演义》第58回)
	⑯	扫收场-II
	⑰	封箱

看这表，可以把全体活动分成三个部分：

A　开箱·参庙——封箱
B　扫开场·（设朝）——三国故事——扫收场
C　①辞庙——辞门间——接风——参土地庙
　　②开财门

关于 A 部分的内容，这一共三天的地戏演出，可以说都是从开箱(把收纳面具的箱子打开，取出面具，而后用鸡血来"开光"的仪式)到封箱的一个大框子内。这开箱·参庙仪式在村小学的校院举行(以前是庙院)。在这里，把面具当作神仙。演员不戴面具时，把它放在上座(因为地戏演出不用戏台而在平地上演，所以分不出哪里是上座。但可以说,放面具的地方应是上座)。

开箱的时候,长老一面唱"开脸词",一面烧香,烧纸钱,洒酒,开箱,拿出面具,面具上点鸡血(照片7)。其"开脸词"的开头如下:

日吉时良　天地开张

吉日开脸　五世共昌

弟子吉日开脸箱　虔诚奉诚焚宝香

奉请紫微星下界　福禄寿星请到场

敬酒三奠　弟子开箱

一开长天地久　二开地久天长

三开桃园结义　四开刘备封王

五开五虎上将　六开六畜成行

七开七星高照　八开八百寿长

九开庆中谷吊满仓

……

照片7　"开箱"

开箱结束,面具开光(神灵附着面具)以后,大家即时戴面具,参拜庙神(照片 8)。这时,站在中心的主角是刘备(其他的仪式部分也一样)。

照片 8 "参庙"

原来这地戏的传承,某一班传《三国》,某一班传《精忠》等,一个班只能演出一个故事。所以在仪礼部分,带领众角的是其故事中的大将,如《三国》的刘备、《精忠》的岳飞等。"参庙神词"如下:

庆祝中元米花神　刘爷领兵来参神
上参玉皇张大帝　下参地府十阎君
中参中朝仁圣主　三朝神圣得知文
又参五百阿罗汉　又参三千接地神
韦陀手执降魔杵　十八罗汉两边分
中参至圣孔夫子　颜曾石孟四帝君
牛马二王分左右　检斋菩萨□众神
只因神灵多护佑　今年五谷得丰登

六畜成行家群广　　人民无灾无难星

　　……

内容都是请神保佑的文字。这是开头的仪式。

　　最后,正戏(故事部分)结束,扫收场也结束了以后,很简单地念词,把放好面具的箱子封闭。封箱是三天活动的总结束。

　　如上所述,这 A 部分就是地戏演出的开头和结尾。

　　关于 B 部分,这 B 部分就是地戏演出的主要部分。开头有由一对童子演的"扫开场"(照片 9)。其唱词如下:

　　　　一童子一双一双　　金銮宝殿持玉皇
　　　　天空领了玉帝旨　　差吾下界走一场
　　　　差遣二人无别事　　庆祝中元扫教场
　　(唱)扫开场来扫开场　　扫开乌云见三光
　　　　扫开道子好跑马　　扫条大路好跑枪
　　　　黄道吉日扫过后　　合屯清洁保安康
　　　　和合二神仙　　俩手抓住肩
　　　　有人侍奉我　　金银要万千
　　　　一对童儿来相传　　相传刘爷下教场
　　　　(刘备唱)
　　　　这对童儿你回去　　等我刘爷下教场

内容大略是,从天上派来两个童子祝福中元,并把场地打扫干净的意思。这带有童子当天上使者的神话意义。

　　"扫开场"之后有"设朝"一段(我们未见表演,只看唱词)。关于"设朝",高伦先生的说明如下[①]:

---

① 高伦《贵州地戏简史》,贵州人民出版社,1985 年,第 50 页。

照片9 "扫开场"

演出第一天必设朝,这犹如故事的开端。下面引唱句较少的一个例证,是宋太宗被困幽州后,设朝议事,找人去汴梁城送信给杨家父子,请求援救。

(宋太宗坐在龙椅上唱)

春风动来海水潮	架上金鸡把翅摇
猛风吹动金铃响	正是君王设早朝
闲言闲语且丢下	把话分开别有因
不唱前朝和后汉	且唱宋朝有道君
一夜话文都休唱	不觉金鸡报五更
五更三点王登殿	聚齐三台八位臣
东华门打龙凤鼓	西华门撞景阳钟
文听鼓响朝皇帝	武听钟响拜明君
东华门里文官进	西华门里武官行
正阳门下无人进	只见皇亲国丈行
文武两班朝天子	掌扇分开臣是君

拜王二十单四拜　　三呼万岁口称臣

　　拜罢起来分班立　　等候君王降敕文

　　可以看出宋太宗既是戏中人物,又是像说唱艺人的身份,明明在演出,却唱出了"闲言闲语且丢下"、"一夜话文都休唱"之类话来。接下来是文、武臣参拜,忠臣提出意见办法,皇帝下旨,即转入有故事情节的演出。

又据沈福馨先生的说明如下①:

　　正戏最先的一出是"设朝",据说这也属于"请神"的仪式。"设朝"时满朝文武大臣参见皇帝,几乎全部角色亮相,观众借此认识谁是皇帝,谁是元帅,谁是先锋……然后才是正式演出的开始。

我们这次在詹家屯看的"设朝词"的内容是叙述天地开辟以来到后汉末年的历史。关于这"设朝词",在下章再详述一下。

　　以上几段是仪礼性较浓厚的部分。其后就是地戏的中心——故事部分。这次,我们参观的是《三国》中的:

　　"白马大战"(关云长斩颜良)——《三国志演义》第25回
　　"长坂坡"(赵云救主)——《三国志演义》第41、42回
　　"潼关战马超"——《三国志演义》第58回

都是非常卖力、精彩的演出(照片10、11)。

　　故事部分结束了以后,末尾有"扫收场"一段。是由峨眉山的和尚与南天门土地的对唱(照片12)。其结尾部分如下:

---

① 沈福馨《安顺地戏》,贵州人民出版社,1989年,第3—4页。

照片 10 "长坂坡"

照片 11 "潼关战马超"

照片12 "扫收场"

咀口事非扫出去——拿也模。

一团和气扫进来——佛也拿拜阿弥陀。

多灾多难扫出去——拿也模。

清洁本安扫进来——佛也拿拜阿弥陀。

皮寒摆子扫出去——拿也模。

九足气壮扫进来——佛也拿拜阿弥陀。

邪魔妖怪扫出去——拿也模。

百般顺气扫进来——佛也拿拜阿弥陀。

坏人坏事扫出去——拿也模。

正大光明扫进来——佛也拿拜阿弥陀。

好言好语难表尽——感谢老幼要转还。

却说土地问道和尚公,扫场到此结束。你回峨眉山苦心修念,做个长生不老仙。我回南天门享受万民香烟,护佑民间风调雨顺、五谷丰登、大吉利。

唱:土地回南天,风调雨顺万民安。和尚回峨眉,五谷丰登满仓存。

　　扫罢已毕,百事大吉。

把坏事扫出去,把好事扫进来,最后以祝词结束。

　　关于 C 部分,C 是插入的部分。①地戏,除了在自己的村子里演出之外,有时受他村的聘请而演出。这时候,从自己的村子出发,辞庙堂,离村门,又在对方的村子的门前迎接,在对方土地庙拜礼等,一段一段都有唱词。这次,特意为我们假把聚落 A 拟作自己的村子,把聚落 B 拟作对方的村子,而表演这过程(表演的地方,请看图 1)。其唱词也大都是吉利话。例如"参门楼词":

　　……
　　门楼造下数百载　　全村人民得安宁
　　子孙发达民兴旺　　万紫千红村中围
　　六畜成群田乐茂　　五谷丰登万年兴
　　公公行门寿长久　　太太行门福寿春
　　娘娘行门出贵子　　少爷行门出贵人
　　读书文人门楼过　　高树黄榜中头名
　　少年姊妹门楼过　　前穿金来后穿银
　　生意行人门楼过　　一本万利转回呈
　　手艺行人门楼过　　雕龙画鹰样样精
　　刘备领兵参行过　　五谷丰登满仓存
　　参罢已毕　　百事大吉。

这都是村民们所愿望的事。

　　②"开财门",这一般是新盖房子时为求福而举行的。唱词内容也和"参门楼"一样,都是吉利话。部分唱词如下:

春季开门春季旺　夏季开门夏季兴
秋季开门进五谷　冬季开门进金银
早晨开门金鸡叫　晚来关门凤凰鸣
公公开门寿长久　太太关门家长青
娘娘开门出贵子　少爷关门出贵人
姐妹开门去挑水　一股银水淌进门
儿童开门进学校　高封皇榜中头名
开门贺词表不尽　万万金言表不清
自从今日开过后　人财两发万年兴

这开财门时,堂内摆设着"五谷丰登"等表示吉祥内容的供品。

三、关于地戏剧本——特别是关于"设朝词"

地戏剧本以七言齐言体的形式为主,且采用第三人称叙述方法,是属于叶德均先生所分类的"诗赞系"讲唱文学①。这种类型的民间讲唱文学很多,例如陶真、词话、弹词等。虽然像贵州地戏和安徽贵池傩戏般用这唱本作为演戏的脚本,现在比较稀罕,但是,南宋耐得翁《都城纪胜》说:

> 凡傀儡敷衍,烟粉、灵怪故事,铁骑、公案之类。其话本或如杂剧,或如崖词。

这是用"诗赞系"的"崖词"作为傀儡戏脚本的例子。又如元代的《通制条格》卷二七"搬词":

---

① 叶德均《宋元明讲唱文学》,中华书局,1959年。又收于《戏曲小说丛考》,中华书局,1979年。

> 至元十一年十一月，中书省大司农司呈：河北河南道巡行劝农官申，顺天路束鹿县镇头店，聚约佰人，般唱词话，社长田秀等约量断罪外，本司看详，除系籍正色乐人外，其余农民市户良家子弟，若有不务本业，习学散乐，般唱词话，并行禁约。都省准呈。

这"般(搬)唱词话"大概也是用"词话"来演戏。叶德均先生的所谓"诗赞系"主要是指讲唱文学的分类概念。但是另一方面，确实也存在着"诗赞系戏剧"①。"乐曲系戏剧"主要是在城市演出的较高级的戏剧，"诗赞系戏剧"主要是在农村演的朴素的戏剧。现在我们所知道的"诗赞系戏剧"有：

> 贵州安顺地戏
> 安徽贵池傩戏（花关索、薛仁贵等）
> 江西万载傩戏（花关索与鲍三娘）

它们之间的关系也是将来作为研究的一项重要题目。

现在探讨这次我们在詹家屯所搜集的地戏脚本中关于"设朝词"的问题。安顺詹家屯的"设朝词"全文如下：

> 混沌初开天地分　三皇五帝治乾坤
> 伏羲神农治五谷　轩辕皇帝治衣蠓
> 尧舜禹汤行仁义　夏商桀纣损黎民
> 历代帝王都休唱　如今且唱那拜君
> 自从楚汉争天下　高祖登基汉业兴
> 代自汉宗孝平帝　王莽篡位十八春

---

① 小松谦「詩讃系演劇考」,『富山大学教養部紀要』第22卷1号别册,1989年。

光武兴时东汉主　　四百余年天下兴

　　后汉皇帝崩了驾　　汉灵皇帝坐龙厅

　　诗曰：圣王玉步上龙楼　两手分开玉银饼

　　　　　南天玉册转北斗　金钟一响文武朝

孤家乃汉灵帝是，曰：

却说，君王在至金殿上，参见上界天空玉皇大天尊，下拜前朝后汉君王帝王。拜罢已毕。金殿上龙位座登，春风动海水朝，架上金鸡把翅摇，猛风吹动金铃响，万岁君王设早朝：

　　朝鼓一下响　　文武尽皆知

　　朝鼓二下响　　文武整朝衣

　　朝鼓三下响　　占满玉丹墀

君王唱：

　　五更三点王登殿　聚起三台八位臣

　　东华门内文官边　西华门内武将行

　　文听鼓响朝皇帝　武听钟响拜明君

　　拜王二十单四拜　三呼万岁口称臣

　　拜罢起来三班位　等候君王降旨文

　　不唱君王设朝事　把话分开别有因

"设朝"位置于两童子的"扫开场"与《三国》故事的中间。"设朝"在地戏演出中的意义，就是从"开箱"、"参庙"、"扫开场"等仪式性浓厚的部分到《三国》故事的过渡功能。如果直接从仪式进入故事的话，观众觉得有点唐突。所以，从开天辟地一直讲到汉灵帝，让观众了解明白"故事的现在"（比如《隋唐》故事，从开天辟地讲到隋唐；又如《精忠》故事，讲到宋代）。"设朝"的表面意义，大概如此。其实，"设朝"的意义不尽如此。我们在有些讲唱文学和白话小说的开头，可以看到与这"设朝词"相似的词句。

如1967年于上海嘉定县发现的《成化说唱词话》中《花关索传》

的开头有：

自从盘古分天地　三皇五帝夏商君
周朝伐纣兴天下　代代相承八百春
周烈王时天下乱　春秋列国互相吞
秦皇独霸诸侯城　焚典坑儒丧圣文
西建阿房东填海　南修五岭北长城
欲传世世为天子　游至沙丘帝业崩
三世胡亥传宝位　赵高杀了命归云
三世子婴年幼弱　天下荒荒渐起兵
楚汉立起怀王帝　两处分兵要破秦
先到长安为天子　后到咸阳做忠臣
高祖先到都收了　霸王心下怒生嗔
杀了楚怀王背义　违盟要夺汉乾坤
汉王拜起都元帅　百万军中第一人
九里山前排下阵　霸王志败陷垓心
乌江自下龙泉剑　八千兵散楚歌声
长安建国汉天子　隆准龙颜真圣人
惠文景武昭宣帝　元帝哀平十一君
中间王莽生狡计　谋篡刘朝十八春
谁知再有刘光武　起义南阳点聚兵
捉住篡国贼王莽　旋台剐割碎分身
中兴立起刘光武　后汉建国洛阳城
安邦定国无争战　雨顺风调得太平
传至明章和殇帝　安顺冲质桓灵君
汉末三分刘献帝　管了山河社稷臣
关西反了黄巾贼　魏蜀吴割汉乾坤
魏国曹操都建邺　吴地孙权做帝君

刘备据了西川主　汉裔金枝玉叶人
军师便有诸葛亮　武勇关张是好人
都在青口桃源洞　关张刘备结为兄
三人结义分天下　子牙庙里把香焚

花关索的故事系《三国》的一个支流。所以从盘古开天讲到汉末。安徽贵池傩戏剧目也有《花关索》①。其开头是：

第一出　张飞同小校上
自从盘古分天地　三皇五帝到如今
周朝法律兴天下　代代相传八百春
周烈王时天下乱　春秋列国互相吞
秦王独霸诸侯国　焚典坑儒灭圣经
只图世世为天子　赵高杀了命归阴
今有太子年纪小　天下扰攘起强兵
汉室立起怀皇帝　两处兴兵要灭秦
高祖先到秦关下　霸王心下怒生嗔
霸王统领人和马　未免要夺汉乾坤
汉王拜祝韩元帅　霸王阵败走无门
乌江自下龙泉剑　三军人马化灰尘
汉王统一安天下　光武中兴又太平
及今献帝皆愚弱　曹操专权起霸争

又如福建朱鼎臣所刻的《新刻音释旁训评林演义三国志传》卷一开头有：

---

① 王兆乾《池州傩戏与明成化本〈说唱词话〉——兼论肉傀儡》，《中华戏曲》第六辑，1988年。

演从混沌分天地　清浊剖开阴阳气
开天立教治乾坤　伏羲神农兴皇帝
少昊颛顼及高辛　唐尧虞舜相传继
夏禹治水定中华　殷汤去纲行仁义
成周历代年八百　战国纵横分十二
七雄干戈乱如麻　始皇一统才三世
高祖谈笑入咸阳　平秦灭楚登龙位
惠帝懦弱吕后权　文景元为天下治
聪明汉武学神仙　昭帝芳年弃尘世
霍光应立昌邑王　孝宣登位喜宁谧
元帝成帝孝哀帝　王莽篡夺朝廷应
大哉光武建中兴　明章二帝合天意
和殇安顺幸清平　冲质两朝皆早逝
汉家气数至桓灵　炎炎红日将西坠
献帝迁都社稷危　鼎足初分天地碎
曹刘孙号魏蜀吴　万古流传三国志

其他讲史小说中带有这历史一段的,则如元代建安虞氏所刻《新刊全相平话武王伐纣书》卷上的开头诗:

三皇五帝夏商周　秦汉三分吴魏刘
晋宋齐梁南北史　隋唐五代宋金收

这虽很简单地谈到后世,但讲史书开头有历史诗的规矩,则是一样的。又如《新刻钟伯敬先生批评封神演义》卷一开头有:

混沌初分盘古先　太极两仪四象悬
子天丑地人寅出　避除兽患有巢贤

燧人取火免鲜食　伏羲画卦阴阳前
神农治世尝百草　轩辕礼乐婚姻联
少昊五帝民物阜　禹王治水洪波蠲
承平享国至四百　桀王无道乾坤颠
……

又如冯梦龙的《新列国志》第一回开头有：

凿开混沌分天地　持世三皇并五帝
中天气薄揖让衰　夏后商周子孙继
夏祚四百商六百　独有周年卜过历
屏主东迁避犬戎　纽解王纲成列国
东门树党争雄雌　射钓公子奋临淄
晋楚宋秦纷角逐　风林从此无宁枝
五霸方沉吴越缀　雄风东海推乌喙
六卿田氏接踵兴　七国纵横游客沸
苏张舌敝七雄亡　金人十二归咸阳
鄗洛荒芜九鼎没　姬姜枝叶逢秋霜
谁把千戈换礼乐　小辨扬水清波浊
安得成康寿百年　山河带砺遵周索

又如朱鼎臣所编的《鼎锲全相唐三藏西游传》卷一开头：

混沌未分天地乱　渺渺忙忙无人见
自从盘古破鸿蒙　开辟从兹清浊辨
霸载群生仰至仁　发明万物皆至善
欲知造化会元功　须看西游释厄传

明末诸圣邻的讲史说唱《大唐秦王词话》第一卷第一回开头有：

义兵严整起并州　四海烟尘一旦休
唐为宽仁兴帝业　隋因政乱失金瓯
龙姿日表山先定　天与人归岂妄谋
创业洪基三百载　相承安享太平秋
天地原从太极分　始生盘古立人伦
有巢构屋民安业　钻火烹炮号燧人
伏羲画卦通玄妙　始制文书代结绳
圣德神农尝百草　耕耘五谷济饥贫
轩辕济济衣冠盛　陆地行车舟渡津
三皇始治蛮夷顺　五帝登基雨露均
尧舜禹汤民快乐　夏商桀纣起刀兵
后稷太王修圣德　文王渭水遇贤臣
武王伐纣朝歌破　一定周朝八百春
三十六王承帝业　纷纷战国起征尘
虎踞鲸吞十八国　七雄戈戟总如林
始皇一统捐仁政　三世沦亡在子婴
楚汉争锋逐秦鹿　高皇有谶定乾坤
二十四帝相传位　汉末三分杂霸兴
六朝社稷崇虚诞　太业当隋炀帝昏
乱政荒淫天道灭　穷奢极欲害生灵
扬州贪看琼花好　四十离宫接水滨
江都县里身遭弑　三十余年社稷沉
隋宫禅位唐高祖　业创长安锦绣城

我们从来仅以为这些套语是正文前的"入话"而已。但是，现在地戏脚本中的套语，给了我们再进一步探讨的机会。

讲述天地开辟以来的历史,原来是神话的常套。在此,历史叙事也是神话的一部分。凡属于一个共同体的人,有时借听这神话历史故事,来确认自己的存在根据。这些神话往往用问答的体裁。《楚辞》的《天问》就是很古老的一个例子：

  曰遂古之初　谁传道之
  上下未形　何由考之
  冥昭瞢暗　谁能极之
  冯翼惟像　何以识之

这是盘问天地开辟的情况。"天问"中另外还有盘问历史的一段：

  彼王纣之躬　孰使乱惑
  何恶辅弼　谗谄是服

这是关于殷纣王的一段。现在,苗族等少数民族的歌谣里也保留着他们的开天辟地故事①：

  我们看古时　哪个生最早　哪个算最老
  他来把天开　他来把地造　造山生野菜
  造水生浮藻　造坡生蚱蜢　造井生刚蝌
  造狗来攀山　造鸡来报晓　造牛来拉犁
  造田来种稻　才生下你我　做活养老小

这里的"他"就是苗族传说中的人类祖先——姜央。

以上两种是天地开辟的神话。在这神话上面加上"时间"的观

---

① 《开天辟地歌》,见田兵编选《苗族古歌》,贵州人民出版社,1979年。

念,就成为历史。所以,神话和历史(当然包括讲史小说)是同根而生的。

讲述神话历史故事,原来是在节日仪式的场面上的。趁一年几次的仪式机会,一个共同体的成员们经由观看体验他们的始祖传说,而确认自己的存在的源由。

由此看来,一年两次的宗教活动之中演"设朝"一段,分明是有着他们屯堡人神话历史故事的功能。村民们观看地戏("设朝")以确认自己是汉族,而且是武人后代。

这次我们在贵州、江西等地调查傩戏、傩舞,到处看到了"开山"(照片13)。尤其在江西婺源看了盘古开天辟地的傩舞(照片14)。这些开山、盘古在仪式上的意义,和"设朝"一样,都是他们的"始祖传说"。所以,在每年几次的节日仪式场面,必须唱盘古开天辟地的词,或跳开山的舞。

照片13 "开山"(江西省南丰县水南村)

讲史的说唱原来也是在这种的仪式场面演出。所以,说唱词话唱本带有这盘古开天以来的一段神话历史,是很自然的事。后来由

照片14　"(盘古)开天辟地"(江西省婺源县长径村)

说话艺术发展出来的讲史小说中有这一段,可以说是原来的宗教仪式的尾巴。但是后来,讲唱文学和小说都摆脱了宗教仪式的场面,而独立演出。城市的勾栏上的说话,已经脱离了宗教性,可以随时演出。到这个阶段,带有宗教性的部分唱词没有意义,而开始退化,如《成化说唱词话》中《新刊全相说唱包待制出身传》的开头:

　　休唱三皇并五帝　　且唱仁宗有道君

大概这故事原来有盘古、三皇五帝以来的套语,但在这里已经省略为"休唱三皇并五帝"。这样的省略,在地戏演出中也发生。如前揭高伦先生举的"设朝"例子就有:

　　不唱前朝和后汉　　且唱宋朝有道君

这是原来的神话历史故事的痕迹而已。这次我们在詹家屯看的地戏演出，也省演了这"设朝"的一段。大概这一段是较容易被简略的部分。最后，完全成为书面小说的时候，开头也没有这种套语，如嘉靖本《三国志通俗演义》。我们可以用这些材料来看讲史小说从宗教仪式唱词到书面小说的过程。

这次我的报告，仅仅是介绍资料而已。还未解决的问题仍有很多。但是，经由本次调查，了解到了地戏和其他讲唱文学、讲史小说、歌谣等研究有着密切的关系。希望今后用更广博的视野来研究地戏这一个课题。

元杂剧的东渡与日本能乐关系重探
——以"傩戏"为切入点

一、关于"比 较"

比较文学的领域里,主要分为两大流派,分别是法国学派和美国学派。① 前者乃限定比较对象之间存有直接性的接触交流,也就是将所谓"影响"的问题化。以甲国的作家 A 所写的作品受到乙国作家 B 的作品的影响为例,作家 A 究竟阅读了作家 B 作品哪一个版本的问题也要考虑,也就是连传播的路径都要成为考察研究的对象。这个例子中,如果没有办法证实作家 A 确实看到作家 B 的作品,那么两者之间就无从比较起。此时的重点在于:某一个文学作品被移植到另一个国家时接受的变化,即,原来的作品和受影响而产生的作品之间的差异,也就是两国之间文化相异处的比较。

相对于此的后者,则是将不同时间与空间产生出的两部作品也加以比较,其研究包含构造的分析,以及从一般理论的视角考察两作品之间的相似性、对应关系、共通点与相异点等(这种情况或许比较接近所谓的"对比")。尽管在考察两作品的共通点时,也可以包含前者所谓直接影响,但是更多被讨论的问题是所谓超越了时代或民族的那些被设想为人类普遍性、一般性一类的东西。

虽然同样都称为"比较",但是两者的目的与研究方法却可以说

---

① 川本皓嗣"比较文学",《集英社世界文学大事典》5 事项,东京集英社,1997 年,第 645—646 页。

有着极大的差异。或许选用"比较"作为研究方法时,首先必须要清楚地意识到两者之间的差别。在戏剧的比较研究上,也同样要留意这一问题。日本的戏剧和中国的戏剧两者之间有着不少的共通点。那么,何以会共通呢?

在过去,不仅在戏剧方面,中国文化对日本有着压倒性的影响。倘若将戏剧部分置于影响的框限之外,恐怕是不可能的。在戏剧上,虑及中国对日本有过巨大的影响,相当自然。日本戏剧的研究者,为了探索日本戏剧的源流,相当重视中国的戏剧。然而,另一方面,避不开面对由于使用语种的不同,再加上演出只限于舞台上,随着时间的流逝而消失的戏剧表演,是否能够轻易地移植到外国这一问题。研究通过书籍输入的文化移植时,有资料可以确认输入路径。可是,要研究戏剧的移植,缺乏可供参考的资料,乃是相当遗憾的事。比较容易得知作品的共通点、类似点等,然而,若涉及对此深入的说明,果真能够确认是从中国传入产生的结果,还是人类或者说东亚的共通性因而自然发生的,这一点并不容易解决。这是中日比较戏剧研究领域里最大的难题,也可以说是让研究者伤透脑筋的地方。

本文将从近年来在中国介绍的"傩戏"开始,以中国元杂剧与日本能乐间的关系为中心,尝试对上述问题进行探讨。本论文是在笔者的《中国傩戏与日本艺能——日中比较戏剧之方法》论文基础上,大幅增补而成。[①]

二、比较对象的设定

如果要从事日本和中国戏剧的比较,两国的戏剧史各自经历过数千年的历史,从中该选定哪一种戏种来加以比较,这也是问题之

[①] 大木康「中国儺戯と日本芸能　日中比較演劇の方法をめぐって」,见松冈心平编『鬼と芸能　東アジアの演劇形成』,东京森话社,2000年,第169—192页。

一。将相差悬殊的两个个体放在一起来比较研究,并不能期待有什么理想的效果。随着比较研究的目的(戏剧起源的问题、文本的文学性问题、舞台的演出形式及美学研究等),比较对象的选择也会随之而变。中国的戏剧史和日本的戏剧史,到目前为止我们所看到的两国各自的戏剧史史著当中,呈现出极为不同的发展走向。两者戏剧史的不同处,虽然有部分是由于各个材料的差异而来,然而,恐怕更多是对戏剧史的看法与想法的不同所致。在此,笔者将就中国戏剧发展的看法和日本戏剧的发展情况做一对比并概观之。

(一) 戏剧前史(艺能期)

王国维《宋元戏曲史》(1915年)一书以"歌舞之兴,其始于古之巫乎?"为论述起点。[①] 不过,在往后的中国,认为中国戏剧的起源应是宫廷里的"俳优"或是"歌舞百伎"等的说法较具说服力。青木正儿以王国维尚未涉及的明清时代作为研究重心写就的『支那近世戯曲史』(1930年),由王古鲁翻译成中文(《中国近世戏曲史》,1936年,商务印书馆;1954年,中华书局;1958年,作家出版社;2010年,中华书局)出版,这部作品产生了极大的影响力,书中一开始便触及戏剧起源问题:

> 戏剧起源,出于歌舞,殆为各国戏剧史所趋之同一路径。中国亦然。更如歌舞于其发达之过程中,以民众之集团的跳舞为最原始之形式;其次发生者为挑选特定之人员歌舞;渐次而开专门的歌舞者之端绪。……
>
> 专门的歌舞之发展,取二种途径。其一供王侯贵族娱乐之用;其二供祭神之用。前者为"倡优";后者为巫。……
>
> 王国维氏以巫风为戏剧之源泉。今其说云:"楚辞谓'巫'曰'灵',谓'神'亦曰'灵'。盖群巫之中,必有象神之衣服形貌

---

① 王国维《宋元戏曲史》,台湾商务印书馆,1968年,第1页。

> 动作者。……盖后世戏剧之萌芽,已有存焉者矣。"其说虽甚动听,然尚无明征。以余观之,宁认倡优为戏剧之正统,而以巫为傍系。苟就歌舞之点较之,则二者毫无相异。惟就象他人形状之点论之,则见之《史记》所载"楚之优孟尝扮孙叔敖,言语动作与之酷似,楚王及其左右均莫能辨",以此足见其技较巫为进步。然倡优仅供贵族之娱乐,而巫则为民间之娱乐,由此观之,巫之于上代歌舞发达史上能与倡优同占重要地位,非无因也。①

虽然青木先生对巫相当重视,但是在戏剧起源的问题上,他较重视"倡优",认为"倡优"才是正系。

另一个在中国的戏剧史上具有影响力的著作是周贻白的《中国戏曲发展史纲要》(1979年),这部著作的"中国戏曲的起源及其艺术因素"一节中反对王国维的巫觋说,云:

> 巫觋的装神弄鬼,和巫觋以歌舞娱乐神鬼,是截然不同的两件事,因其本身既为神鬼所凭依,便不能再去用歌舞娱乐神鬼了。如果看作巫觋装扮神鬼而自歌自舞,岂不成为神鬼以歌舞娱人?比较合理的看法,应当是有专备神灵降依之巫,而另有专以歌舞娱神之巫。那么,古代的巫觋既非装神扮鬼而歌舞,则后世戏剧不当于此萌芽。其娱神者自系歌舞,并非装扮人物而故事表演。因此,中国戏剧系发源于古代巫觋一说,显未可信。②

如此,强烈地反对中国戏剧的巫术起源说。本来这戏剧的巫术起源说跟马克思主义的看法相矛盾,因此,戏剧起源自宗教的说法,到现在在中国也很少有人采用。

---

① 青木正儿著、王古鲁译《中国近世戏曲史》,作家出版社,1958年,第1—3页。
② 周贻白《中国戏曲发展史纲要》,上海古籍出版社,1979年,第2页。

中国的戏剧史中关于初期的发展,周先生书中有如下的章节:

汉代的散乐(百戏)与雅乐

三国及六朝时代的各种伎艺

隋代的散乐与歌舞

唐代的乐舞与杂戏

北宋时期的歌舞与杂剧

南宋时期的杂剧和戏文

元代的杂剧

……

该著大概都以宫廷和都市为主要舞台的歌舞为叙述的中心。他所描绘的中国戏剧发展的轨迹是:最初音乐、歌舞、说唱艺术等各自独立存在,到了某一时期这些个别存在的艺能综合成为戏剧。张庚、郭汉城主编,何为副主编的《中国戏曲通论》(1989年)也采取这想法。其第三章第一节"诗、乐、舞的综合与戏曲形式的形成"中论及诗歌、音乐、舞蹈的综合与戏曲形式的形成。①

如上的见解,是跟以祭祀活动作为一切戏剧表演的基础,且与祭祀活动的关系而考察戏剧发展的日本艺能史研究之观点有着根本上的不同。与宗教礼仪结合,具备其特色的歌曲与动作的"神乐艺能",经过艺术性的精练而成为戏剧。因此,所完成的戏剧中理所当然地也包含有初期"神乐艺能"的要素在内。这是日本戏剧研究者的观点。在日本的艺能史中,以这样的思考方式进行计划性研究的著作有折口信夫的《日本艺能史六讲》(1944年),而在中国并没有以这样的观点来做的研究。

倘若对事物见解的框架不同,事物的容貌也随之改变。在中国

---

① 张庚、郭汉城主编,何为副主编《中国戏曲通论》,上海文艺出版社,1989年,第127—147页。

实际上存在以农村为中心进行表演的所谓"傩戏",然而这"傩戏"却没有被放入戏剧史的架构中讨论。即使在周先生的《中国戏曲发展史纲要》中,讨论到的戏剧起源,也如此论述:

> 在解放前的湘、鄂一带地区,仍存在过师巫降神为人治病的情事。①

现在对照起来这无非指的就是"傩戏"。很有意思的是:在周先生的书里,这有关"傩戏"的记载是为了反对王国维的戏剧巫术起源说而被提到的。

中国现代文学的著名作品之一,巴金《家》的第三十四章,同样也有现今被纳入"傩戏"范畴的巫术的描写。作为小说舞台的高府,家中老太爷得了重病,为了祈求病痛能赶快痊愈,请来了巫师(端公),希望能捉到恶鬼并驱除之:

> 一天晚上天刚黑,高家所有的房门全关得紧紧的,整个公馆马上变成了一座没有人迹的古庙。不知道从什么地方来了一个尖脸的巫师。他披头散发,穿了一件奇怪的法衣,手里拿着松香,一路上洒着粉火,跟戏台上出鬼时所做的没有两样。巫师在院子里跑来跑去,做出种种凄惨的惊人的怪叫和姿势。他进了病人的房间,在那里跳着,叫着,把每件东西弄翻了,甚至向床下也洒了粉火。不管病人在床上因为吵闹和恐惧而增加痛苦,更大声地呻吟,巫师依旧热心地继续他的工作,而且愈来愈热心了,甚至向着病人做出了威吓的姿势,把病人吓得惊叫起来。满屋子都是浓黑的烟,爆发的火光和松香的气味。这样地继续了将近一个钟头。于是巫师呼啸地走出去了。②

---

① 周贻白《中国戏曲发展史纲要》,第2页。
② 巴金《巴金文集 四》长篇小说《激流》之一《家》,人民文学出版社,1958年,第386页。

这部作品的舞台是在巴金的出生地四川成都,而四川是留存下很多"傩戏"的地区。巴金在书中对于"傩戏"的描写,采用了严厉的批判视角,不过我们的确能从作品描写巫术里看得到今日所谓"傩戏"里巫师的动作。

对日本戏剧研究者而言,他们从前无法知道:中国在有戏剧以前,是否也有一个与日本的神乐相当的阶段。近年来,由于"傩戏"的介绍,得以一览中国戏剧史的全貌,特别是它提供了关于戏剧起源的重要资料,也成为比较研究重要的材料。

可是,战前的日本也并非完全不知道傩戏的存在。狩野直喜「支那上代の巫、巫咸に就いて」里有如下一段话:

> 即使到了现在,中国各地方还有存在一种人,那就是让神明附于他身上,为人们求吉避凶、用符水来为人治病、为驱除妖魔而镇恶鬼,或者登上刀梯、在火上行走,使各种幻术,以求得民众的崇信。①

这就相当于所谓的"傩戏"。而由此我们知道,狩野先生早就已经知道傩戏的存在。狩野先生本身也可以说是日本的中国戏曲研究的先驱者,但是日本的中国文学研究者对于中国戏剧的研究,不论是元曲或是明曲,都着重在文本的钻研上,他们的研究视野尚未触及傩戏。

滨一卫的《日本艺能的源流 散乐考》(角川书店,1968年),是论述日本猿乐并提及中国江西傩戏的少数例外(见后文)。

(二) 宋元南戏・元杂剧・明清传奇

脱胎于之前的短剧和歌舞阶段的宋元南戏、元杂剧,是中国最

---

① 见狩野直喜『支那学文叢』,みすず書房,1973年,第16页。

早具完整戏剧雏形的戏剧。应该注意的是,像杜善夫的散曲《庄家不识勾栏》(隋树森编《全元散曲》,中华书局,1964年,第31—32页)里描写的那样,这些都是在都市的商业戏剧演出。从南宋到元代的时候,中国戏剧史上突然出现商业性的戏剧演出。从戏剧史上来看,这究竟是什么原因? 这个时期会让戏剧的形态突然成形,是一个值得探讨的问题。例如,《旧唐书》卷二九《音乐志·散乐》中的"兰陵王入阵曲"是表演北齐兰陵王武勇的舞蹈,在日本舞乐中也留有这个"兰陵王"。① 演员装扮成兰陵王,观众也知晓那是兰陵王。但在此演员并不说任何台词,因而尚不足以称为戏剧。到了南戏、杂剧的阶段,演员以动作、歌曲、台词表演故事的方式逐渐形成。如此一来,真正的戏剧成立。音乐、歌舞向戏剧的转变何以会发生在这个时代? 这可说是中国戏剧史上最大的问题。

  南戏和杂剧盛行的时代,在日本也正是能乐集大成的时期。元曲与能乐的比较,是很好的戏剧比较的题材。关于宋元南戏、元杂剧与明清传奇等研究,虽然有一些以残存舞台建筑等作为材料的演出方法之研究,可是对中国和日本的研究者来讲,还是以文本研究作为研究的重点。然而文本研究往往只是局限在中国文学研究领域里,难以朝着中日比较研究方向发展展开。不过,在日本学者的研究当中,田仲一成教授的《中国祭祀戏剧研究》(东京大学出版会,1981年)、《中国宗族与戏剧》(东京大学出版会,1985年)二书,开拓了中国戏剧的演出环境研究,开展了中日戏剧比较研究道路。田仲先生在《中国祭祀戏剧研究》的序文里提到:

    起首的第一篇"发生论"当中,检讨了关于中国祭祀戏剧,如何从中国古代以来的祭祀仪礼形成的问题。关于中国戏剧

---

① 《旧唐书》卷二九:"大面出于北齐。北齐兰陵王长恭,才武而面美,常着假面以对敌。尝击周师金墉城下,勇冠三军,齐人壮之,为此舞以效其指麾击刺之容,谓之兰陵王入阵曲。"中华书局,1975年,第1074页。

的起源问题,以前都是以官廷剧的资料为主进行研究。然而,却几乎没有尝试将在村落举行的祭祀仪礼整体,如何变成艺能,也没有从这样的视角探索戏剧的发生过程的研究。本篇将从古代到宋元有关村落祭祀记录进行分析,并且追踪关于中国的祭祀仪礼,尤其是从镇魂的仪式中成立悲剧的要素以及其形式的过程。①

在这一本著作里,田仲先生首次调查中国戏剧演出的场景以及道教仪礼等,在此基础之上,完成了用与日本戏剧史共同的观点来看中国戏剧史的史著。

田仲先生在研究的过程中收集了新加坡等地的有关戏剧演出场所的材料。据此,我们便得以清楚了解戏剧演出的环境。然而,现在在这些地方所演出的戏剧,包括福建戏、广东戏等,大多请剧团来表演,这并不像保存了比较古老的表演形式的日本神乐。也就是说,虽然了解到了戏剧演出的环境,可是对于戏剧起源等材料并未收集。近年来,出现了有关"傩戏"的介绍,田仲先生从这个剧种入手进行研究并完成的著作有:《中国乡村祭祀研究》(东京大学出版会,1989年)和《中国巫系演剧研究》(东京大学出版会,1993年)两本书。此外,还有以上述观点为基础的中国戏剧通史——《中国演剧史》(东京大学出版会,1998年)。② 在该书第四章"元代戏剧的形成"中,对于元代戏剧的完成,有下列的论述:

戏剧出自礼仪的类型有三种,即:出自迎神礼仪的庆祝剧、出自追傩礼仪的角觝戏、出自孤魂祭祀的镇魂剧。其中,庆祝剧难以获得作为故事的内容,所以只限于短剧、小剧。追傩类

---

① 田仲一成《中国祭祀戏剧研究》,东京大学出版会,1981年,第 ii 页。
② 此书有中文翻译:田仲一成著,云贵彬、于允译《中国戏剧史》,北京广播学院出版社,2002年。

角觝戏本来也只限于简单的武技,但如果加入英灵镇魂祭祀的要素,就能扩展为英雄剧。这一点,因为孤魂祭祀是抚慰所有悲剧性人物的幽灵冤魂(当然包括英灵)的怨恨的礼仪,所以蕴含着发展为讲述冤魂命运的镇魂悲剧的最大可能性。

在世界文学史中,戏剧经常作为悲剧出现;而中国也不例外,最初的戏曲作品就是始于元代、源自乡村孤魂祭祀的镇魂剧,即孤魂的悲剧而出现的。①

(三)京剧等

京剧是清代中期安徽的地方戏传到北京而发展的剧种。关于京剧,在日本战前一批前往中国的人当中,有一些戏迷留下了有关京剧的著作。像是波多野乾一的『支那劇五百番』(支那问题社,1927年)等。此外,1919年(日本大正八年)梅兰芳访问日本时,在京都以中国学者为中心,写就了梅兰芳的赞美文集《品梅记》(汇文堂书店,1919年)。从内藤湖南、狩野直喜、铃木虎雄、青木正儿、冈崎文夫、那波利贞、神田喜一郎等杰出成员名单上来看,就可以知道在日本的中国戏剧爱好层非常深厚。只是这些学者们与其说是关心中国戏剧史的研究,倒不如说大多以艺术欣赏的角度来看待京剧。

基本上以商业为目的而在剧场演出的京剧,和日本的歌舞伎等所处的位置有相通之处,以往也有以两者为对象的比较研究。譬如京剧的"脸谱"和歌舞伎的"隈取"等,两者的某些深邃之处也有相通的地方。京剧和歌舞伎的比较研究主要是其样式或舞台艺术的比较。

以上是关于中国戏剧史和研究状况的粗略概观。(一)的部分相当于戏剧前史。以前,中国和日本由于其想法的不同,忽略了从

---

① 田仲一成著,云贵彬、于允译《中国戏剧史》,第129—130页。

日本剧戏史的观点来看是相当重要的研究对象——中国的"傩戏"。至于(二)的研究,大多以文本研究为中心或是文学鉴赏的姿态。(三)则是爱好者或以舞台艺术为主的视角。

以田仲教授在构思方法上将中国戏剧史与日本戏剧史相联系的研究成果,及近年来发掘的为数不少的"傩戏"资料为基础,中国与日本的戏剧史比较研究,无论在方法上还是材料上都已具备在同一层次进行比较的条件。

三、围绕"傩戏"的几个问题

现在要进行中日比较戏剧研究时,上述的"傩戏"研究应该成为重点之一。在此将围绕"傩戏"和比较戏剧研究的几个问题展开。

(一) 关于戏剧的起源

"傩戏"是研究中国戏剧起源问题的重要材料。那是相当于日本"神乐"一类比较古老的艺能。日本的戏剧研究者所关心的是从"神乐"如何发展到"能乐"、"歌舞伎"等戏剧的过程。现在因为在中国发现了"傩戏",所以有一个新的材料可以据此思考中国戏剧的起源和发展问题。

傩戏的介绍,不仅填补了中国戏剧史中的空缺,也成为与日本戏剧相关的重要线索。但在此,对于日本戏剧来说,应将中国傩戏视为直接的元祖,还是作为类推日本戏剧发展过程的资料,有其深究的必要性。至少就所见范围来讲,尚无资料证实中国傩戏直接传入日本;加上现存于中国的傩戏虽说几乎遍布全国,但大部分是在江西、湖南、湖北、贵州、四川等西南地区,其在地理上未与日本直接相关的这点格外令人在意。日本戏剧真的是由中国这些地域直接传播来的?还是日中戏剧间存在共通的原型,由这个原型向东西两方传播发展开的?对此过程有进一步探讨的必要。

(二) 关于面具

我们日本人所知道的中国戏剧——昆剧、京剧等都不戴面具。我们以为中国的戏剧是不戴面具的。日本的神乐、能乐等却都用面具。中国的傩戏往往用面具。而中国傩戏的有些面具和日本艺能所用的面具非常相似。若要考虑能乐跟中国戏剧的关系时,面具的由来问题是值得研究的主题。①

(三) 关于傀儡戏

笔者亲自考察过贵州德江县的傩堂戏"过关煞"。其主神是傩公傩母——一对男女神仙。在其仪式当中,迎接天上的神仙到坛上的时候,巫师手拿着傩母的神像而让她跳舞。其动作让我想起宋代《梦粱录》等里所记载的杖头傀儡。

在中国,孙楷第有《近代戏曲原出自宋傀儡戏影戏考》(1940年作。收于《傀儡戏考原》,上杂出版社,1952年)。最近很少人注意到这一篇文章。可是,现在我们可以重新思考傀儡戏的问题。

(四) 关于傩戏的文本

叶德均在《宋元明讲唱文学》(《戏剧小说丛考》所收)一文中提出,中国讲唱文学中的两个不同的系统——"乐曲系"和"诗赞系"。"乐曲系"的歌词有长短句,长短参差不齐。"诗赞系"的歌词是七言。诸宫调(元杂剧、明传奇)等属于乐曲系,敦煌变文、明代的《成化说唱词话》、苏州弹词等属于诗赞系。而傩戏的唱词往往是以七言为主的诗赞形式。小松谦「詩讚系演劇考」(『富山大学教養部紀要』第22卷第1号,1990年,第66—68页)、金文京「詩讚系文学論」(『中国——社会と文化』第7号,1992年,第110—137页)等文章探讨这诗赞系的问题。傩戏的唱词也对中国文学研究产生了一定的刺激。

---

① 后藤淑、广田律子『中国少数民族の仮面劇』(东京木耳社,1991年,第167页)等。

四、元杂剧和能乐

虽然近年来似乎较少见到,但是日本战前有一些论及作为能乐源流的元杂剧(元曲)的论说。这些论说主要以时代和戏剧的形式上的共通点作为比较(或曰影响)的主体。中国戏剧史上的元杂剧是位于从祭祀仪礼到戏剧的转换点的戏剧,也是首次形成的都市商业戏剧。而日本的能乐也占据了跟元杂剧相当的位置。事实上,两者的历史位置也很相近,将两者进行比较还有很多很多的可能性。在此,笔者想要回顾有关这两者的比较论。

盐谷温在《支那文学概论讲话》第五章"戏曲"中,关于能乐与中国戏剧的关系有以下这样的论述:

> 附带一提,关于能乐与中国戏剧的关系,过去以新井白石、荻生徂徕、太宰春台为首均有所论究,但多数日本文学研究者对此都持否定意见。然而若对于五山僧侣入明的史实及谣曲的兴盛仔细加以研究的话,相信两者之间不能说没有关系。事实上,将中国戏剧与日本能乐相较的话,我们非常容易看出彼此形式的相近。中国戏剧的舞台犹如能乐舞台,道具的准备也非常简单,例如演员手持鞭子表示乘马、以画着车轮的旗帜垂在腰下用以表示乘车,另外长须的配戴方式等也相当类似。由衷期望日本文学史家务必对此加以探讨。①

关于元杂剧与能乐,有七里重惠的专著『元曲と谣曲』(东京积文馆,1926年)一书。这本书是厚达300多页的单行本。在这部著作里,

---

① 盐谷温《支那文学概论讲话》,大日本雄辩会,1919年,第346—347页。关于新井白石、荻生徂徕、太宰春台等的说法,七里重惠在他的『元曲と谣曲』(东京积文馆,1926年)第十七章中有详细介绍。

七里先生先从剧本(第九章)、舞台(第十章)、角色(第十一章)、舞台艺术(第十二章)和演员的打扮(第十三章)等各个角度把能乐和中国戏曲很详细地比较,然后第十八章里整理了元杂剧和能乐的相似点,其内容如下所引:

> 1. 俱为一人剧,且为说明剧。这是最明显的一点。元杂剧是由正旦或正末演的一人歌剧,而能乐也是由男主角或女主角演的一人剧。
> 2. 能乐有前后两段的结构。这跟宋杂剧的两段相同。
> 3. 俱为以歌唱为主的戏剧。
> 4. 俱用面具。
> 5. 俱为唱、科、白三者所构成。
> 6. 舞台上的设置、演出法等的共同点不少。
> 7. 神佛故事相当多。
> 8. 剧本的语言技巧有相似的地方。
> 9. 演员初上舞台时念诗句。由副主角开场。
> 10. 俱由叙事体至代言体变迁。①

该书列举了以上十点。其中如第4的"俱用面具"是明显的错误,因为元杂剧没有使用面具的痕迹。还说:"右记的事项虽然不能断言,但是共通点很多却是事实。退一步说,我想从比较戏剧学上来说是值得注目的。"(第230页)该书主要以直接影响作为主题,假设那些无法被证明,但在"比较戏剧学"上还是有其意义。在此,七里先生也就是使用了"比较戏剧"这个词。

该书里还指摘了连接元杂剧和能乐的直接媒介者——从中国到日本的僧侣以及从日本到中国留学的僧侣的存在:

---

① 七里重惠『元曲と謡曲』,第229—230页。

前往日本的僧侣停留十余年并不少见,甚至于终生留在日本的例子也很多。渡中的僧众留学十数年,充分体验他国的文化,耳濡目染之。而且那些僧侣们在日本都是全国数一数二的知识阶级,不只精通佛教教义,对于国文、和歌甚至汉文汉诗的造诣也都很高。同时他们桑门的子弟,对于乐曲的流行拥有相当的关联性,也保存着一种传统。想只有戏剧、能乐跟他们没有关系,也不自然。而且,当时的能乐师大多是信仰禅宗的。①

这不过是一种旁证而已。但七里先生考虑到作为直接的媒介者的僧侣。

在青木正儿「日本文学と外来思潮との交渉(三)支那文学」(『岩波講座日本思潮』,1932年;后收于『支那文学芸術考』,京都弘文堂,1942年)中提及,与其比较能乐与元杂剧,更应该比较能乐与传奇(南曲)。以和日本交流密切的江南地区作为中心,且与能乐集大成的时期相当的中国戏剧应为传奇。后来,岸边成雄「宋元戲劇と能(一)、(二)」(能乐协会『能』第1卷第9、10号,1947年)一文中讨论关于宋代戏文与能乐的关系。戏文乃是先于元曲形成,极可能在经过约百年的时间影响了能乐的形成。第一,在与日本有直接且紧密交流关系的江南地方非常兴盛(输入该剧种的媒介者,推测是前往中国经商的商人);第二,它与日本室町时期同样是在商业繁盛的都市发展出来的。因此,戏文或许可以推想为是能乐的直接源流。与其说能乐是受到同时代元杂剧的影响,倒不如说受到在时间上更早的戏文的影响比较恰切。然而,不论如何去推想,戏文、元杂剧和能乐之间的影响关系,在作品里看不到直接的影响这一点上,立论是比较薄弱的。

泷辽一「能楽と元曲——「楊貴妃」から観て—」(能乐协会『能』

---

① 七里重惠『元曲と謠曲』,第226页。

第3卷第6号,1949年)中所提到,谣曲里的《杨贵妃》(唐玄宗和杨贵妃的恋爱故事),取材于白居易的《长恨歌》,而看不到受到在元杂剧里的唐玄宗和杨贵妃故事《梧桐雨》的影响。他认为,采用《长恨歌》,与其说是仰慕中国文化,倒不如说是对白居易流行的平安时代文化充满向往之情所产生的作法。也就是说,泷先生断定了能乐与元杂剧之间完全没有关系。

之后,对于元杂剧和能乐的关系以及从中国寻求能乐源流的研究者似乎越来越少了。然而,在"傩戏"这个戴面具的戏种被发掘出来的今日,未来从"傩戏"角度切入重新探能乐的源流也许是一个很好的研究主题。

一般认为,能乐是从猿乐、田乐的基础上发展的。[①] 猿乐、田乐也可以说是一种以跳舞为主的傩戏。滨一卫先生在他的《日本艺能之源流 散乐考》中早已论及日本的猿乐和中国傩舞的关系。滨先生在盛婕论文《江西省傩舞的介绍》的基础上,介绍了江西省婺源县长径村与南丰县石邮村的傩舞,并将其与日本的猿乐相联系。[②] 其论文并非论述傩舞与能乐的关系,但倘若元杂剧与能乐在形成之初存在共通要素的话,那么两者间的关系必定会变得更加密切吧。

这样看来,元杂剧的源流有傩戏,能乐的源流也有傩戏。中国的元代,这傩戏发展成戏剧。日本的猿乐、田乐受中国杂剧的刺激而发展成能乐。其媒介者乃上述七里先生所提的渡海僧。我们也许能描绘如此的模式。这问题还需要进一步的探讨。本稿仅仅提供其线索而已。

[①] 能势朝次『能楽源流考』(东京岩波书店,1938年,第1555页)、后藤淑『能楽の起源』(东京木耳社,1975年,第593页)等著作都探讨了作为能乐源流的猿乐。
[②] 滨一卫『日本芸能の源流 散乐考』(东京角川书店,1968年)第五章"猿乐"三"傩舞",第244—247页。他所依据的资料是盛婕《江西省傩舞的介绍》(中国舞蹈艺术研究会编《中国民间歌舞》,上海文化出版社,1957年)。

中国戏剧中的钟馗

——从古典到现代

一、引　　论

关于钟馗,我想从专业的中国文学的角度来论述。关于这个人物,《观世》杂志2月号刊登的岛尾新「鍾馗の変身——「皇帝」と「鍾馗」の理解のために」(《钟馗的变身——为了理解"皇帝"和"钟馗"》)中总结得很好,但首先还是要简单地回顾一下。

唐玄宗在位时,有一次他生病了(虽然也有资料认为不是玄宗,而是后来的德宗时代,但在能乐中,有杨贵妃登场,此"皇帝"如果不是玄宗,剧情就不合理了)。有一天,玄宗梦见一个小鬼偷了杨贵妃的香袋和玄宗的笛子。玄宗很生气,这时络腮胡子的幽鬼出现了,吃掉了那个恶鬼。玄宗问他是谁,他说自己是终南山的钟馗,在高宗(玄宗三代前的皇帝)时代参加了武举,但未能合格,羞愧而自杀;但高宗怜悯他,赐予绿色官服,并将他厚葬,因此他发誓要为大唐王朝祛除恶鬼。一梦醒来,玄宗的病彻底痊愈了。于是,玄宗召来画家吴道子,命令他将钟馗画出来。吴道子成功地描绘了玄宗梦中的钟馗的样子(这个故事最早似见载于卢肇的《唐逸史》,现在我们看到的《唐逸史》是清代的辑本。现存最早的文献是宋代沈括的《梦溪笔谈》。但是,《唐逸史》中有最后贴上钟馗画像来驱魔的记载,在《梦溪笔谈》中却没有)。

在唐代,正式实行了通过笔试选拔高级官员的科举制度。此后,围绕着科举考试,上演了许多悲喜剧,这正成了不少文学作品的背景。钟馗的故事，也是以科举为背景。科举分为选拔文官的文举和选拔武官的武举两种。这些资料都明确地记载了钟馗是参加了武举。确实，为了把他塑造为驱除邪气的神，武官比文官更为合适。然而，在后来的钟馗故事中，不知什么时候变成了钟馗是参加文举，距离考试成功、成为进士只有一步之遥。这是因为文举和武举，显然是前者更受重视的缘故吧。

在日本，虽然有从中国带来的各种各样的制度、文物，但是宦官、缠足、科举这三样却没有传来。然而，在能乐的"钟馗"剧中，也有"我虽被呼为钟馗进士，却未及第而亡"、"钟馗，世上无可隐藏的进士"的台词，钟馗是科举进士（在唐代，进士科的考生也被称为进士）。首先，钟馗故事的背景中有一项是科举制度，这是一个要点。

钟馗击退了在玄宗那里作祟的恶鬼，玄宗让当时的著名画家吴道子描画出他的肖像，并把这幅肖像贴在墙上来辟邪。众所周知，钟馗的另一个特点就是《唐逸史》中描述的凌乱的头发和胡子、可怕的相貌（"蓬发汀髯，面目可怖"），不管怎么说都是丑陋的、令人感到可怕的脸，于是起到驱除邪气的作用。关于钟馗的驱邪作用，《观世》杂志 1 月号刊登的小田幸子「作品研究 「皇帝」治世を守護する鬼神」中也有详细论述。

正如岛尾氏所引用的那样，不久之后，在宋代的《东京梦华录》中，钟馗的形象变成掌管宫廷驱鬼仪式的神（敦煌也发现了《除夜钟馗驱傩文》的文献）。也就是说，到了这个阶段，钟馗是从击退了纠缠玄宗皇帝的小鬼这样一个只有一次的偶然性故事的主人公开始发展，成为更广为人知的普遍存在。

以上是关于钟馗形象演变的简单梳理。

二、驱 邪 的 神

虽然钟馗在中国是以驱邪的神的形象而出现的，但实际上在中国,起到同样作用的神还有其他一些。

首先是尉迟恭(尉迟敬德)。传说中的尉迟敬德是作为唐太宗李世民的部将而活跃的人物,太宗在受到被杀死的龙王的亡魂折磨的时候,尉迟敬德和秦琼一起守护了他。于是太宗命人把他们两个人的形象画成画,贴在门上,这两个人就成了"门神"。中国人迎接新年的时候,会贴上新的门神图来防止外面邪气的侵入,这个习俗的起源就在这里。

太宗变成了玄宗,龙王变成了小鬼——这里可以看到与钟馗故事相同的构造。而且,这位尉迟敬德也有着黑炭般的脸,是一位模样古怪的神。另外,关于门神,还有神涂、郁垒二神的传说,而这两位神传说也是长着奇怪的面容。

此外,还有一位叫赵公明的神,也长着一张黑色的可怕的脸(现在被人们作为财神而供奉)。关于赵公明的时代,有各种各样的说法,据说他是终南山人,以黑色老虎为坐骑。钟馗也是终南山人。这一点或许和钟馗联系在一起。

中国的这些神的共同点是都有着可怕的容貌,也就是说,善良的神由于长着可怕的脸而使邪气恐惧,从而击退它们。然而到了日本,不知什么时候,正如在节分(立春前一天)的仪式上看到的那样,被驱赶的那一方变成了表情丑陋的鬼(广田律子『鬼の来た道 中国の仮面と祭り』,玉川大学出版会,1977 年;松冈心平编『鬼と芸能』,森话社,2000 年)。

我们在此可以确认,钟馗属于中国的长着丑陋的容貌、驱邪的神的系列。

三、傩戏中的钟馗

以上所谈的几点,基本上都是文献中所见的钟馗。然而,在当今中国的各种戏剧中,钟馗仍然存活着。

我们通常认为的中国戏剧,无论是京剧、昆剧,还是其他的地方戏剧,虽然都使用脸谱,但一般不使用面具。另一方面,正如我们所看到的过去从中国传入日本的舞乐中的面具那样,中国以前显然也有使用面具进行表演的艺术。那么后来,这些戴面具的剧种去了哪里呢?

使用面具的原始戏剧、类似于日本的神乐的艺术,实际上在中国还留存着。这些被统称为"傩戏"的戏剧,以前在中国全国的很多地方都有表演,但从1949年以来,基本上都被作为宗教迷信而受到排斥,不允许上演。然而,在80年代的改革开放政策之后,中国偏僻地区的农村残留的这种艺术又重新复活和上演了,其存在在学术界也广为人知(详参田仲一成『中国巫系演劇研究』,东京大学出版会,1993年)。在中国,假面剧"傩戏"的存在,可以说能够成为探寻日本能乐的遥远源流的材料。

虽说一言以蔽之统称为"傩戏",但也有各种不同的种类,其中多数是在除夕,戴着面具的村民在村子里巡游以达到驱邪目的的仪式。这在文献中也有确切记载。在中国,这种仪式在相当长的时期内在各地都有举行。

笔者于1991年在江西省南丰县的一个叫石邮村的村子里,亲眼见到了傩戏中的钟馗(照片1)。该地的傩戏,是由以土地神和关羽等为主人公的几个剧目构成的,钟馗的出场,是在被称为"跳判"的短剧中。这是一出喜剧:一开始是几个小鬼喝酒,这时钟馗出现,在殷勤相劝之下也喝起了酒,最后大醉。关于钟馗,除了上述驱除恶鬼的故事以外,还有其他的各种各样的故事,其中一个就是"钟馗醉酒"。然而,虽说是喜剧性的内容,但钟馗出现在"傩戏"的舞台上,究其根源,无非是因为它是驱邪的神。另外,这里所说的判官,是指冥界的法官,钟馗还扮演着阎王大人的角色(关于石邮村的傩戏,详参余大喜、刘之凡《江西省南丰县三溪乡石邮村的跳傩》,《民俗曲艺丛书》,1995年)。此外,同样是在江西省万载县演出的傩戏"跳魈"中,也有《判官捉小鬼》的剧目。这个判官也是钟馗(关于此,有毛礼镁的《江西省万载县潭阜乡池溪村汉族丁姓的"跳魁"》,《民俗曲艺丛书》,1993年)。还有在台湾现在举行的庙会中,钟馗这个角色也经常出现("跳钟馗")。

照片1　江西省南丰县石邮村的钟馗(笔者摄影)

但是,在笔者考察所见的各地傩戏中,钟馗不出场的也不在少数。或许是因为有地方性的不同。这个问题,俟今后探讨。

四、京剧等戏剧中的钟馗

到目前为止的对中国戏剧史的研究,可以说几乎没有触及这些傩戏。在人们审视中国戏剧之时,相对朴素的傩戏世界,和艺术性很高的昆剧、京剧等世界完全是两条平行线(这一点,与把神乐等作为戏剧源流的日本艺能史、戏剧史的观点有很大的不同)。

如以上所述,有钟馗作为农村傩戏的一个角色出现的情形,而在成熟的传统戏剧中,也有钟馗出场的著名剧目。其中之一就是经常在京剧等剧中演出的《钟馗嫁妹》。其梗概如下:

终南进士钟馗与同里杜平入都赴试,钟误入鬼窟,面容变为丑陋,因此落第,愤而自杀。天帝封之为斩祟之神;因感杜平埋其死骨之义,乃回家,以妹嫁杜,并亲率小鬼送往杜家。①

这个《钟馗嫁妹》的故事,在之前的《唐逸史》等作品中是没有的,但明末张大复的戏曲《天下乐》中有一出是"嫁妹",可见该故事在这一时期成了戏剧的题材。在《钟馗嫁妹》中,描述了将妹妹送到杜平身边的送亲队伍中,钟馗和小鬼们表演了各种杂技的场面,这成为一大看点。另外,在这部作品中,恰好前半部分出现了生前的钟馗,后半部分则出现了死后变成了鬼的钟馗,与日本能乐的某些作品的前后构造相同,这也是一个有趣的现象。

现代的河北梆子《钟馗嫁妹》中,在故事的前半部分,还加入了由于科举中的种种不正,优秀考生钟馗落榜的情节。该剧的强调重点,是科举考试(据 Siu Wang-Ngai, *Chinese Opera: Images and Stories*, University of Washington Press, 1997)。

小　　结

在中国,钟馗不仅在古典文献的世界里存在,而且在现代农村的傩戏(尽管尚无法预测这种表演艺术在今后是否还会继续存在),以及现代京剧等实际表演的世界里也存在着。

另外,关于钟馗,还留下了像明代的《钟馗全传》、清代的《斩鬼传》《平鬼传》等小说之类的在本文中未尝谈及的许多其他作品。

---

① 陶君起《京剧剧目初探》,中国戏剧出版社,1963 年,第 163 页。

冒襄的戏剧活动

序　说

明末清初的文人冒襄(1611—1693),出生在如皋世家,青年时代主要以南京为舞台,活跃在复社等政党结社之间。明王朝灭亡之后,冒襄成为明朝的"遗民"。他没有选择仕宦清廷,却回到了故乡如皋,以他的家园"水绘园"为舞台,与当时诸多文人墨客展开交游。冒襄之名,以他详细描述其爱妾董小宛的回忆录《影梅庵忆语》而被传颂于世。

此外,冒襄又以爱好戏剧而闻名。不少描写冒襄为人的文章,都提到他参与戏剧活动的情况。比如,王挺在顺治十七年(1660)为庆祝冒襄及其正妻苏氏五十岁生日所作《祝冒辟疆社盟翁先生双寿序》云:

> 冒子以朋友为性命,园亭声伎之乐,盖欲与朋友共之,而不徒以自娱乐也。

这几句描述了冒襄与友人一起游赏庭院及沉醉梨园之雅趣。冒襄宅内有一庭园名曰"水绘园",冒襄为此园的建造倾注了莫大的心血。本文将从冒襄的观剧记录、戏剧活动的场所、观赏的剧目及冒襄的家班等四方面入手,考察其戏剧活动。[①]

[①] 冒襄成为水绘园主人是在顺治十一年(1654)前后。关于冒襄在水绘园的生活情景之研究,有李孝悌《冒辟疆与水绘园中的遗民世界》(《昨日到城市　近世中国的逸乐与宗教》,台湾联经出版,2008 年),文中提到水绘园的营造和园中的戏曲活动;以及顾启《冒襄研究》(江苏文艺出版社,1993 年)中《冒襄家乐班的戏剧活动》《汤显祖传奇(转下页)

一、观剧的记录

　　冒襄在一生的各个时期,观看了许多戏剧。我们现在能够看到不少他观剧的记录。

　　崇祯十四年(1641)冒襄三十一岁时,曾经为了探望父亲冒起宗、迎接随父宦游的母亲返回故乡如皋,前往其父的任职地——湖南衡州。在漫长的旅程中,他在苏州观看了陈圆圆登台演出的戏。关于这一点,冒襄的《影梅庵忆语》中有所记载。陈圆圆后来成为将军吴三桂的宠妾,据说吴三桂为了她打开山海关引清兵入关。

> 　　辛巳(崇祯十四年)早春,余省觐去衡岳,由浙路往。过半塘讯姬(董小宛),则仍滞黄山。许忠节公(许直)赴粤任,与余联舟行。偶一日赴饮归,谓余曰:"此中有陈姬某,擅梨园之胜,不可不见。"余佐忠节治舟数往返,始得之。其人淡而韵,盈盈冉冉,衣椒茧,时背顾湘裙,真如孤鸾之在烟雾。是日演弋腔《红梅》。以燕俗之剧,咿呀啁哳之调,乃出之陈姬身口,如云出岫、如珠在盘,令人欲仙欲死。漏下四鼓,风雨忽作,必欲驾小舟去。余牵衣订再晤。答云:"光福梅花如冷云万顷,子能越旦偕我游否?"则有半月淹也。余迫省觐,告以不敢迟留故。复云:"南岳归棹,当迟子于虎嘷丛桂间。"盖计期,八月返也。

　　其时,冒襄观看了弋阳腔《红梅记》,"燕俗之剧,咿呀啁哳之调"的弋阳腔经陈圆圆一唱,竟"如云出岫,如珠在盘,令人欲仙欲死"。从"燕俗

(接上页)在明遗民中》《冒襄戏剧活动系年》等篇;此外尚有王利民、丁富生、顾启《冒辟疆与董小宛》(中华书局,2004年)第七章第五节"四方宾友至如归　遗民风韵满九州——水绘园中的结社唱和与戏剧活动"。另,关于江南文人与园林,请参拙稿「中国明清文人たちの楽園　江南の園林をめぐって」(『アジア遊学　八十二　特集　楽園——東と西』,勉诚出版,2005年)。

之剧,咿呀啁哳之调"这一语中不难看出他对弋阳腔有种蔑视的态度。这大概是因为他平素听惯了优雅的昆曲,所以在他看来弋阳腔不免相形见绌。也许,这也代表了当时江南文人对弋阳腔的普遍看法。

关于这次湖南之旅,可通过冒襄《朴巢文选》卷三的《南岳省亲日记》了解其详细情况。《影梅庵忆语》中提到的许忠节公即许直(《明史》卷二六六中有其传),当时正在前往广东惠来县赴任知县途中(许直为冒襄之父冒起宗的"姑丈",属叔伯父辈)。根据《南岳省亲日记》的记载,冒襄在一月六日从如皋出发后不久,即在一月十一日便与许直相会于扬州,一直到二月三十日才在衢州(今属浙江)分开,这段时间二人偕同旅行。

据《南岳省亲日记》,冒襄于二月二日抵达苏州,其翌日二月三日条曰:

> 初三日,半塘看曹兰皋同杨漪炤、陈畹芬,复登虎丘。天色稍霁,游人颇多。余踞石趺坐久之。遍历诸胜,两叔礼塔,余不克登,坐等慈阁,望太湖白练万里,阁下古松如虬,苍鬐欲舞,观之不忍去。午过本如房,啖面洗浴。晚漪炤邀留畅饮。

文中的陈畹芬,即陈圆圆。随后,他在二月四日条又写道:

> 初四日,朱云子(朱隗)归自西山,相订看梅。余以行促辞留。令弟望子(朱陵)斋头清谭半晌。旋同若翁(许直)登游船看畹芬演剧。冰绡雾縠中听遏云之响,生平耳目罕逅。达曙方散。

是日邀他同去赏梅的不是陈圆圆,而是朱云子,这与前文所提《影梅庵忆语》中的记述有所出入。在当时,妓女同时也往往兼具演员的身份,冒襄对戏剧的爱好与对妓女的兴趣是相连在一起的。《影梅庵忆语》的主人公董小宛亦是风尘中人,张岱《陶庵梦忆》卷七"过剑门"条记述了她与戏剧之因缘：

> 南曲中，妓以串戏为韵事，性命以之。杨元、杨能、顾眉生、李十、董白以戏名。

董白即董小宛，可见她曾是彼时之当红演员。不过，冒襄在《影梅庵忆语》中详述她的种种趣味及修养时，并没有提及她的戏剧天赋。

《南岳省亲日记》中还有如下的记述：

> （二月）十三日……午后买小舟游湖心亭，观邻舟演剧。

他在杭州泛舟西湖，观看舟上演出的戏剧。在杭州西湖，他还看过其他一些戏：

> （二月）十八日，寒甚。复饮湖中，看朱楚生演《窦娥冤》。

关于朱楚生，张岱《陶庵梦忆》卷五"朱楚生"条有所记载，说她是擅长"调腔戏"的女演员。"调腔戏"为明末清初主要流行于绍兴一带的地方剧种。冒襄之观剧记录还有：

> （三月）初六日，蚤放舟行八十里，午后至河口。……对河山下有女优演剧，同两叔拿小舟往观。唧呀咿唶难为听，何千古同然也。（江西铅山）
>
> （三月）十四日，辰刻风稍缓，自南浦放舟，过象牙潭八十里。夜泊市汊。……市中演剧者五、六博欢呼，四方猬集，灯火达旦。（江西南昌）
>
> （三月）二十五日……顷刻至湘东。一路石秀溪回，不可名状。换永州芦船泊洲上。看村人演剧。（江西萍乡）

可知,冒襄在沿途看了不少雅俗各异的戏剧。凡有佳制上演,冒襄必风雨无阻,唯睹之而后快。

陈济生《祝冒辟疆社盟翁先生双寿序》(《同人集》卷二)是在顺治十七年为冒襄五十岁生日而作的文章,其中讲述道:

> 数年来,余裹足荒山,冒子屏迹园林,与天下守志之士,流连高咏,羽觞醉月,曲水歌风。花之朝、月之夕,擘笺刻烛,杂以丝竹管弦之盛。否则邮筒往返,寄骚雅之兴,写优游之况。远近慕其流风,恨相见之晚。而小三吾倡和,遂甲天下。

可见冒襄每遇良辰美景或友人来访,必有"丝竹管弦"和鸣。戏剧应该也包括在此"丝竹管弦"之内。此外例如吴球有《久别巢民老先生。己巳花朝后,闻得全堂宴集,歌舞留宾,管弦送月,不禁神往,因倚韵和之》(《同人集》卷一一),可知康熙二十八年(1689),即冒襄七十九岁时在花朝(百花生日,农历二月)之日,于得全堂有歌舞管弦之雅会。张坯授《七夕得全堂观剧。有怀玉川先生,即次见寄原韵》(《同人集》卷一一),为康熙二十八年七夕观剧时所作。冒襄《九日扶病南城文昌阁登高。同志狎至,归演〈秣陵春〉,再和羽尊长歌原韵》(《同人集》卷一一)与《己巳九日扶病招同闻玮诸君城南望江楼登高。演阳羡万红友〈空青石〉新剧,〈鹊桥仙〉三阕绝妙,剧中倡和关键也。余即倚韵和之,以代分赋》(《同人集》卷一一),分别记述了他在康熙二十七年、二十八年九月九日重阳节观剧一事。此外,因王渔洋的参加而闻名的水绘园三月上巳之会上(康熙四年,1665),冒襄作《水绘庵修禊记》(《巢民文集》卷四)云:

> 时日已将暝,乃开寒碧堂,爰命歌儿演《紫玉钗》《牡丹亭》数剧。

寒碧堂为水绘园中的一处厅堂。对冒襄而言,无论举行何种集会,会上的戏剧演出是不可或缺的。

冒襄的观剧记录,还有他自己所作之《与其年诸君观剧,各成四绝句》(《巢民诗集》卷六)。其三云:

> 豪酣醉梦不闻声,
> 娱悦虽知亦楚伧。
> 活凤生花春漠漠,
> 性情融液即歌情。

虽然在宴席上豪饮以致酩酊大醉,但他一见如花似玉的女伶,自己之心便与歌者之心交融为一体,难分难解。其四云:

> 二十年来何所事,
> 称诗握管意茫然。
> 最是泥人惟顾曲,
> 细于笔墨倩谁传。

二十年来,自己虽操觚染翰,但最让自己陶醉的还是音乐和戏剧。个中微妙委曲,谁堪使之流传?冒襄对于观剧的真心喜爱之情、为戏剧倾注心血之状可见一斑。①

在曹溶所作《壬戌冬夜同巢民先生过水文宅观女乐赋十绝索和》及冒襄、许之渐的唱和诗中,都记载了冒襄在泰州与诸友前往俞水文(俞潵)宅观看女伶戏剧演出之事。冒襄和诗的第四首云:

> 妙解微参叹久孤,

---

① 其他还有瞿有仲《得全堂宴集。次巢翁先生原韵》(《同人集》卷六)、陈瑚《和有仲观剧断句十首》(《同人集》卷六)、瞿有仲《观剧杂成断句,呈巢翁先生并似谷梁、青若两年道兄一粲》(《同人集》卷六)、吴琠《甲子王正十九日集嘉禾阁观剧,调寄春从天上来,呈巢民夫子》(《同人集》卷一〇)等有关观剧的资料。

客逢公瑾肯模糊。

吴门曲圣推南沈，

绝调曾传羡玉趺。

　　吴门(苏州)南曲推沈恂如，北曲推沈子芬。余客吴门，恂如每向余赞叹水文诸姬独得其传。

此诗赞赏俞瀫府中的女伶，承续了几将失传的音乐之正统。此处之所以说公瑾(周瑜)，是承接曹溶诗中"随着周郎兴不孤(原注：周郎属巢民先生无疑)"一句。从这首诗中，还可以看出冒襄对苏州妓院乃至音乐是非常熟悉的。冒襄自家拥有戏班，不过这种家有专业演奏艺人的并不只有冒襄一人，具有相同情趣的文人并不鲜见，俞瀫就是其中之一。①

另外，除了戏剧以外，还有关于冒襄品赏音乐之记载。许承钦、邓汉仪、陈世祥的《寒夜饮巢民得全堂，观凌玺征手制花灯，旋之张宅听白璧双琵琶歌》(《同人集》卷七)、许承钦的《仲冬晦日，巢民同令子青若招饮湘中阁看雪。同散木、孝威、嵋雪、无声、石霞、永瞻再听白璧双弹琵琶，续呼三姬佐酒歌》(《同人集》卷七)、冒襄的《听白璧双弹琵琶，即席书赠》(《巢民诗集》卷一)等诗，都吟咏了冒襄与友人听琵琶的往事。

二、活动的场所——得全堂

正如前文所谈及的那样，冒襄有营造庭园与欣赏声伎两种雅兴。在其府上，大多戏剧上演的场所都是得全堂。得全堂位于冒氏一族宅邸的聚集地集贤里(冒家巷)。陈维崧为冒襄之父冒起宗所

---

① 关于俞瀫府中的女伶，孔尚任有《再过海陵，俞锦泉中翰留观家姬舞灯，即席作》(《湖海集》卷二丁卯存稿)、《暮秋喜冒辟疆、邓孝威诸耆旧集昭阳，俞锦泉中翰亦挟女部至，欲作花洲社不果，怅怅赋此》(《湖海集》卷三丁卯存稿)等诗，可知俞府女伶相当知名。

撰墓志铭《中宪大夫嵩少冒公墓志铭》(《陈迦陵文集》卷五)云:

> 先后著述有《得全堂文集》若干卷、《得全堂诗集》若干卷。

可见得全堂本是冒襄之父冒起宗的书斋。

在以上所引诗题中,即有诸如许承钦、邓汉仪、陈世祥的《寒夜饮巢民得全堂,观凌玺征手制花灯,旋之张宅听白璧双琵琶歌》等涉及在得全堂观看戏剧之作。陈维崧《戊戌冬日过雉皋,访冒巢民老伯,宴集得全堂,同人沓至,出歌僮演剧,即席限韵四首》(《同人集》卷六)诗云:

> 当年灯火隔江繁,
> 回首南朝合断魂。
> 十队宝刀春结客,
> 三更银甲夜开尊。
> 乱余城郭雕龙散,
> 愁里江山战马屯。
> 今日凄凉依父执,
> 乌衣子弟几家存。
> 此首专赠巢民先生。

戊戌为顺治十五年(1658)。"当年灯火隔江繁,回首南朝合断魂"、"乱余城郭雕龙散,愁里江山战马屯"等诗句,体现了对明王朝眷恋的心情。"父执"指的是父亲的朋友。陈维崧乃是明末四公子之一陈贞慧的儿子。陈维崧在此顺治十五年的冬天初到如皋,做了冒家的馆师。

此外,冒襄的《马迁、于约诸子往水绘庵看池荷,雨阻不果行,却携酒过得全堂,听歌〈古采莲曲〉,即席限韵》(《巢民诗集》卷三),描写了在得全堂上聆听《古采莲曲》之情景。在《同人集》卷七"乙卯得全堂倡和"中收录了戴洵《得全堂观画松歌》、冒襄《题姬人画松歌》、戴洵《再观画松歌》等诗。冒襄侧室之一女罗夫人（蔡含），擅长绘画。冒襄就在得全堂将她描绘的青松图展示给友人。因而得全堂不仅是上演戏剧的舞台，也是冒襄款待友人、举行各式雅会之场所。

三、冒襄所观剧目

本节将依据各种资料的记载，考察冒襄在实际生活中所观的剧目。

（一）阮大铖《燕子笺》

韩菼《潜孝先生冒征君襄墓志铭》（《有怀堂文稿》卷一六）中描述了冒襄生涯中的几个亮点。其中之一便是崇祯九年（1636）冒襄二十六岁时，他邀请被宦官魏忠贤杀害的东林"六君子"的遗孤在南京秦淮举行盛宴，席间他对魏忠贤的党羽阮大铖破口大骂之事。①韩菼的《墓志铭》云：

> 酒酣以往，辄狂以悲，共訾怀宁。怀宁故奄党也。时金陵（南京）歌舞诸部甲天下，而怀宁歌者为冠，歌词皆出其主人。怀宁欲自结，当先生宴客，尝令歌者来。先生与客令之歌，且骂且称善。怀宁闻益恨。

怀宁即阮大铖。正如"时金陵歌舞诸部甲天下，而怀宁歌者为冠，歌词皆出其主人"所言，阮大铖是当时著名的戏曲作家，并拥有自己的戏班。冒襄一方面邀请阮大铖的戏班表演戏剧，另一方面又痛骂阮

---

① 关于冒襄与阮大铖之关系，请参谢国桢《明清之际党社运动考》（商务印书馆，1934年）之《复社始末 下》。

大铖。阮大铖听说后,对其深为痛恨。八年后,北京城被李自成攻陷,崇祯皇帝驾崩。在南京成立的临时政府(弘光朝)中执牛耳的正是阮大铖。阮大铖对那些向来恨之入骨的复社成员进行了镇压。如前文所述,弘光朝发生的这起阮大铖镇压复社成员事件的重要原因,就是冒襄曾经痛骂阮大铖。

在韩菼所撰《墓志铭》中,冒襄痛骂阮大铖事件似发生于崇祯九年的一次宴席上;然而在吴伟业的《祝冒辟疆社盟翁先生双寿序》(《同人集》卷二)中却曰:

> 有皖人者,故奄党也。流寓南中,通宾客,畜声伎,欲以气力倾东南。知诸君子唾弃之也,乞好谒以输平,未有间。会三人者(陈贞慧、侯方域、冒襄)置酒鸡鸣埭下,召其家善讴者歌主人所制新词,则大喜曰:"此诸君欲善我也。"既而侦客云何。见诸君箕踞而嬉,听其曲时,亦称善。夜将半,酒酣,辄众中大骂,曰:"若珰儿媪子,乃欲以词家自赎乎!"引满浮白,抚掌狂笑,达旦不少休。于是大恨次骨,思有以报之矣。

鸡鸣埭为南京的一处地名。而陈维崧所作《奉贺冒巢民老伯暨伯母苏孺人五十双寿序》(《同人集》卷二)中则又有不同的记述:

> 维崧犹忆,戊寅己卯间(崇祯十一、十二年,1638、1639),而怀宁有党魁居留都,云,时先人(陈贞慧)与冒先生来金陵,饰车骑,通宾客,尤喜与桐城(左光斗)、嘉善(魏大中)诸孤儿游。游则必置酒召歌舞。金陵歌舞诸部甲天下,而怀宁歌者为冠。所歌词皆出其主人。诸先生闻歌者名,漫召之。而怀宁者素为诸先生诟厉也,日夜欲自赎,深念固未有路耳。则亟命歌者来,而令其老奴率以来。是日演怀宁所撰《燕子笺》。而诸先生固醉,醉而且骂且称善。怀宁闻之殊恨。

由此可知，冒襄怒斥阮大铖事件，约发生于崇祯十一、十二年前后（因弹劾阮大铖的《留都防乱公揭》发表于崇祯十二年，故崇祯十二年的可能性更大一些）。当日上演的剧目，正是阮大铖所作的《燕子笺》。

另外在《影梅庵忆语》中，有崇祯十五年（1642）中秋之际，冒襄在南京秦淮观赏《燕子笺》的情节：

> 秦淮中秋日，四方同社诸友感姬为余不辞盗贼风波之险，间关相从，因置酒桃叶水阁。时在坐为眉楼顾夫人、寒秀斋李夫人，皆与姬为至戚。美其属余，咸来相庆。是日新演《燕子笺》，曲尽情艳，至霍华离合处，姬泣下，顾、李亦泣下。一时才子佳人，楼台烟水，新声明月，俱足千古。至今思之，不异游仙枕上梦幻也。

《同人集》卷九所收佘仪曾之《往昔行》跋，借冒襄之口详述了此间发生的事端。据此，冒襄与阮大铖针锋相对，有丙子（崇祯九年）、己卯（崇祯十二年）、壬午（崇祯十五年）三次。崇祯九年为召集东林遗孤举办宴会之年，虽然冒襄在此愤叱阮大铖，但宴会上并没有戏剧演出；崇祯十二年为《留都防乱公揭》发表之年；而崇祯十五年据《影梅庵忆语》的记载，董小宛为追随冒襄，只身一人从苏州来到南京，中秋与冒襄同赏新剧：

> 中秋夜为姬人洗尘于渔仲（刘履宁）河亭。怀宁伶人《燕子笺》初演，尽妍极态，演全部白金一斤。

阮大铖为得到观剧者的名录，令仆人持名帖随家班演员一同前往，然而无一人于帖上签名。

> 演剧妙绝，每折极赞歌者，交口痛骂作者。诸人和子一声罪丑诋至极，达旦不休。伶人与长须归，泣告怀宁。

据此,冒襄一边观看阮大铖家班演出的《燕子笺》、一边又愤斥阮大铖一事发生于崇祯十五年,确实是在《影梅庵忆语》记述的为董小宛接风的宴席上。今存世《燕子笺》版本为毛恒所刻的《石巢传奇四种》所收本,其卷首附有崇祯十五年序。这与《影梅庵忆语》中"新演"、"初演"之记述是相吻合的。

此事过后约莫二十年,顺治十七年(1660)夏,与冒襄一同考中童试的陈瑚,前来拜访冒襄。① 为替陈瑚接风,冒襄在得全堂设宴并上演戏剧。其时,所演也正是《燕子笺》。后来,陈瑚追思往事,感慨万千,作《得全堂夜宴记》(《同人集》卷三)云:

> 昔崇祯壬午(十五年,1642),予游维扬。维扬者,吾师汤公惕庵(汤来贺)宦游地也。予与冒子同出公门(童试及第),因得识冒子。冒子饰车骑,鲜衣裳,珠树琼枝,光动左右。予尝惊叹,以为神仙中人。时四方离乱,淮海晏如,十二楼之灯火犹繁,二十四桥之明月无恙。予寓鲁子戴馨家,鲁子为予置酒,亦歌《燕子笺》。一时与予交者,冒子、鲁子而外,尚有王子螺山、郑子天玉诸君,皆年少,心壮气豪,自分掉舌握管,驱驰中原,不可一世。曾几何时,而江河陵谷,一变至此。

他在明末初次与冒襄相会时,二人正值春风年少、意气轩昂。然而,随着改朝换代,世态迥别。今日一闻《燕子笺》,往事不由跃然心头,令人唏嘘悲叹。听了陈瑚的话,冒襄续道:

> 冒子仰天而叹,已乃顾予而笑曰:"君其有感于《燕子笺》乎?予则更甚。不见梅村祭酒之所以序予者乎?犹忆金陵骂座时,悲壮激昂,奋迅愤懑,或击案、或拊膺、或浮大白,且饮且

---

① 陈瑚此次在水绘园讲《中庸》之记录,为《水绘园讲义》(《确庵先生文钞》卷一)。参看王汎森《晚明清初思想十论》之《日谱与明末清初思想家》,复旦大学出版社,2004年。

诟骂。一时伶人皆缓歌停拍,归告怀宁。而祸且不旋踵至矣。当是时,《燕子笺》几杀予。"

在此,冒襄想起当时斥骂阮大铖的情形。他又回忆起后来发生的阮大铖镇压复社成员事件,故称"《燕子笺》几杀予"。《燕子笺》诚可谓左右冒襄人生的一部作品吧。

阮大铖遭人痛骂的另一条记录,见孔尚任《桃花扇》第二十四出《骂筵》。在这一出中,愤叱阮大铖的,为《桃花扇》的主角李香君。

(二) 吴伟业《秣陵春》

冒襄的《同人集》卷一〇中有"演《秣陵春》倡和"一辑,其所录诗歌题目如下:

> 许承钦《戊辰仲春偶游雉皋,兼再访巢民先生,先蒙枉顾邀赴欢场。是夕演〈秣陵春〉,达旦始别。殆生平仅见之乐也。率成十绝志感》
> 冒襄《步和许漱雪先生观小优演吴梅村祭酒〈秣陵春〉十断句原韵》

冒襄此诗作于康熙二十七年(1688)春他七十八岁时。另,在同书卷一一中有《九日扶病南城文昌阁登高,同志狎至,归演〈秣陵春〉,再和羽尊长歌原韵》,这是同年重阳所作。可知吴伟业的《秣陵春》在康熙二十七年左右多次被搬上舞台。

齐森华、陈多、叶长海主编《中国曲学大辞典》(浙江教育出版社,1997年),第490页"秣陵春"条云:

> 《秣陵春》又名《双影记》,吴伟业作。有《古本戏曲丛刊》三集影印本。写于清顺治三年或四年。二卷,四十一出。叙写南

唐大臣徐铉之子徐适与黄济之女黄展娘在南唐亡后的爱情故事。前部分写李后主在冥中为徐适与展娘主婚事，后部分写徐适在南唐亡后，拒不接受新朝特赐状元。作者在自序中，闪烁其辞，云此剧之作有所"寄托"。钱谦益诗："谁解梅村愁绝处，《秣陵春》是隔江歌。"杜牧有"商女不知亡国恨，隔江犹唱后庭花"之句，钱诗所云"隔江歌"者，即谓"亡国恨"也。此剧借徐适与展娘故事，寄托哀吊故国之思。剧本曲词典雅凄绝，但头绪繁多，结构松散。顺治年间，曾在苏州沧浪亭等处演出。①

如果说《秣陵春》表达的是一种亡国之恨，那么冒襄等人将之上演并在场观看，借他人之酒杯浇胸中之块垒，毋庸置疑他们的心声被舞台上的这部戏剧道尽了。

冒襄为和许承钦之诗所作的《步和许漱雪先生观小优演吴梅村祭酒〈秣陵春〉十断句原韵》第二首云：

老气心伤日日增，
仙音犹自爱迦陵。
西宫旧恨娄东谱，
四十余年红泪冰。

琵琶所传皆西宫旧恨，非徐学士不能知也。

年华渐老，与马齿同增的唯有伤怀，但我仍然对天籁妙音深情不改。迦陵即迦陵频伽，佛经中的好声鸟。"娄东"即吴伟业。吴伟业之《秣陵春》，满纸尽是四十余年前明清交替之际的国愁家恨。"西宫旧恨"出自他为自己的《秣陵春》所题诗作中"西宫旧事余残梦，南内新诗总断肠"之句。② 冒襄此诗之第九首云：

---

① 此处云"在苏州沧浪亭等处演出"，而本文后文所引吴伟业手简曰"近演于豫章沧浪亭"。
② 见徐釚《词苑丛谈》卷九"吴祭酒题曲词"条。

> 阮亭传话到江村,
> 三十年前未细论。
> 今日曲中传怨恨,
> 一齐遥拜杜鹃魂。

意思是说,当年吴伟业作《秣陵春》后,王渔洋修书与时居如皋的我,书中致冀其上演之意。然三十年前我得此尺牍时,竟无缘获睹《秣陵春》。今日我终于有幸捧读,此曲中蕴涵的种种怨恨一时流溢出来,令人黯然泣下。冒襄对这首诗的自注如下:

> 梅村祭酒(吴伟业)填《秣陵春》初成时,阮亭使君(王渔洋)司李吾郡。寄札云:"闻巢民家乐,紫云、杨枝声色并绝,亟寄副本为我翻出。"阮亭以书传语而副本未见。去夏偶得刻本,读之喜心倒极,字字皆鲛人之珠。先生寄托遥深,词场独擅。前有元人四家,后与临川(汤显祖)作劲敌矣。

阮亭使君即王渔洋于扬州任官,为顺治十七年(1660)至康熙四年(1665),据冒襄之记载,吴伟业完成《秣陵春》也就在这期间,即诗中所云"三十年前"。①

另外,吴伟业寄给冒襄的尺牍(《同人集》卷四)云:

> 小词《秣陵春》,近演于豫章沧浪亭。江右诸公皆有篇咏,

---

① 关于吴伟业写作《秣陵春》的年代,有数种不同的说法。清代顾师轼编《梅村先生年谱》把《秣陵春》系于顺治九年;上述《中国曲学大词典》云写于顺治三年或四年;徐扶明《〈秣陵春〉传奇的寄托》(徐扶明《元明清戏曲探索》,浙江古籍出版社,1986年)则认为《秣陵春》当作于顺治四年之后、顺治十年之前,最可能是作于顺治六、七年间。但顺治四年(1647)年刊行的沈自晋《南词新谱》的《古今入谱词曲传剧总目》中有"《秣陵春》新传奇"之语。《南词新谱》卷八中吕引子有《秣陵春》第十三出的《金菊对芙蓉》,卷一八商调过曲有《秣陵春》第二十五出的《山羊转五更》。据此,《秣陵春》当作于顺治三年前后。关于《秣陵春》,还可参小松谦「吴偉業の戯曲について——『秣陵春』を中心に」(『東方学』第71辑,1986年)。

不识曾见之否。江左玲珑,亦有能歌一阕乎?望老盟翁选秦青以授之也。并及不一。

玲珑指的是唐代歌妓商玲珑,秦青则是《列子》汤问中记载的歌唱名家,此处皆代指冒襄家的歌女。可见继王渔洋所望之后,吴伟业自己也期望能够依靠冒襄的家班,将自作《秣陵春》搬上舞台。

(三) 汤显祖诸作

冒襄家班上演的作品之中,还包括汤显祖的"玉茗堂四梦"。前文已述及在王渔洋参加的康熙四年之会上,冒襄曾作《水绘庵修禊记》(《巢民文集》卷四):

> 时日已将暝,乃开寒碧堂,爰命歌儿演《紫玉钗》《牡丹亭》数剧。

可知此次雅集上演了"四梦"中的《紫钗记》与《牡丹亭》这两部戏。另外,顺治十七年夏,陈瑚来访冒襄时上演了《燕子笺》,次日又上演了汤显祖的《邯郸梦》。这些情况,可以根据陈瑚的《得全堂夜宴后记》(《同人集》卷三)得知:

> 歌《燕子笺》之日,座上客为谁?佘子公佑、钱子季翼持正、石子夏宗、张子季雅小雅、宗子裔承、郜子昭伯、冒子席仲,皆吾师樽瓠赵先生(赵自新)之门生故旧也。谈先生遗言往行,相与叹息。越一日,诸君招余复开樽于得全堂。伶人歌《邯郸梦》。伶人者,即巢民所教之童子也。徐郎善歌,杨枝善舞,有秦箫者解作哀音。每一发喉,必缓其声以激之。悲凉仓兄,一座欷歔。主人(冒襄)顾予而言曰:"嗟乎,人生固如是梦也。今日之会,其在梦中乎?"予仰而叹,俯而踌躇。

在陈瑚所作《和有仲观剧断句十首》(《同人集》卷六)中,其第四首有自注曰"歌《燕子笺》",第五首有自注"歌《渔阳弄》"(即徐渭"四声猿"中的《狂鼓史渔阳三弄》),第七首则自注曰"歌《邯郸梦》"。

随后,康熙二十八年(1689),冒襄作《和吴闻玮春夜得全堂观〈邯郸〉原韵》(《同人集》卷一一),从中也可了解《邯郸梦》上演的情况。

《燕子笺》让人追念已逝的青春时代,《邯郸梦》令人感叹青春梦幻的破灭。而《秣陵春》,则不妨说字里行间尽是那毁灭青春之梦的亡国遗恨吧。

(四) 其他

关于冒襄所观其他戏剧及其作者,据冒襄为顾杲《辛巳秋同辟疆观周完卿新剧赋赠》(《同人集》卷八)所作和诗(并引),可知还有周友燕的剧作《梦中缘》。然周氏此作,今已无从知其详情。辛巳为崇祯十四年(1641)。

佘仪曾《往昔行》(《同人集》卷九)之引中有"己未重阳之夕,于得全堂看演《清忠谱》剧,乃五人之墓事也。巢民叹曰,诸君见此视为前朝古人,惟余历历在心目间"之语。李玉之《清忠谱》,为描写天启六年(1626)苏州爆发的反对宦官(魏忠贤)篡权专政的开读之变的时事剧。

通过冒襄的《己巳九日扶病招同闻玮诸君城南望江楼登高,演阳羡万红友〈空青石〉新剧。〈鹊桥仙〉三阕绝妙,剧中倡和关键也。余即倚韵和之,以代分赋》(《同人集》卷一一),可知冒襄还观看了上演的万树的作品《空青石》。己巳为康熙二十八年(1689)。

另外,吴锵作有《得全堂即事,呈巢民先生 其二为徐雏作也。是日演〈吴越春秋〉》(《同人集》卷一一),不知《吴越春秋》是否就是梁辰鱼的《浣纱记》。

四、冒襄的"家班"

冒家拥有"家班"(个人的家庭剧团),并非始自冒襄,而似可以追溯到其祖父冒梦龄。① 根据瞿有仲《巢民冒先生五十荣寿序》(《同人集》卷二)的记述:

> 东皋巢民冒先生者,少以绝代才名,出而交天下士,长而游名山,涉京华,揽辔澄清,廓然有用世志。及遭丧乱,遂谢知交,闭户不出,日坐水绘园中,聚十数童子,亲授以声歌之技,示无意天下用。

每天冒襄都要亲自教导十余名儿童习乐拍曲,对家班艺人的培养倾注了一腔热情。另外,在吴伟业的《祝冒辟疆社盟翁先生双寿序》中记载道:

> 谢安石有言:"中年以来,伤于哀乐,政赖丝竹陶写耳。"(见《世说新语》言语篇)乃有梨园旧工,自云:"向事皖司马,为之主讴。江上视师之役,同辈皆得典兵,黄金横带。"夫执干戈以卫社稷,付之俳优侏儒,而犹与吾党讲恩仇而争胜负,用仕局为兵机,等军容于儿戏,不亦可溘然一笑乎?

这说的是因阮大铖曾任兵部尚书,故其家班艺人有不少皆入世为武人兵士。阮大铖在清初混乱中一命呜呼,树倒猢狲散,其家班艺人

---

① 关于冒家家班及演员可参阅陆萼庭《昆剧演出史稿》(上海文艺出版社,1980年)第126—128页,以及胡忌、刘致中《昆剧发展史》(中国戏剧出版社,1989年)第四章第五节"家庭戏班、职业戏班和宫廷演剧续篇",齐森华、陈多、叶长海主编《中国曲学大辞典》"如皋冒氏家班"条(第851页)。关于明清家乐的总论,有刘水云《明清家乐研究》,上海古籍出版社,2005年。

也纷纷离去,前来投靠冒襄。冒襄收容了他们。南京阮大铖的家班艺人曾被誉为"甲天下",因此在阮大铖殒命后,冒襄家班自然就成为天下第一。如前所见,吴伟业希望冒襄家班能够上演自己的作品,也在情理之中。《同人集》卷四收录了吴伟业致冒襄之尺牍:

> 大梁苏昆生兄于声音一道得其精微,四声九宫,清浊抗坠,讲求贯穿于微渺之间,几欲质子野(师旷)、州鸠(古代乐工)而与之辨,康昆仑(唐代琵琶名家)、贺怀智(唐代梨园乐工)不足道也。古道良自爱,今人多不弹。昔年知交,大半下世,沦落江湖,几同挟瑟齐王之门矣。方今大江南北风流儒雅,选新声而歌楚调,孰有过我老盟翁者乎?弟故令一见左右,以小札先之。嗟乎,士方穷苦,扁舟铁笛,风雪渡江,以求知己。倘无以收之,将不能自还,幸开名园,延上客,朗歌数曲,后日传之,添一段佳话也。

如信函中所言,上文所引吴伟业《祝冒辟疆社盟翁先生双寿序》中"向事皖司马"之"梨园旧工"正是苏昆生,吴伟业向冒襄介绍了他。苏昆生在孔尚任《桃花扇》第二出《传歌》中,以教授李香君昆曲的清客身份登场:

> 〔小旦(李贞丽)〕前日才请一位清客,传他词曲。〔末(杨文骢)〕是那个?〔小旦〕就叫甚么苏昆生。〔末〕苏昆生,本姓周,是河南人,寄居无锡。一向相熟的,果然是个名手。……〔净扁巾、褶子,扮苏昆生上〕闲来翠馆调鹦鹉,懒去朱门看牡丹。在下固始苏昆生是也。自出阮衙,便投妓院,做这美人的教习,不强似做那义子的帮闲么?

冒襄的家班主要在如皋冒家府第上演戏剧,但有时冒襄如若外出,也会携之同行。通过龚鼎孳、杜濬、吴绮《庚寅暮春雨后,过辟疆友云轩寓园听奚童管弦度曲,时辟疆顿发归思,兼以是园为友沂旧馆,故并怀之。限韵即席同赋》(《同人集》卷五),冒襄《雨后同社过我寓斋听小奚管弦度曲,顿发归思,兼怀友沂。即席限韵》(《同人集》卷五及《朴巢诗选》),方拱乾《甲辰秋夜,集阮亭使君抱琴堂听辟疆年世兄歌儿曲》(《同人集》卷六)、王士禛、方亨咸、方膏茂、崔华《将赴金陵,巢民先生远携歌儿见过,邀龙眠先生、于皇、邵村、敦四、孝积、不雕、文在夜集同赋》(《同人集》卷六)等诗题,可知冒襄在出行扬州、南京等地时,曾经将歌童一同带去。另在康熙二十二年(1683)岁暮,冒襄家班曾在扬州天宁寺上演戏剧,事见冒襄《次日剪蔬,延轮庵、雪悟两和尚,出小优侑斋。轮公即席赋诗,同雪公、书云、湘草依韵酬和》一诗(《同人集》卷九)。时释同揆(轮庵)所作诗中有句曰"点缀园林惊好梦",因而此日上演的或许就是汤显祖之《牡丹亭》。

前文引用韩菼的《潜孝先生冒征君襄墓志铭》里,对冒襄有如下的描写:

> 甲申兴党狱,定生(陈贞慧)捕得几死,先生赖诚意伯(刘孔昭)仅免。既而定生、朝宗(侯方域)相继殁,密之(方以智)弃官为僧以去。而先生独存,亦无意于世矣。家故有园池亭馆之胜,归益喜客,招致无虚日,馆餐惟恐不及。其材隽者爱之如子弟,客至如归。而家日落,园亦中废。主人遂如客,几无所归,亦不自悔也。晚益以图书自娱,克享大年以终。

文中透露出冒襄的晚年生活似乎颇为凄楚。关于冒襄晚年的生活状况,冒襄自己写的《书邵公木世兄见寿诗后》(《同人集》卷三)一文中有如下一段话:

> 献岁八十,十年来火焚刃接,惨极古今。十二世创守世业,高曾祖父墓田丙舍,豪家尽踞,以致四世一堂不能团聚。两子

> 罄竭，并不能供犬马之养。乃鬻宅移居，陋巷独处。仍手不释卷，笑傲自娱。每夜灯下写蝇头数千，朝易米酒。家生十余童子，亲教歌曲，成班供人剧饮。岁可一二百金，谋食款客。今岁俭少宴会，经年坐食，主仆俱入枯鱼之肆矣。

文章末尾署名为"八十庚生老人巢民冒襄"，因此可以推断这是冒襄过世前三年，也就是康熙二十九年(1690)所写的文章。从这段文字看来，当时贫困的冒襄典卖了冒家历代居住的宅院，移居到了陋巷里。此次冒襄于康熙二十三年(1684)乔迁到了东云路巷。此时，他让那些由他亲自教导的家班成员到其他人家的宴会上演出，每年的演出收入约有一百到两百两左右。由此可知，冒襄养家班的目的，似乎并不是单纯出于自身的兴趣而已。

冒襄家班的艺人中，秦箫、徐紫云、杨枝等人较为有名。上引陈瑚作《得全堂夜宴后记》(《同人集》卷三)中有一节曰：

> 伶人歌《邯郸梦》。伶人者，即巢民所教之童子也。徐郎善歌，杨枝善舞。有秦箫者解作哀音，每一发喉，必缓其声以激之。悲凉仓兄，一座欷歔。

关于杨枝，钮琇所作《觚賸》卷二有"小杨枝"条：

> 如皋冒辟疆，家有园亭声伎之胜。歌者杨枝，态极妍媚，知名之士，题赠盈卷，惟陈其年(陈维崧)擅长。阅二十年而杨枝老矣，其子亦玉人也，因呼小杨枝。一日宴集，辟疆出前卷相示，虞山邵青门(邵陵)题其后曰："唱出陈髯绝妙词，灯前认取小杨枝。天工不断消魂种，又值春风二月时。"

可知杨枝父子二代都曾为冒襄家班艺人。

然而,在这些家班艺人之中,最有名的还是徐紫云,他因深受陈维崧的青睐而闻名。陈维崧与徐紫云之间有一段轶事,见于钮琇《觚賸》卷二"赋梅释云"条:

> 余所交海内三髯,一为慈溪姜西溟(姜宸英),一为邵阳康孟谋(康乃心),其一则阳羡生陈其年(陈维崧)也。其年未遇时,游于广陵,冒巢民爱其才,延致梅花别墅。有童名紫云者,儇丽善歌,令其执役书堂。生一见神移,赠以佳句,并图其像,装为卷帙,题曰"云郎小照"。适墅梅盛开,生偕紫云徘徊于暗香疏影间。巢民偶登内阁,遥望见之。忽佯怒,呼二健仆缚紫云去,将加以杖。生营救无策,意极徬徨,计唯得冒母片言,方解此厄。时已薄暮,乃趋赴老宅前长跪门外,启门者曰:"陈某有急,求太夫人发一玉音。非蒙许诺,某不起也。"因备言紫云事。顷之,青衣媪出曰:"先生休矣,巢民遵奉母命,已不罪云郎。然必得先生咏梅绝句百首,成于今夕,仍送云郎侍左右也。"生大喜,摄衣而回,篝灯濡墨,苦吟达曙。百咏既就,亟书送巢民。巢民读之击节,笑遣云郎。

此时,陈维崧正在作为冒家的馆师借住在冒襄家。冒襄见陈维崧与紫云二人亲密地观赏腊梅,十分恼怒。文中虽写是"佯怒",但又岂非冒襄因为自己中意的艺人被他人宠爱而果真心生怨恨?他原来是那么喜爱紫云啊。

关于冒家艺人,当时还有不少文人为之吟诗作歌,如邓汉仪《徐郎曲》《杨枝曲》(《同人集》卷六),陈维崧《秦箫曲》《徐郎曲》《杨枝曲》(《同人集》卷六),吴锵《得全堂席上戏赋赠三小史》(咏徐雏、金菊、金二菊等艺人。《同人集》卷一一)、《醉赋三律雏儿出扇索书,因再题断句一首。时明月将沉,漏鼓四下矣》(《同人集》卷一一),等等。

陈维崧在长诗《徐郎曲》中,就称赞徐紫云之俊美与才能。其开

头几句如下:

> 江淮国工亦何限,
> 徐郎十五天下奇。
> 一声两声秋雁叫,
> 千缕万缕春蚕丝。
> 涤除胸臆忽然妙,
> 检点腰身无不为。
> 高才刬曲惊莫敌,
> 细心入破真吾师。

陈维崧还曾为紫云绘真,引来诸多文人在上题诗。这些诗见于张次溪编的《九青图咏》,计有七十六人一百六十首诗。[①]

五、小　　结

以上各部分从几个不同角度对冒襄的戏剧活动进行了逐一考察,最后不妨作一简单总结。冒襄从年轻时起直至晚年,都对戏剧怀有浓厚的兴趣,不仅常常观看,而且还拥有家班、亲自指导艺人等等,真可谓是一个戏迷吧!另据庄一拂《古典戏曲存目汇考》的考证,冒襄自己还创作了戏曲《山花锦》《朴巢记》等,不过这些剧作现在已经失传。[②]

那么,冒襄为何对戏剧如此眷爱呢?其中原委可见余怀之《冒

---

① 关于徐紫云,冒氏后人冒广生编有《云郎小史》。《云郎小史》《九青图咏》俱收于张次溪编《清代燕都梨园史料》(中国戏剧出版社,1988年)。村上正和「明末清初における士大夫の俳優扶養と雍正帝の芝居政策—近世中国における社会の結合の一側面—」(『東洋学報』第89卷第1号,2007年)对陈维崧与徐紫云之渊源作了详细介绍。另有: Sophie Volpp, The Literary Consumption of Actors in Seventeenth-Century China, *Worldly Stage: Theatricality in Seventeenth-Century China*, Harvard East Asian Monographs 267, 2011.
② 庄一拂《古典戏曲存目汇考》,上海古籍出版社,1982年,第1290页。

巢民先生七十寿序》：

> 计巢民生平多拥丽人，爱蓄声乐，园林花鸟，法书名画，充物周旋。尤好宾客，家有水绘庵小三吾。客至必留连数十日，饮酒赋诗，淋漓倾倒而后去，有玉山、清閟（元代顾瑛、倪瓒）之风。然自我观之，巢民之拥丽人，非渔于色也；蓄声乐，非淫于声也；园林花鸟、饮酒赋诗，非纵酒泛交、买声名于天下也。直寄焉尔矣。古之人胸中有感愤无聊不平之气，必寄之一事一物，以发泄其堙暧，如信陵君之饮醇酒、近妇人，嵇叔夜（康）之锻，刘玄德（备）之结耗，刘伯伦（伶）之荷锸，米元章（芾）之拜石，皆是也。巢民寄意于此，著为诗歌，盈篇累帙，使天下后世，读其书，想见其人，即以为信陵、元章，何不可者。

即冒襄之钟情戏剧，是出于寄托"胸中有感愤无聊不平之气"的缘故。此外，瞿有仲《巢民冒先生五十荣寿序》（《同人集》卷二）记载：

> 时在东皋，东皋人士，无不乐道先生行事，独其溺情声歌，有以此少先生者。夫先生之心，谁其知之。乃先生正藉人之不知，而谓可以逃吾情而寄吾志也。记观剧之夜，先生指童子而语余曰："时人知我哉？风萧水寒，此荆卿（荆轲）筑也；月楼秋榻，此刘琨笛也；览云触景，感古思今，此皋羽（谢翱）竹如意也。故予之教此，每取古乐府中不合时宜者教之。只与同心如子者言乐耳。终不以悦时目。"呜呼，先生之心，先生知之。自先生而外，求如吾辈之知先生者，可多得哉？古之人，有志凌青云之上，身晦泥污之中，心名且不愿显，又何惜乎人言哉？然有散家财、屏歌伎、蹈义陵险者，又何心哉？今先生年五十矣。览揆之辰，亲朋满座。余在客乡，无以将意，即借先生之酒，命歌童中善歌如紫云者歌余赠先生长歌，以为先生寿。

"风萧水寒,此荆卿筑也"指的是试图刺杀秦始皇的荆轲之事。"月楼秋榻,此刘琨笛也"说的是刘琨身陷胡骑之围,月下城楼吹奏胡笳,竟引得敌兵落泪的故事。"览云触景,感古思今,此皋羽竹如意也"是指宋朝遗民谢翱。这些事例的主人公均对当世政治有不平之气,故将一腔情怀寄托于声歌管弦。

在戏剧世家中成长的冒襄,经历了明末清初的动荡政局。易鼎后他以明朝遗民自居,尽忠义之节,在忧怀郁结中度过了余生。此番心境,或许从咿呀戏剧中才聊得些许慰藉吧。①

---

① 活跃于明末清初的戏曲小说作家李渔,与冒襄同年生于如皋,并在如皋度过了其二十岁左右前的生活。沈新林《李渔与冒襄》(《淮阴师范学院学报》哲学社会科学版第 25 卷,2003 年)对二人的异同作了分析,指出他们二人虽同籍如皋,但似未有直接交游往来,这或许是冒襄生于官宦之家,身世背景与李渔迥别。此外,关于与冒襄关系密切的龚鼎孳、杜濬、尤侗等与李渔之交游,伊藤漱平之「李漁の戯曲小説の成立とその刊刻―杭州時代における張縉彦・杜濬・丁耀亢らとの交遊を軸として見た―」(『二松』第一集,1987 年)及「「李漁の戯曲小説の成立とその刊刻」補正」(『二松』第二集,1988 年)等诸文对此作了详尽考论。关于杜濬,徐志平撰有《遗民诗人杜濬生平及交游考论》,嘉义大学《人文研究期刊》第 2 期,2007 年。

蒋士铨笔下的汤显祖与江南文人

——读《临川梦》

前　言

蒋士铨(1725—1785,字心余,一字苕生,号清容,又号藏园,江西铅山人)作的《临川梦》,是一部以明代著名剧作家汤显祖为主角的戏曲作品。这部传奇分上下两卷,共二十出,其目如下:

卷上

提　纲

第一出　拒弋

第二出　隐奸

第三出　谱梦

第四出　想梦

第五出　改梦

第六出　星变

第七出　抗疏

第八出　哱叛

第九出　送尉

第十出　殉梦

卷下

第十一出　宦臣

第十二出　遣跋
第十三出　续梦
第十四出　双噬
第十五出　寄曲
第十六出　访梦
第十七出　集梦
第十八出　花庆
第十九出　说梦
第二十出　了梦①

根据青木正儿《中国近世戏曲史》，其故事梗概如下：

（一）"拒弋"（括号中数字用以表现出数。以下仿此）
丞相张居正欲使其子进士及第，求汤显祖助之。显祖拒绝焉。（二）"隐奸"　陈眉公怀怨显祖，曾为所辱，乃逸之要路，以图阻止显祖及第。（三）"谱梦"　显祖绝意应试，归乡作《还魂记》。（四）"想梦"　娄江女子俞二娘耽读《还魂记》。记中人物柳生、杜丽娘现其幻影。（五）"改梦"　张居正官败，显祖进士及第，任南京太常博士，改旧作《紫箫记》而作《紫钗记》。（六）"星变"　万历十九年彗星见。（七）"抗疏"　显祖论当局恶政，草抗疏。（八）"哱叛"　边将哱承恩叛。（九）"送尉"　显祖因抗疏，贬为广东徐闻县典史，在职数载，升为浙江遂昌县县令，里民皆惜其去。（十）"殉梦"　俞二娘读《还魂记》断肠而死。（十一）"宦成"　显祖为遂昌县令，行善政。（十二）"遣跋"　显祖之友梅国桢以计离间叛将哱承恩及其部将。（十三）"续梦"　显祖谱《邯郸》《南

---
① 蒋士铨著、邵海清校注《临川梦》，上海古籍出版社，1989年，第1页。

柯》二记。(十四)"双噬"　哱承恩与部将内讧,官军乘隙诛之。(十五)"寄曲"　俞二娘死后二十余年,其乳母以俞二娘手批之《还魂记》送至显祖处。(十六)"访梦"　俞二娘亡魂欲访显祖,以此意诉之释尊。(十七)"集梦"　《南柯记》之淳于梦、《邯郸记》之卢生、《紫钗记》之霍小玉等相会,谈论显祖之戏曲。(十八)"花庆"　显祖已辞官,归乡与其四子同庆父母之寿。(十九)"说梦"　显祖长子,死而归天,与淳于梦、卢生、俞二娘、霍小玉等,于天王前相会,论世事皆梦。(二十)"了梦"　显祖睡玉茗堂中,睡神引俞二娘之魂入显祖梦中。显祖感其知己。卢生、淳于梦、霍小玉亦来见,玉茗花神传天王法旨迎众入觉华宫。①

《临川梦》全体可分为四个部分:

(1) 汤显祖的生平(科途上的挫折,进士及第,赫赫的宦迹,宦途的挫折,辞官等)

第一、二、五、六、七、八、九、十一、十二、十四、十八出

(2) 汤显祖的戏曲创作

第三、五、十三出

(3) 俞二娘的故事

第四、十、十五、十六、十九、二十出

(4) "玉茗堂四梦"剧中人物的登场

第四、十七、十九、二十出

《临川梦》,是以汤显祖的生平及其戏曲作品为经纬的戏曲。通过此剧,读者和观众可以一举了解汤显祖其人及其作品,可谓是汤显祖的一大集成资料。

---

① 青木正儿著、王古鲁译《中国近世戏曲史》,中华书局,1954年,第415—416页。

一、蒋士铨为何作《临川梦》?

蒋士铨为何创作了这部以汤显祖为主角的作品呢?蒋士铨是江西铅山人,他的剧作中的人物常常与江西有关系。① 比如,杂剧《一片石》和《第二碑》是以在江西南昌叛乱的宁王宸濠之配偶娄妃为主角的,传奇《采樵图》也是以娄妃及平定了宁王宸濠之乱的王守仁(王阳明)为主角的。《冬青树》是以宋末的文天祥为主角的传奇,剧中的文天祥也是以江西安抚使的身份登场的。因此,蒋士铨以同是江西籍的大剧作家汤显祖为自己作品的题材,也是很自然的。

但是,蒋士铨创作这部以汤显祖为主人公的《临川梦》,并不仅仅因为是江西同乡的缘故。

蒋士铨创作《临川梦》,是在乾隆三十九年(1774)五十岁的时候。让我们先来回顾一下蒋士铨的生平。

蒋士铨于乾隆十二年(1747)二十三岁时参加江西乡试中举,但之后的乾隆十三年(1748)、十七年(1752)和十九年(1754)的北京的会试中三次不第,到乾隆二十二年(1757)三十三岁的时候才进士及第。十年的怀才不遇,与《临川梦》中描写的汤显祖的不遇是一致的。

蒋士铨进士及第后,只做了八年的官,就于乾隆二十九年(1764)四十岁时辞了官。之后,先后在绍兴蕺山书院、杭州崇文书院、扬州安定书院等处担任山长,主持讲学,不再涉足仕途。简有仪《蒋士铨及其诗文研究》第二章第二节里,谈到了"蒋士铨的性格",说:

> 蒋士铨短暂的八年仕宦生涯,怀才不遇,穷愁潦倒,实与他

---

① 王毓雯「蔣士銓『一片石』の成立過程について—清代士人の地方教化活動の一側面—」(『中国文学論集』第 30 号,2001 年,第 68—83 頁)、「蔣士銓の戲曲における娄妃像」(『中国文学論集』第 32 号,2003 年,第 96—110 頁)等。后收于氏著『清代文人蔣士銓とその戲曲研究』,中国书店,2013 年。

"耿介刚正"的性格,有密切的关系。①

这样说来,《临川梦》中所描写的汤显祖的性格和蒋士铨也有相同之处。

科举的不顺、为官的耿介等,《临川梦》中所塑造的汤显祖的形象和作者本人在很多方面是一致的。关于《临川梦》中的汤显祖的人物形象,已有王毓雯《蒋士铨〈临川梦〉中的汤显祖形像》(九州大学《中国文学论集》第28号,1999年,第68—84页)。在此篇论文中,王女士主张:当时有一些人认为汤显祖是一种"轻薄文人"。蒋士铨却针对这些看法,在他的《临川梦》中强调汤显祖的"刚直廉洁"、"忠孝完人"的一面。这也与蒋士铨自己作为士人的"教化意图"有关。②

另外,必须特别指出的是,蒋士铨的《临川梦》中,汤显祖的怀才不遇是其创作《牡丹亭》的背景。《临川梦》第三出《谱梦》:

> 由他虎豹守天门,且作嘲风弄月人。皮里春秋圈外注,冷吟闲醉独伤神。我汤显祖自丁丑拒绝权门,归来六载,不复入京会试。总因眼中认定"富贵一时,名节千古"八个字儿,所以义命自安,怨尤俱泯。但情怀万种,文字难传,只得借此填词,写吾幽意。日来撰就《牡丹亭》传奇,草草成篇,尚未脱稿。咳,世鲜知音,谁能叹赏。③

"由他虎豹守天门,且作嘲风弄月人"、"只得借此填词,写吾幽意"意即:爱情剧的创作是为了发泄政治上怀才不遇的郁闷。类似的思想在蒋士铨咏《桃花扇》的诗里也可看到。蒋士铨的《忠雅堂诗集》卷

---

① 简有仪《蒋士铨及其诗文研究》,台湾洪叶文化出版,2001年,第63页。
② 其他还有王毓雯「蒋士铨『藏园九种曲』における鬼神観について—袁枚・羅聘との交遊関係を通して—」(『中国文学論集』第29号,2000年,第54—71頁)、「蒋士铨『一片石』の成立過程について—清代士人の地方教化活動の一側面—」(『中国文学論集』第30号,2001年,第68—83頁)、「蒋士铨の戯曲における嬖妃像」(『中国文学論集』第32号,2003年,第96—110頁)等。
③ 蒋士铨著、邵海清校注《临川梦》,第31页。

一《桃花扇题词》(乾隆十年作)的第三首:

> 国步艰难旧鼎迁,
> 选声中酒尚依然。
> 桃花着意看团扇,
> 燕子无心说锦笺。
> 儿女暗怜风月夜,
> 英雄长恨革除年。
> 那堪江左风流尽,
> 泪落秦淮水榭边。①

在此,据蒋士铨的理解,"国步艰难"的政治背景与"那堪江左风流尽,泪落秦淮水榭边"的风月感慨结合在一起。②

二、陈继儒

蒋士铨的《临川梦》里也塑造了一些反面角色,其中最大的反角是松江文人陈继儒(1558—1639)。让我们来看看《临川梦》第二出《隐奸》里对他的描写:

> (净披巾素氅苍髯扮隐士上)妆点山林大架子,附庸风雅小名家。终南捷径无心走,处士虚声尽力夸。獭祭诗书充著作,蝇营钟鼎润烟霞。翩然一只云间鹤,飞来飞去宰相衙。老夫陈继儒,字仲醇,别号眉公,江南华亭人也。少年颇工八股文字,做秀才时,与董思白(董其昌)、王辰玉(王衡)两人齐名学校。年未三

---

① 蒋士铨著、邵海清校、李梦生笺《忠雅堂集校笺》,上海古籍出版社,1993年,第49页。
② 蒋士铨《忠雅堂诗集》卷一还收录有一首《秋夜》诗(乾隆十一年作于建昌),描写了诗人听《牡丹亭》曲之事(第93页),附录如下:
   残灯别馆悄冥冥,玉茗风流梦未醒。一种小楼秋夜雨,隔帘催唱牡丹亭。

十,焚弃儒冠,自称高隐。你道是什么意思? 并非薄卿相而厚渔樵,正欲藉渔樵而哄卿相。骗得他冠裳动色,怎知俺名利双收。又得董思白极力推尊,更托王太仓(王衡)多方延誉。以此费些银钱饭食,将江浙许多穷老名士,养在家中,寻章摘句,别类分门,凑成各样新书刻板出卖。吓得那一斑鼠目寸光的时文朋友,拜倒辕门,盲称瞎赞,把我的名头,传播四方。而此中黄金白镪,不取自来。你道这样高人隐士,做得过做不过。我又想道,单是士大夫敬重,弄钱毕竟有限。因而把饮食衣服器皿,各件东西,设法改造新样,骗得市井小人,遂致财源滚滚。所以古有东坡之肉,今有眉公之糕,古有李斯狗枷,今有眉公马桶。(笑介)竟弄得海外闻名,朝端推重。由他地方官、钦差官,荐举争来,自比康斋翁、白沙翁,征诏不动。而且记私仇常时倾陷正人,借清议暗里把持朝局。(大笑介)自古至今一个穷工极巧的买卖,竟被我陈眉公做化了。即使天下后世有人看破行藏,又当不得我的书画实在精妙,他们也不忍一笔抹倒,何况我的香火子孙布满艺林。这一个隐逸之名,真个安如泰山、稳如磐石也。①

这里所描写的陈继儒的形象是有出处的。比如,上文中提到的出书之事,钱谦益的《列朝诗集》丁集下《陈征士继儒》小传里有如下一段记载:

> 仲醇又能延招吴越间穷儒老宿隐约饥寒者,使之寻章摘句,族分部居,刺取其琐言僻事,荟蕞成书,流传远迩。款启寡闻者,争购为枕中之秘。于是眉公之名,倾动寰宇。远而夷酋土司,咸丐其词章,近而酒楼茶馆,悉悬其画像。甚至穷乡小邑,鬻粔妆盐豉者,胥被以眉公之名,无得免焉。直指使者行部,荐举无虚牍,天子亦闻其名,屡奉诏征用。②

---

① 蒋士铨著、邵海清校注《临川梦》,第19—20页。
② 钱谦益《列朝诗集小传》,上海古籍出版社,1983年,第637—638页。

《明史》卷二九八《陈继儒传》对他的评价中也提到了这件事：

> 工诗善文，短翰小词，皆极风致，兼能绘事。又博文强识，经史诸子、术伎稗官与二氏家言，靡不较核。或刺取琐言僻事，诠次成书，远近竞相购写。征请诗文者无虚日。①

还有，在《临川梦》的第二出《隐奸》里，有如下的一段：

> （净[陈继儒]）不瞒老丈说，老夫向年大受厌累，他却也被我作弄的不小。（小净）有这等事，愿闻其略。（净）那一日太仓（王衡）家中相见，太仓说：此乃当今第一才人，是我的门生。（小净）如何？（净）我见他身材短小，面庞清瘦，如何看得上眼。因新造了一所书房，要他题一扁额，他欣然把笔而写。（小净）所写何字？（净）他写的是"可以栖迟"四字。（小净）这也罢了。（净）老丈，你怎知其中就里。
> 【前腔】他毫端有鬼笔如风，暗里包藏讥讽。他说我与王衡相好，就暗用上文衡门之下骂我。我二人本是文章道义金兰重，岂燕子依人栋梁。（小净）这就实在轻薄可恶了。（净）不但此也。又一日，我自称山人，他道：山人为何不在山中，却在宰相门下。老丈，你说叫我如何当得起。②

上文中汤显祖所讥嘲的陈继儒经常出入权贵王衡府第之事，见于顾公燮《消夏闲记摘抄》下"陈眉公学问人品"条：

> 云间陈眉公入泮，即告给衣顶，自矜高致，其实日奔走于太仓相王锡爵长子缑山名衡之门。适临川孝廉汤若士在座，陈轻

---

① 张廷玉等《明史》卷二九八，中华书局，1974年，第7631页。
② 蒋士铨著、邵海清校注《临川梦》，第20—21页。

其年少,以新构小筑命汤题额,汤书可以栖迟,盖讥其在衡门下也。陈衔之。自是王相主试,汤总落孙山,王没后,始中进士。其所作《还魂记》传奇,凭空结撰,污蔑闺阃。内有陈斋长即指眉公,与唐元微之所著《会真记》,元王实甫演为《西厢》曲本,俱称填词绝唱。但口孽深重,罪干阴谴。昔有人游冥府,见阿鼻狱中拘系二人甚苦楚。问为谁,鬼卒曰,此即阳世所作《还魂记》《西厢记》者,永不超生也。宜哉。①

蒋士铨把陈继儒塑造成该剧的最大的反面角色,应该是基于这些传说的吧。

但是,实际上汤显祖和陈继儒的关系是否真如剧中所描写的那样呢?平步青《霞外攟屑》卷九"小栖霞说稗·临川梦"条持不同的观点:

《潜丘札记》(卷四上)《跋〈尧峰文钞〉三》云:"钱牧翁评骘陈仲醇,谓'聊可装点山林,附庸风雅'。人于钝翁亦云然。仲醇御物才神绝,钝翁居乡品高绝,士固不浪得名耳。"庸按:蒋藏园《临川梦》院本《隐奸》一出上场诗:"装点山林大架子,附庸风雅小名家。"盖本东涧语。其中描摹充隐奸险,不无过刻,至谓袁襄愍之杀毛文龙,因拒麋公粥文,而借香光以祸之,则《柳南续笔》(卷二)同。张冠李戴,颇费事实。全谢山《鲒埼亭集外编》(卷二九)《跋东江事迹》,已辨其妄。(《啸亭杂录》卷一〇谓襄愍为文敏门下士,非。)传奇中所演故事,寓言十九,不得谓藏园深文周内也。惟"可以栖迟",据《渔矶漫钞》(卷一〇),乃陶文简公赠扁,非若士。②

平步青把《临川梦》中所提到的袁襄愍(崇焕)杀毛文龙、"可以栖迟"

---

① 顾公燮《消夏闲记摘抄》卷下,《涵芬楼秘笈》本,商务印书馆,1917年,第4页。
② 平步青《霞外攟屑》卷九,上海古籍出版社,1982年,第678页。

的匾额等事,一一考证与陈继儒没有关系。一边洗陈继儒的冤,一边替蒋士铨辩解,说戏曲里的故事往往是虚构的。

况槺也在其《花帘麈影》提出了异议:

> 蒋心余作《临川梦》传奇,极诟陈眉公之为人,且于汤、陈交恶之由,言之颇详。然《晚香堂集》中题《牡丹亭》一跋,有杨用修(慎)长于论词,而不娴于造曲;徐天池(渭)《四声猿》,能排突元人,长于北而不长于南;独临川以花间、兰畹之遗,兼擅其长云云,其推崇临川至矣。至化梦还觉、化情归性等语,亦能道出《牡丹亭》之本意。观此,则眉公当日,固尚与临川相厚,空梁泥落,渐积怨嫌,名士忌才,正复何所不至。①

正如况槺所指出的,陈继儒为《牡丹亭》作的题词(《批点牡丹亭题词》)里对《牡丹亭》作了高度的评价:

> 吾朝杨用修长于论词,而不娴于造曲。徐天池《四声猿》,能排突元人,长于北而不长于南。独汤临川最称当行本色。以花间、兰畹之余彩,创为《牡丹亭》,则翻空转换极矣。②

这篇题词本身的真赝尚有待考察,但汤、陈二人的关系是否真的如剧中所描写的那样针锋相对却也值得怀疑。梁绍壬的《两般秋雨盦随笔》卷三也认为该剧对陈继儒的批判有过苛之弊:

> 陈眉公在王荆石(锡爵)家,遇一宦,问荆石曰:"此位何人?"曰:"山人。"宦曰:"既是山人,何不到山里去?"盖讥其在贵人门下也。俄就席,宦出令曰:"首要鸟名,中要四书二句,末要

---

① 蒋士铨著、邵海清校注《临川梦》附录三,第234—235页。
② 汤显祖《汤显祖集》,《诗文集》附录,上海人民出版社,1973年,第1544—1545页。

曲一句合意。"宦首举云:"十姊妹,嫁了八哥儿,八口之家,可以无饥矣,只是二女将谁靠?"眉公云:"画眉儿,嫁了白头翁,吾老矣,不能用也,辜负了青春年少。"合座称赏。宦遂订交焉。铅山蒋苕生太史《临川梦》院本内,有《隐奸》一出,刻意诋毁眉公,出场诗云:"妆点山林大架子,附庸风雅小名家。终南捷径无心走,处士虚声尽力夸。獭祭诗书充著作,蝇营钟鼎润烟霞。翩然一只云间鹤,飞来飞去宰相衙。"亦谑而虐矣。①

开头的"山人"故事见于《明季杂录》,但都没有提及陈继儒的名字。②且据此《两般秋雨盦随笔》的记载,最后陈继儒与此"宦"订交了。

三、袁　枚

《临川梦》里陈继儒被刻画成一个反面角色。有人认为作者其实是借这个形象来影射袁枚(1716—1797)。比如,倪鸿《桐阴清话》卷四云:

> 蒋苕生《临川梦》院本内《隐奸》一出,刻意诋毁陈眉公。出场诗云:"妆点山林大架子,附庸风雅小名家。终南捷径无心走,处士虚声尽力夸。獭祭诗书充著作,蝇营钟鼎润烟霞。翩然一只云间鹤,飞来飞去宰相衙。"番禺叶兰台太史衍兰,谓此诗非诋眉公,实讥袁子才也。所说未足为据,然诗中神气颇相肖。③

李详《药裹慵谭》卷四"蒋心余以袁子才比陈眉公"条也持同样的观点:

---

① 梁绍壬著、庄葳点校《两般秋雨盦随笔》,上海古籍出版社,1982年,第137页。
② 《明季杂录》未见。据谢兴尧《谈明季山人》所引(《古今文史半月刊》第15期,1943年,第17—19页)。
③ 倪鸿《桐阴清话》卷四,同治十三年刊本。

尹文端(尹继善)再官江督,子才(袁枚)已罢官,被处士服,出入节署,又善以谐词媚尹。材官骑士,折简嘉招,盖一日无子才不乐也。心余游江宁,文端招饮,坐客有子才及秦涧泉学士(秦大士),分韵赋诗,涧泉诗先成,文端不以为佳。心余次上,阅毕,不作一语。至子才诗,则启颜称善。心余阴有不嗛,所撰《临川梦》,极诋眉公,云:"妆点山林大架子,附庸风雅小名家,终南捷径无心走,处士虚声尽力夸。"又云:"翩然一只云间鹤,飞来飞去宰相衙。"隐然一子才也。钱受之《列朝诗集小传》评眉公诗,取其便娟轻俊,聊可妆点山林,附庸风雅,心余本此。牧斋称眉公重然诺,饶智略,精心深衷妙得老子阴符之术。又云:"交游显贵,接引穷约,茹吐轩轾,具有条理。"子才为人,亦颇近此。心余虽以传奇修文德私憾,实为子才作一重公案也。①

袁枚和赵翼、蒋士铨都以诗名世,被称为"乾隆三大家"。简有仪《蒋士铨及其诗文研究》的第二章第四节"蒋士铨的交游"里介绍了蒋士铨与前辈的交游,其中也考察了与袁枚的交游(袁枚生于1716年,比蒋士铨年长九岁)。② 从两人的书信等资料来看,可以说,蒋士铨和袁枚的关系是比较密切的。而且,蒋士铨死后,为他撰写墓志铭的正是袁枚。袁枚写蒋士铨诗集的序,当中高度评价蒋士铨的才能,说:

蒋君心余,奇才也。癸酉过真州,见僧舍题壁,心慕之,遂与通书。后来金陵,唱喁讲讨,相得益甚。③

叶衍兰、李详等人持这样的观点,可能因为当时对袁枚为人的评价

---

① 李详《李审言文集》,江苏古籍出版社,1989年,第670页。
② 简有仪《蒋士铨及其诗文研究:漫谈清代大文豪蒋士铨之文学成就与影响》,台湾洪叶文化事业有限公司,2001年,第98—99页。
③ 袁枚《蒋心余藏园诗序》,《小仓山房续文集》卷二八,见《小仓山房诗文集》,上海古籍出版社,1988年,第1757页。

褒贬相半的原因。

四、昙阳子与俞二娘

《临川梦》第十七出《集梦》有如下一段:

> （小生）请问还有一梦，是何名色？（贴）这本曲词，是他第一得意之笔，名曰《牡丹亭》，乃杜丽娘还魂之事。（小生）我和你唐朝，没有什么杜丽娘呀。（贴）非也。此庄生寓言也，盖为太仓王氏昙阳子而作。（末）既如此，我等邀了昙阳子，一同前往何如？（贴）再休提起，那昙阳子久证菩提，少年暧昧之事，已都忏悔。他方恨汤君隐刺其短，焉肯同往。他说汤君呵。
>
> 【前腔】毕竟是桃李春风旧门墙，怎好把帷薄私情向笔下扬，他平生罪孽这词章。因他有此口过，是以毕世沉沦，不能大用。若还果有回生望，可不俊煞了西川杜丽娘。①

在此，小生是《南柯梦》的淳于梦，末是《邯郸梦》的庐生，贴是《紫钗记》的霍小玉。汤显祖的作品中的人物聚在一起，谈论汤显祖和他的戏曲。

关于汤显祖创作《牡丹亭》的动机，当时流传有一种说法，认为汤显祖有讽刺昙阳子之意。昙阳子就是前所提太仓王锡爵的女儿（王衡之妹）。朱彝尊《静志居诗话》卷一五里作了如下论述:

> （《牡丹亭》）世或相传云刺昙阳子而作。然太仓相君，实先令家乐演之，且云："吾老年人，近颇为此曲惆怅。"假令人言可信，相君虽盛德有容，必不反演之于家也。②

---

① 蒋士铨著、邵海清校注《临川梦》，第234—235页。
② 朱彝尊著、黄君坦校点《静志居诗话》卷一五，人民文学出版社，1990年，第461页。

吴梅《顾曲麈谈》第二章"制曲"里也对这种说法作了考察：

> 《牡丹亭》一书，人又谓汤若士讥刺昙阳子而作。杨恩寿《词余丛话》云：若士应春官试，忤陈眉公，遂以媚蘖下弟。时太仓王相国为总裁，相国本若士座师，亦素厚眉公者，若士遂恨相国入骨。适昙阳坐化后，岭南又有一昙阳出现，与一士人为眷属，风闻远迩。若士遂作《牡丹亭》以泄恨；故记中有还魂之举。而蒋心余作《临川梦》曲，亦信此说，且云："毕竟是桃李春风旧门墙，怎好把帷薄私情向笔下扬？他平生罪孽这词章。"于是若士此曲，乃为端人正士所不取，岂知皆子为乌颈有乎！朱竹垞《静志居诗话》云：世或传《牡丹亭》刺昙阳子而作，然太仓相君实先令家乐演之，且曰："吾老年人，近颇为此曲惆怅。"假令人言可信，相君虽盛德有容，必不反演之于家也。即《玉茗集》中，寄张元长、吊俞二姑二绝句，其序中亦记太仓相君之语，与《静志居诗话》适合，可知此说实是不确，而后人反言之凿凿，不惟可笑，抑且有乖典则矣。①

《词余丛话》卷三则有这样一段记载：

> 尝见《感应篇》注："有人冥者，见汤若士身荷铁枷。人间演《牡丹亭》一日，则笞二十。"虽甚其辞以警世，亦谈风雅者不敢不勉也。先生本王文肃公（王锡爵）门下士。文肃中女昙阳子修道有得，一时名士无虑数百人，顶礼称弟子。豫示化期，飞升亡夫墓次，万目共睹；但遗蜕入龛，有蜿蜒相随同掩，或疑为蛇所祟耳。数年后，忽有鄞人娄姓，以风水游吴、越间，一妻二子，居处无定。妻慧美，多艺能，且操吴音，蓄资甚富。捕者疑之，踪迹颇急。度不可脱，则曰："我太仓王姓也。"于是哗然"昙阳

---

① 吴梅《顾曲麈谈》第二章"制曲"，上海古籍出版社，2000年，第56页。

复生"矣。时父子俱在朝,仅以族人司家事,急召娄夫妇讯之,诡称"实未死,从窦后穴而逸"。族人向未见昙阳,莫能辨。有老仆谛视良久,忽省曰:"汝非二爷房中某娘乎?"始惶恐伏罪。盖文肃亡弟鼎爵爱妾窃资以逃者也。执付干仆,解送京师。妇与干仆通,乘其醉,携二雏并娄夜窜,莫知所终。当海内哄传时,先生遽采风影之谈,填成艳曲。初不过游戏三昧,不料原本一出,遂有千古后人,读其词未尝不信其事,实为昙阳之玷。先生官职不显,毕世沉沦,诚受笔墨之障。蒋心余瓣香玉茗,私淑有年。《临川梦·集梦》一出,亦以诬蔑昙阳为非,其词云:"毕竟是桃李春风旧门墙,怎好把帷薄私情向笔下扬?他平生罪孽这词章!"①

昙阳子,于万历八年(1580)九月九日白日升仙。当时在场目睹了其升仙过程的王世贞写了《昙阳大师传》。在明末的文人社会里,很多人崇拜她,昙阳子是一个非常流行的话题。②

这儿所说的王锡爵不是别人,正是前文所述陈继儒结交的王衡之父。那么,汤显祖"刺昙阳子说"和"与陈继儒交恶说"就可以在这一家人物身上统一起来了。

还有,明末的昙阳子崇拜,和当时的仙女崇拜也密切相关。据合山究教授的考察,《红楼梦》是明末的仙女崇拜发展的产物。③《临川梦》完成于乾隆年间,和《红楼梦》的时代背景相同,这是很值得我

---

① 杨恩寿《词余丛话》,中国戏曲出版社,1980年,第274—275页。
② アン・ウォルトナー(Ann Waltner)、佐佐木纪子译「曇陽子にみる女性としての人生,特に宗教における女性としての人生」,『アジア女性史——比較史の試み』,明石书店,1997年,第459—468页;Ann Waltner, *The World of a Late Ming Mystic: T'an-Yang-Tzu and her Followers*, University of California Press, 2000;三浦秀一「『真誥』俞安期本成立の時代的状況」,吉川忠夫编『京都大学人文科学研究所研究報告 中国古道教史研究』,同朋社出版,1992年,第511—564页;いしゐのぞむ「曇陽子と牡丹亭——老年の人、この曲のために惆悵す」,『21中国』20,2004年。
③ 合山究「紅楼夢における女人崇拝思想とその源流」,『九州大学中文研究室 中国文学論集』第12号,1983年,第84—109页;又同氏『紅樓夢新論』,汲古书院,1997年,第53—85、177—299页。

们注意的。

蒋士铨《临川梦》中的重要情节,娄江俞二娘的事也有出处。朱彝尊在《静志居诗话》卷一五里说:

> 当日娄江女子俞二娘,酷嗜其词,断肠而死。故义仍作诗哀之云:"画烛摇金阁,真珠泣绣窗。如何伤此曲,偏只在娄江。"又七夕答友诗云:"玉茗堂开春翠屏,新词传唱牡丹亭。伤心拍遍无人会,自掐檀痕教小伶。"其后续成紫箫残本,身后为仲子开远焚弃。诗终牵率,非其所长。①

汤显祖的俞二娘哀诗见于《汤显祖诗文集》卷一六《哭娄江女子二首》如下:

> 吴士张元长(张大复)许子洽(许重熙)前后来言,娄江女子俞二娘秀慧能文词,未有所适。酷嗜《牡丹亭》传奇,蝇头细字,批注其侧。幽思苦韵,有痛于本词者。十七惋愤而终。元长得其别本寄谢耳伯(谢兆申),来示伤之。因忆周明行中丞言,向娄江王相国(王锡爵)家劝驾,出家乐演此。相国曰:"吾老年人,近颇为此曲惆怅。"王宇泰(王肯堂)亦云:"乃至俞家女子好之至死,情之于人甚哉。"
>
> 画烛摇金阁,真珠泣绣窗。如何伤此曲,偏只在娄江。
> 何自为情死,悲伤必有神。一时文字业,天下有心人。②

又其七夕答友诗见于《汤显祖诗文集》卷一八《七夕醉答君东二首》:

> 秋风河汉鹊成梁,

---
① 朱彝尊著、黄君坦校点《静志居诗话》卷一五,第461页。
② 汤显祖《汤显祖集》,《诗文集》卷一六,第654—655页。

矫首牵夫悦暮妆。
为问远游楼下女,
几年一度见刘郎。

玉茗堂开春翠屏,
新词传唱牡丹亭。
伤心拍遍无人会,
自掐檀痕教小伶。①

娄江也就是太仓。此为情而死的俞二娘也跟前所提的仙女崇拜有关系。

五、青木正儿对《临川梦》的评价

青木正儿在其《中国近世戏曲史》中,就《临川梦》作了评论,对吴梅的评价提出了异议:

先就结构而言,如出与汤显祖毫无关系之哰承恩叛乱三出,(第八、第十二、第十四。)全无意义。又如关于俞二娘事,于显祖之全生涯中,究不过一种插话而已,而其关目夸张之为五出,(第四、第十、第十五、第十六、第二十。)反非所以显彰此伟大作家者。又如拉来"玉茗堂四梦"中人物而发关目,(第四、第十七、第十九。)即吴梅氏所谓"无中生有"者,此虽亦为一法可许,然剧中情迹,在于即汤显祖传按其微细年月极现实以结构之,出此类非现实之关目,极不调和,且以此破坏全剧之调子也。次就描写人物而言,虽鲜明描出显祖为刚直廉洁官僚之面

---

① 汤显祖《汤显祖集》,《诗文集》卷一六,第735页。

目,然其本来面目磊落不羁之文豪风格,反有未能写尽之憾,此为余所最不惬意之一大缺陷也。谱《还魂记》不得新句泣于薪上之显祖;为人非难其曲有乖曲律而豪语"不妨拗折天下歌者之嗓子"之显祖;玉茗堂中鸡豚狼藉书史散乱,与客昂然谈论古今于其间之显祖风格,奈何竟不获见于此剧中耶?余毋宁取《雪中人》所描写查培继之书味盎然也。①

青木正儿对《临川梦》的评价是不高的。其主要原因在于剧中"四梦"中的角色的出现。他认为:"出此类非现实之关目,极不调和,且以此破坏全剧之调子也。"青木博士对《临川梦》作的此种评价是从近代西方的现实主义的视角出发的。但我想:这出戏在实际上演的时候,剧中角色出现的部分应该还是非常有意思,非常精彩的。只做一个文人剧作家,汤显祖的生平剧也是片面的。《临川梦》的舞台上出现"玉茗堂四梦"的人物,可以说是一种"剧中剧"。"剧中剧"的趣味也可加以高度评价。青木博士对《临川梦》的评价,我认为有值得商榷之处。

　　以上是我就《临川梦》的几个问题所作的一点考察。

---

① 青木正儿著、王古鲁译《中国近世戏曲史》,第416页。

彭剑南之戏曲《影梅庵》《香畹楼》及其时代

序　　说

明末清初的文人冒襄(1611—1693),在本是南京秦淮和苏州半塘的青楼名姝、后成为他爱妾的董小宛(1623—1651)英年早夭之后,把对她的回忆与追念形于笔墨,细致绵密地缀写成《影梅庵忆语》一书。此书流风余韵,波及有清一代之文学。曹雪芹(约1715—约1763)的小说《红楼梦》,也被认为是从《影梅庵忆语》中汲取了灵感,甚至出现了一种说法认为董小宛就是《红楼梦》中某个人物的原型[①]。此外在清代,诸如沈复《浮生六记》等意在追忆已故妻妾、被称为"忆语体"的这一批作品的创作,亦是《影梅庵忆语》所荡起的一道涟漪。

清代嘉庆(1796—1820)、道光(1820—1850)年间的一位文人彭剑南,把《影梅庵忆语》中的故事戏曲化,作了《影梅庵》传奇;同时,他还把陈裴之步《影梅庵忆语》后尘、为追忆亡妾而作的忆语体作品《香畹楼忆语》戏曲化,作了《香畹楼》传奇。经由彭剑南这一位作者之手,清代忆语体文学的两部作品被戏曲化了。

本文拟以彭剑南所作的两部传奇《影梅庵》《香畹楼》为中心,尝试对它们及其周边相关情况作一考察。下文将会论及,彭剑南之《香畹楼》传奇,乃是应《香畹楼忆语》作者陈裴之嘱托而作。陈裴之

[①] 关于以上诸点,拙著《冒襄与〈影梅庵忆语〉》第二部第五章"冒襄、《影梅庵忆语》与《红楼梦》"中有详论,台湾里仁书局,2013年。

是袁枚过世后,以开门授业诗文风雅之女弟子而广为人知的陈文述之子。陈裴之妻汪端,曾编选《明三十家诗选》等,是声名远扬的才媛。此外他的交际圈中,还有《红楼梦图咏》的作者改琦、袁枚的女弟子席佩兰等。在对彭剑南《影梅庵》《香畹楼》的观察中,当时文人群体的影像便也随之浮现出来。由彭剑南周边文人群体之动向,试图窥探出孕育这两部戏曲之时代土壤。此正是本文欲达到的目的之一。

一、《影梅庵》传奇之内容

首先来回顾《影梅庵》传奇的故事内容。这部传奇由楔子、上卷十四出和下卷十四出构成。"楔子"在传奇里通常被称为"家门"或者"副末开场",即副末登场叙述全剧大意的那一段。在《影梅庵》的"楔子"里,其全剧的大意被概括如下:

献忠贼　突破襄阳府(叛贼张献忠攻破了襄阳府)
宪副公　告归水绘园(宪副公即冒襄之父冒起宗,辞官归隐于水绘园)
董小宛　艳传桃叶渡(董小宛的风流韵事在南京秦淮的桃叶渡流传)
冒辟疆　哀忆影梅庵(冒襄悲惋凄怆地追忆影梅庵)

此外【水调歌头】的唱词里面,有这样的句子:

玉清庵,蒲东寺,曲江楼。一例佳人才子,风月付清讴。天下有情不少,吾辈钟情特甚。

"玉清庵"指元杂剧《玉清庵错送鸳鸯被》,"蒲东寺"乃指以蒲州普救寺为舞台的《西厢记》,"曲江楼"指的则是《李娃传》里"李亚仙诗酒曲江池"的故事。由此可见,作者彭剑南把《影梅庵》亦定位为此类才子佳人故事之一。

第一出 《牲盟》
小生(冒襄)、生(张公亮)、末(陈则梁)

冒襄为应科举来到南京,寓居于秦淮眉楼(眉楼为名妓顾媚的闺阁)。他与张公亮、陈则梁相约盟誓为结义兄弟,于是就在那里等待他们的到来。张公亮、陈则梁到了眉楼。

此场景在【二郎神】一曲中有这样的描述:

> 红墙内(内作犬吠声介)(生)叩铜镮,有猧儿迎吠,共赴龙华天上会。(内作鹦哥声介)有客来了。(杂旦上开门介)(生)听鹦哥唤客,双鬟绣户潜开。

此处所描写青楼之"铜镮"、"猧儿"、"鹦哥"等,在记录明末清初南京秦淮风土人情的余怀所作《板桥杂记》之上卷"雅游"条中皆有记载:"到门则铜镮半启,珠箔低垂;升阶则猧儿吠客,鹦哥唤茶。"《影梅庵》传奇接下来的记述中亦随处可见从《板桥杂记》中化用的语句。

焚香祭拜完天地、相誓结为义兄弟之后,三人就开始纵横议论天下大势。各地以李自成为首的流寇十分猖獗,朝中却无贤良之臣,亡国危机迫在眉睫,具体而言是:

> 自周延儒、温体仁得君以后,凡内外大僚、秉节钺者,皆巧佞贪庸无耻之人也。

另外,冒襄等人的敌对者阮大铖的名字出现了:

> 目下尚存阮胡子一流奸贼,既不明正典刑,又不远投魑魅。只怕根株未断、死灰复燃,如之奈何?

可见《影梅庵》虽然是才子佳人的爱情故事,但贯串全剧的纬线却是当时的政治社会状况。

在这一出中,写到冒襄与张公亮(张明弼)、陈则梁三人盟誓结义一事。但实际上吕兆龙和刘履丁也参与其中,总共有五人。眉楼的这次"五人盟"事件,除了在冒襄荟萃师友赠答诗文编集而成的《同人集》卷五所收"五子同盟诗"中有记载外,在余怀《板桥杂记》卷下等资料中我们也能看到相关记录。

第二出 《盒会》

老旦(董小宛之母陈氏)、小旦(董小宛)、旦(柳如是)、贴(顾眉)、杂旦(李湘贞)、丑(顾小喜)

陈氏登场。她先介绍了女儿董小宛,然后召集一群手帕姐妹,宣告举行盒子会一事。所谓盒子会,就是各自把事先烹制的佳肴装入木盒带来,然后一起互评决出高下的厨艺品鉴会。今天的盒子会恰逢董小宛值会。

关于盒子会,《板桥杂记》卷下有记述,《桃花扇》第五出《访翠》中也有相关场面的描写。

董小宛登场,介绍了为此次盒子会准备的佳肴。为了参会,她准备了"几色蜜渍的果品,一瓯酿饴的花露"。在《影梅庵忆语》中,我们可以看到董小宛确实制作过这些肴馔。

柳如是、顾眉、李湘贞、顾小喜等也随董小宛一起与会。盒子会正式开始,大家把自己装食物的箱奁打开,各各品尝。结果,董小宛所作的美食得了"头名状元"。

然后斟酒、奏乐,宴会开始了。演奏所用的乐器,乃"张卯官的笛、管五官的管子、吴章甫的弦索"。这几个人名,都在《板桥杂记》

卷下列举的秦淮当红艺人的名单中。

宴会中,侍女和顾眉谈论起了冒襄之轶闻趣事。接着柳如是、顾小喜歌了数曲。董小宛虽然也在场,却言自己身体欠佳,便未献唱。

华灯燃起,顾眉先起身辞归。

第三出　《抚寇》

净(张献忠)、末(陈洪范)

张献忠登场。他虽在各地飞扬跋扈、所向披靡,但而今来到郧西(湖北)地面,却被官军围困。

官军统领陈洪范登场。张献忠投降,言对陈洪范唯命是从,愿为他效犬马之劳。陈洪范受降。

第四出　《失驭》

小生(左良玉)、末(陈洪范)、外(王瑞旃)、生(林铭球)、副净(熊文灿)、净(张献忠)

虽然张献忠已经投降,却说不定什么时候又会东山再起卷土重来。左良玉、陈洪范、王瑞旃、林铭球等人商议,决定杀了张献忠以永绝后患。

督师熊文灿举行军议,虽然左良玉等人主张杀了张献忠,但熊文灿持反对意见。左良玉一怒之下退出军议。

张献忠被叫出来,熊文灿给了他酒食及银元,将他释放。张献忠笑着退场。

这段史实在计六奇《明季北略》卷一四崇祯十一年"张献忠请降"、卷一五崇祯十二年"张献忠复叛"条中有相关记载。

第五出　《半塘》

小旦(董小宛)、小生(冒襄)、老旦(陈氏)

董小宛怅叹春色阑珊而自己良缘难觅,于是一人独斟独饮,以

致酩酊,有这样一段道白:

> 前日我母亲说,有个姓冒的公子来访,已是数遭,未曾一晤。奴想杜兰香降于张硕,吴彩鸾嫁得文箫,彼仙家尚有良缘,奈人世竟无佳偶。

冒襄登场。他虽然已多次与方密之、张公亮等一起来访董小宛,却始终未得晤面。今日他去寻方、张二人欲相约出游,却不知他们去了何处,于是独自来找董小宛。老旦陈氏出来迎接,董小宛不胜酒力,被扶着出场。冒、董二人默然相视,未交一语。陈氏招呼他们,如在梦中的两人却未尝应答。这个场景,在陈氏的唱词里被描绘出来了。

方密之等人去寻冒襄,书童遂来告之。冒襄起身告辞,董小宛含情凝睇,目送他远去,说了下面这段台词:

> 异人,异人。孩儿静观此人,得其神趣,此殆孩儿委心塌地处也。

这句话乃张明弼《冒姬董小宛传》中所记之语。另外,《影梅庵》传奇此出云"场上设曲栏",在《影梅庵忆语》和《冒姬董小宛传》中,冒、董二人初次相会之所皆有曲栏。

第六出 《献叛》

净(张献忠)、外(王明)、末(宋宫)、副末(张其在)、副净(郭尚义)、丑(杜兴文)、老旦(汪万象)

崇祯十二年五月,张献忠再举叛旗。虽然叛军之前曾被左良玉的军队围困、张献忠妻也被掳至襄阳狱中,但目前叛军势力返盛,直逼襄阳。这一出中"外"以下的角色,扮演的皆是张献忠的部将。张献忠对部将们命令道:

头目们,快些把掳掠的男男女女老老少少一古脑子都收拾干净了。

于是舞台里面传来众人的呼号声。接着,部将们把杀戮的手足不齐的尸骸献上,场面十分血腥残忍。

然后,张献忠下了速速攻破襄阳的铁令。

张献忠在各地残酷屠戮的暴行,在彭孙贻的《平寇志》、彭遵泗的《蜀碧》等诸多资料中都有记载。彭剑南写作此传奇时,参考了这些历史资料。①

第七出 《省觐》

旦(冒襄之妻苏氏)、外(冒襄之父冒起宗)、老旦(冒襄之母)、小生(冒襄)

冒襄之妻苏氏,随公婆一起来到公公的任官地湖北,侍奉二老。冒襄为应南京科举,起初寓苏州,不久后也到了湖北,全家团聚一堂。

此时有公文来报,张献忠叛乱又起,正朝湖北进军。于是冒起宗令冒襄带着妻、母回如皋故里,决意自己豁出性命同叛贼一战。

第八出 《赚城》

末(襄阳城守都司)、丑(张献忠部下刘兴秀)

张献忠部下刘兴秀赚襄阳城守入城。

第九出 《陷藩》

净(张献忠)、丑(张献忠部下刘兴秀)、杂(襄王府之兵)、小生(襄王)

---

① 《影梅庵》传奇下册所收诸人《题词》中,姚长煦诗中有"读君半部伤心史,可抵当年蜀碧来"之句,彭剑南自注曰"《蜀碧》四卷,彭遵泗作"。彭遵泗乃四川眉州人,虽与彭剑南同为彭氏,但二人并无直接关系。

张献忠登场。半夜里他以炮声为暗号,内应为他打开城门,于是叛军不费吹灰之力就杀进了城内。

张献忠率兵来到襄王府,在府中杀了守夜的宫女。襄王则藏到桌子底下,下面是他的唱词【水底鱼儿】:

> 凤子龙孙,为奴困未伸。啊哟,太祖皇帝呀,(乱拜介)求你在天之灵快来救你孙儿则个。啊哟,罢了罢了。高皇列圣,号呼竟不闻,号呼竟不闻。

襄王想起了开创大明王朝基业的太祖皇帝。最后他还是被乱兵发现了,被拉到张献忠跟前。虽然襄王百般求饶,但为了胁迫镇守四川的杨嗣昌陷藩伏法,襄王首级被叛军砍下。

第十出 《黄山》

老旦(尼)、小旦(董小宛)

董小宛到了黄山,在一女尼带领下,饱览了山中秀色名胜。这一出末尾,老旦下场,董小宛有以下念白和唱词:

> 我董青莲,自西湖远游到此,将及三年,竟不知那冒公子的下落。不免同母亲回去,仍住半塘,等他来时,若能永订终身之约便好。
>
> 【收尾】相逢未嫁意偏谐,只盼不见乘槎仙客。冒郎吓,敢是你到清溪桥畔问杨枝,怎知俺向黄山袖里携云海。

董小宛此番黄山之行,在《影梅庵忆语》中有记载。冒襄《同人集》卷一一所收冒襄《和书云先生己巳夏寓桃叶渡口即事感怀韵》之跋中亦有"董姬十三离秦淮,居半塘六年,从牧斋先生游黄山,留新安三年,年十九归余"之语。根据葛万里编《清钱牧斋先生谦益年谱》,钱谦益在崇祯十四年(1641)三月曾有黄山之游。

第十一出 《失陷》

小生(把总)、外(冒起宗)

督师熊文灿拟了让冒起宗前往统领左良玉军队的命令状,遣把总(官军的使役)把公文送去。熊文灿因与冒起宗关系交恶,意图把冒起宗置于与张献忠叛军正面交锋的最前线这一生死之地。

把总把公文送至冒府。冒起宗展阅,愤叹此番与其说死于叛贼之手,毋宁说是为权臣所杀。他既已下定为国舍命之决心,遂与儿子冒襄修书一封,叙述自己赴敌捐躯之思想准备,并叮嘱冒襄为自己收拾遗骸:

【越恁好】好收吾骨,好收吾骨,嘱付汝无多。出山悔早,尽宦海受风波。急流逢飓,真刹那如何捩舵。孩儿呀,国步艰难如此,大臣犹思报复,我今调往左镇监军,此行性命休矣。平安报,此刻尚黄堂坐。危亡逼,顷刻已黄沙卧。

第十二出 《愤疏》

小生(冒襄)、末(张秋)

冒襄带着母亲一行人等回到家乡。冒家仆人张秋把冒起宗的信送了进来。冒襄一见,不禁涕泣。他既愤慨于权臣误国,又一心想拯救父亲,于是作一纸淋漓血书,上奏皇帝。

在奏文(其内容见相关唱词)中,冒襄首先从熊文灿放走张献忠养虎为患开始写起,再写到熊文灿一心欲置父亲冒起宗于死地而故意把他送到最前线,企求皇帝让父亲调任。

现实情况中冒襄的确曾为父亲上书,冒起宗遂得以调任,冒襄也因此有孝子之称。此事在《影梅庵忆语》及其传记中皆有记载。因而这一出是根据事实而创作的。

第十三出 《病忆》

贴(董小宛侍女)、小旦(董小宛)

董小宛从黄山回到苏州半塘后,母亲亡故,郁郁中她亦染恙。在病榻上,董小宛心中唯念着有朝一日能许身于冒公子,于是有一段思念冒公子的唱词。

侍女奉药进来,对董小宛说,你平生最厌的是男女欢笑的事情,只要把那个冒公子丢开,你的病就立刻好了,你何必对他割舍不下。【锦上花】唱词中云:

> 一见了冒公子呵,恰便似相思鸟比目鳞,投情网迷爱津。敢则被赤绳系紧绣鞋跟,并剪快难分。

侍女又言:你虽心上有他,他心上却未必有你;就是他心上有你,但这地北天南,一时也难会面。董小宛以【锦中拍】答道:

> 咳,我这胡思乱想,敢是不中用的。董青莲,董青莲,你的命好苦也。是前生孽因、今生病根,逼迫的轻躯委顿,拖逗的纤腰痛呻。(泣介)好事多磨,名花易陨。到底是玉成烟,夜台近。

然后她又说,我和冒公子其实是经常相见的。侍女说,你这是病糊涂了吧。董小宛在接下来的唱词中说,我们常常在梦中相会。

这一出以董小宛的唱词和念白为主,是《影梅庵》传奇中最精彩的场面之一。在《影梅庵忆语》中,冒、董二人最初邂逅之后,并没有写董小宛的只言片语。而在这一出中,则变成了董小宛对冒襄一见钟情的故事。

第十四出 《散赈》

小生(冒襄)、杂(饥民)

冒襄赴京城上书完毕,回到家乡。崇祯十三年(1640),江南地区大旱,冒襄以私财赈济灾民,此举声动一时。下文将会论及,彭剑南在《影梅庵》自序中,列举了自己写作此传奇过程中所用的若干参考资料,其中有韩菼为冒襄作的《潜孝先生冒征君襄墓志铭》(见《有怀堂文稿》卷一六,《碑传集》卷一二六逸民下之下亦收)。该墓志铭中记载了冒襄救灾一事。彭剑南还列举了范质公(范景文)的《壬午救荒记》,此文即冒襄《同人集》卷一所收的《冒辟疆救荒记序》。此外,冒襄文集《朴巢文选》卷二亦有《救荒记》一文。

首先出场的是饥肠辘辘的灾民,冒襄给了他五升米。接着出场的是穿着破败不堪的灾民,冒襄给了他衣物。然后,他给了病怏怏的人金钱让他买药。随后,他又接济失去至亲却无力安葬的灾民棺椁和钱财。接着,他把老人送至养老院,孤儿送进育婴堂。对因苦于生计而典卖妻子的灾民,冒襄则给予五十两银子,使之把妻子赎回。最后出场的是乞丐,冒襄施舍了食物。最后这位乞丐说的是吴语。

各色人等受到冒襄接济,皆欢喜离去。

卷下

第十五出 《得调》

丑(司礼太监)、外(冒起宗)

司礼太监拿着冒起宗调任的诏书来到襄阳,宣读完毕。冒起宗接旨,并委托太监替自己向皇帝转交告老致仕之奏疏,但被太监拒绝。

太监退场。冒起宗写信夸赞儿子,并告知自己即将调任一事。

关于冒起宗此次调任,《冒巢民先生年谱》崇祯十五年条中言"宪副公调宝庆,寻告归",同条所引《嵩少公墓志》(陈维崧)中云:"公子念父以劳臣践危疆,戒家人不令公知,而阴泣血上书。政府同乡之孙黄门、颜铨部、成侍御又翕然咸颂公子才,而嘉其孝,力为之争。乃得再移宝庆。而公浩然乞骸骨归。归未两月,襄阳复破。"宝庆是湖南的一个地名(今邵阳)。

第十六出 《桐桥》

杂(艄公)、小生(冒襄)

冒襄在苏州乘船,心中念着董小宛,不觉已至半塘桐桥。他见临水竹篱,颇为雅致,遂问艄公这是什么人家。艄公告诉他这是从秦淮移居来的董小宛家,她在母亲亡故后一病不起,一直闭门谢客。

在《影梅庵忆语》中,曾有一段写到冒襄倾心于苏州名妓陈圆圆,陈圆圆欲脱离妓籍,委身于他。然而,陈圆圆随后被掳至北京宫廷。冒襄在抑郁怅惘中觅舟去虎丘夜游,途中路过桐桥,见到董小宛的寓所,遂停舟相访。而在《影梅庵》传奇中,则对陈圆圆之事完全没有着墨。

第十七出 《心药》

小旦(董小宛)、小生(冒襄)、贴(董小宛侍女)

董小宛卧病在床,冒襄来到她的病榻前。

【北喜迁莺】不信俺看朱成碧,眼昏昏怊怅迷离。惊也波疑,索为君强挣扎起。(欲起介)(小生)快休如此。(小旦)我一见郎君,便似着了迷。怎抛撇下三年别,剩今宵灯前眼底,还毕竟是梦耶非。

(小生)清清醒醒的,怎说是梦。(小旦泣介)

以下则多是董小宛因与冒襄再次相会而欣喜不尽的唱词。末尾她表达了自己甘嫁与冒襄为妾的愿望:

(披衣起介)吾疾愈矣。妾有怀已久。天下物未有孤生而无偶者,气有潜感,数有冥会。今妾身不见公子则神废,一见公子则神清。数十日来,勺粒不沾,医药罔效。郎君夜半一至,妾遂霍然。君既有当于妾,妾岂无当于君。愿以此刻委终身于君。君万勿辞。

冒襄突然面临这等人生大事,颇为踌躇。他告诉董小宛自己明日再来探望,便乘舟而返。

冒、董二人第二次相会的场景,在《影梅庵忆语》中也有记载。

第十八出　《竞渡》

净(艄公)、小生(冒襄)、小旦(董小宛)

时逢五月初五,京口(镇江)正在举行龙舟比赛。冒襄和穿着西洋布衣裳的董小宛登场。众人都注目着他们,赞美二人的绝代风华。

舞台上设置了金山的布景。两人立于金山之上,为众人的赞美之声萦绕。

净(艄公)把龙舟划过来。冒襄此前从湖北归来时,也是坐他的船。冒襄赏与他鹅酒。

冒襄和董小宛二人下山回到船上,品尝樱桃。

这些场景在《影梅庵忆语》中皆可见到。

第十九出　《醉月》

外(方密之)、末(陈则梁)、生(侯方域)、贴(顾眉)、杂旦(李湘贞)、小生(冒襄)、小旦(董小宛)

董小宛为与寓居于南京应考的冒襄相会,从苏州雇船前往南京。沿途中船遇盗贼,惊险万状。为给董小宛接风压惊,众人在秦淮桃叶渡设宴。方密之、陈则梁、侯方域、冒襄等人都来参加。除了董小宛以外,妓女顾眉、李湘贞等也到场了。

觥筹交错中,董小宛唱了一支【尹令】,悲自己命运凄楚,怨与冒襄难成连理。

宴会上有戏曲表演,演的是阮大铖的《燕子笺》。看了这个充满悲欢离合的故事,董小宛、顾眉、方密之各自唱了自己心事。

宴会以祝福冒、董二人终结良缘的场景结束。

《影梅庵忆语》中也有这个情节。冒襄一边夸赞阮大铖的《燕子笺》及其戏班,一边又怒斥阮大铖本人,因而在明王朝灭亡后,冒襄受到了掌握着南京临时政府大权的阮大铖的报复和弹压①。

第二十出 《归田》

外(冒起宗)

辞官告退的冒起宗,引用陶渊明的《归去来辞》等唱了一段,表达了得以幽栖乡里的喜悦之情。

第二十一出 《别玉》

小生(冒襄)、小旦(董小宛)

这一出写冒襄为回家乡,而不得不在南京与董小宛告别。董小宛有一段缠绵悱恻的唱词。此外,她言若今生不得与冒襄厮守,她便出家为尼。冒襄把她托付给一位朋友苏州刺史李巫臣。

此出在董小宛"幽梦寻郎"的唱词中落幕。

第二十二出 《怜香》

副净(嫖客,郡王之孙)、丑(嫖客,国公之子)、净(李巫臣)、丑(教坊司)、外(钱谦益)

嫖客们在青楼多日不见董小宛身影,便迁怒于把她藏匿起来的李巫臣。虽然李巫臣把董小宛藏到了他苏州刺史之公务衙门,但还是被那些嫖客和豪族们包围了,他一时进退维谷。虽然只要交出董小宛便一切都安然无事,但如果把她交出,则不免有柳悴花残之恨,

---

① 关于围绕阮大铖的《燕子笺》的一系列事件,请参本书《冒襄的戏剧活动》。

亦深负与好友冒襄之约。于是他驰书钱谦益,以冀钱谦益出手相救。

掌管青楼的教坊司听闻此次因董小宛而起的骚乱,唯恐承担相关责任,又念及目下李自成及张献忠等人叛乱不断、世道不安,遂脱去官帽逃之夭夭。

钱谦益收到李巫臣的书札,与柳如是协力,为董小宛赎身,又偿清其债务。然后他吩咐柳如是在虎丘为董小宛设宴饯别。

关于董小宛脱离妓籍一事,在《影梅庵忆语》中,虽然最初刘刺史信誓旦旦保证说能救董小宛于苦海,后来却销声匿迹不知所踪;最后钱谦益出面拜托南京的亲朋故旧帮忙,董小宛才终得恢复自由身。关于被豪族包围一事,在《影梅庵忆语》中可以看到陈圆圆被带往北京时,千人哗动相劫的场面。这大概是彭剑南借用了《影梅庵忆语》中写陈圆圆的这个场景吧。

第二十三出 《集饯》

旦(柳如是)、小旦(董小宛)、贴(顾眉)、杂旦(李湘贞)、丑(顾小喜)

柳如是准备了宴席,为即将前往如皋的董小宛饯别。

宴会开始。董小宛诉说了脱离卖身苦海、终得嫁入冒家的欣喜,众人又都说了些依依惜别的话。她们又记起之前的盒子会,而此次一别不知何日才能再相见,不禁悲从中来。董小宛云暂时为别、后会有期,众人遂散会。

董小宛离开苏州前往如皋冒家时,钱谦益在苏州虎丘为其设宴饯别之事,在《影梅庵忆语》中有记载。

第二十四出 《影梅》

小生(冒襄)、贴(侍女)

冒襄叙说了董小宛嫁入冒家后之日常点滴。闲暇时,她与自己一起坐在四壁皆翰墨丹青的书斋里,调弦抚瑟,品鉴名香,赏玩金石,评骘古今人物。在他哀集《四唐诗》(冒襄有编纂全唐诗集之愿,彼时正在进行编集工作)过程中,董小宛常整天佐他稽查抄写。她把关于古今女子的资料搜集起来,编为《奁艳》一书。诗歌中,她尤钟情于《楚辞》、杜甫、李义山及三家宫词。此外冒襄还言及她对绘画也颇有兴致。这些在《影梅庵忆语》中都有记述。

侍女持香炉登场,云董小宛将为冒公子把沉香添上。冒襄云,非董姬兰心蕙质,又有谁能领略到此。这个情节在《影梅庵忆语》中也能见到。侍女又言董小宛爱赏月、喜品茶。

在《影梅庵忆语》的后半部分,关于董小宛对这些闲情逸趣造诣之深的记述占了大半篇幅。但这些内容在《影梅庵》传奇中,仅于这一出作了简单的说明。这一出董小宛自己未登场。

第二十五出 《避难》

末(冒家管家)、小生(冒襄)、小旦(董小宛)、外(冒起宗)、老旦(冒襄之母)

冒襄之前曾痛斥阮大铖。明王朝灭亡后,阮大铖在南京的临时政府中掌握大权,疯狂弹压复社成员,冒襄于是身陷虎口。因此他带领全家老幼,往盐官陈则梁处避难。

避难途中,他们既遇到了悲惨的难民,又不时有乱兵出没,一路风尘劳顿。然而在这样的颠沛流离中,董小宛任劳任怨地照顾一家老小。

《影梅庵忆语》中也有这一段。冒家实际上是为避清军南下而流寓盐官,但在此剧是欲逃脱阮大铖的报复弹压,是顾忌清朝的措置罢。

第二十六出 《平寇》

生(肃亲王)、旦、外、末、副净(肃亲王麾下部将)、丑(刘进忠)、净(张献忠)

肃亲王登场,云清王朝正举兵平定以张献忠为首的流寇。张献忠的部下刘进忠被生擒,泄露了张献忠的府宅所在。紧接着出现敌我交战的场景,讨伐张献忠。最后,全员合唱"成就我万万年定鼎,皇清大一统"之歌。

　　在《影梅庵忆语》中,前往盐官避难的冒氏一家,面对"大兵(清兵)"无不人心惶惶,而在这里改为对清朝的赞美。

第二十七出　《椿寿》

　　小生(冒襄)、丑、末(家丁)、外(冒起宗)、老旦(冒襄之母)等

　　冒襄登场,言叛乱虽被平定、当今已是清王朝的天下,但自己不愿在新王朝出仕为官。时逢父亲冒起宗诞辰,延宾朋庆贺,钱谦益、龚鼎孳、侯方域、方密之、陈贞慧、张公亮、陈则梁等人送来寿礼。

　　冒襄双亲登场。冒襄的两个儿子、冒起宗的小妾等人亦登场,一齐祝愿冒起宗夫妇寿比南山。

第二十八出　《菊仙》

　　十二月花神、花童、贴(侍女)、小旦(董小宛)、小生(冒襄)

　　此日为重阳节,十二月花神、花童捧菊花登场。侍女言董小宛自盐官避难回来,就一病不起。

　　侍女扶董小宛登场。董小宛看到菊花,有一段悲叹自己如花憔悴的唱词。

　　冒襄登场。

　　　(小生)莲娘位置,菊影极其参横妙丽。你看人在菊中,菊与人俱在影中,真不负为黄花知己。(小旦)菊之意态尽矣,其如人瘦何?

　　扶病的董小宛耽于赏菊并设座于花间的情景,可以在《影梅庵忆语》

中见到。此处移植了《影梅庵忆语》中的场景。

　　董小宛在菊花丛中横身而眠。天上的仙乐飘来，四名仙童、四名舞云仙女手持菊英，云乃奉天上西王母之命而来。董小宛超升仙界为瑶池花史。（剧终）

　　以上为《影梅庵》的故事梗概。从这部戏曲的构成来看，除了冒襄与董小宛最初邂逅的第五出《半塘》以外，从他们再次相见的第十七出《心药》开始，两人同时登场的出数有很多。在第十六出之前，第一出《牲盟》、第七出《省觐》、第十二出《愤疏》、第十四出《散赈》这四出为冒襄登场，第二出《盒会》、第十出《黄山》、第十三出《病忆》、第十六出《桐桥》这四出为董小宛登场。此外，还有几出（第四出、第六出、第九出、第十一出等）是张献忠登场。通过中心人物的交互登场来展开情节，虽然是传奇的惯常套路，但也可以说是富于变化吧。

　　《影梅庵》传奇如果加上其《楔子》，总共是二十九出。其中有六出是张献忠的故事。虽然全剧是以冒襄和董小宛的故事为纵线、张献忠的故事为横线，但我们可以看出横线所占的比重还是比较高的。

　　由才子和薄命佳人的故事，兼及政治社会情势。《影梅庵》传奇作者的关注焦点，在于努力把爱情与政治二者统归到一起。这一点，与以明末清初南京秦淮为舞台的孔尚任的《桃花扇》是相同的。可见彭剑南对《桃花扇》多有借鉴。

　　清代后期的嘉庆、道光年间，即有一些文人追忆明末清初的历史并以之作为戏曲创作的背景，后来则成为文坛上一种更为明显的倾向。可以说，这是对明末清初那个时代的一种怀旧意绪。从以明末清初为舞台的戏曲作品来看，接下来还有以陈圆圆为主人公的丁靖传的《沧桑艳》（光绪三十四年，1908）以及进入民国的吴梅的《湘真阁》（以姜垓和名妓李十郎为主人公）。Ellen Widmer 把 19 世纪前半叶、道光以后所作的缅怀明末清初的一系列作品，称为"对明代的怀旧浪潮",的确这已经成为当时文坛的一种潮流。① 在《影梅庵》中,这虽然未必与反清复明运动直接相关联,但如果考虑到它在怀旧的背后,经常表达出对现状的某些不满,这也可以说是代表了某个时代之时代风气吧。②

二、《影梅庵》传奇之版本及其他

本文第一部分介绍了《影梅庵》传奇的内容,接下来将尝试对该书的版本、成书经过等相关问题作一探讨。

据笔者目前所见,彭剑南的《影梅庵》传奇有两种版本。其一是东京大学东洋文化研究所所藏的道光丙戌(六年,1826)茗雪山房刊本,还有一种是《傅惜华藏古典戏曲珍本丛刊》(学苑出版社,2010年)所收道光八年(1828)冒氏水绘园刊本之影印本。首先来看后者。它的封面上有"道光戊子春镌　影梅庵　水绘园藏板"字样,其后题署曰:

> 影梅庵乐府
> 　　溧阳彭剑南梅垞填词
> 　　如皋冒长清不波鸠刊

"较字姓氏列左"列举了"刘长清湘浦"以下二十五人的名字,接着"较字闺秀列左"则列举了"丛冒氏、马冒氏、马冒氏"的名字。接下来的正文部分,与上述茗雪山房刊本完全相同。

---

① Ellen Widmer, Introduction, Ellen Widmer and Kang-i Sun Chang ed., *Writing Women in Late Imperial China*, Stanford University Press, 1997, p.6.详参同氏论文 Xiaoqing's Literature Legacy and the Place of the Woman Writer in Late Imperial China', *Late Imperial China* 13.1, pp.111–115。
② 关于19世纪对明末的怀旧现象,Anne Gerristsen, 'Searching for gentility: the nineteenth-century fashion for the late Ming', Daria Berg and Chloë Starr ed., *The Quest for Gentility in China: Negotiations beyond gender and class*, Routledge, 2007, pp.188–207中有详细论述。

"冒长清不波"乃冒襄后裔、如皋冒氏一族中于道光五年(1825)刊行冒襄《同人集》者。大概是彭剑南《影梅庵》的茗雪山房本曾为冒家人所得,尔后再在水绘园刊行。

《傅惜华藏古典戏曲珍本丛刊》所收影印本中,开头有"白门何兆瀛通甫志,时光绪戊子四月中"的手写识语,光绪戊子乃光绪十四年(1888)。识语云:"惟标目处为'溧阳彭梅垞填词',先生(孙金如)仅署'正谱',与余所见写本相异,不知因何误刊。"此书仅云彭剑南所作;而以前所见写本中,孙如金的名字也被记在上面。关于彭剑南和孙如金的关系,将在下文再作详述。

彭剑南的茗雪山房刊本(东京大学东洋文化研究所藏)被认为是原刊本,其版本特征如下:

上册

封面有"道光丙戌夏镌／影梅庵／茗雪山房藏版"字样。道光丙戌乃道光六年。开头为以下三篇序文:

序一 《太和李蟠根叙》
序二 《道光元年(1821)岁在辛巳夏五月海昌杨文荪叙》
序三 《道光丙戌春仲上浣金坛愚弟冯调鼎拜叙》

其中序二有云:"《影梅庵》传奇者,濑上彭君梅垞摭取冒公子辟疆与董姬小宛轶事,倚声而成者也。"可见这个版本虽然刊行时间为道光六年,但其文本本身在杨氏写作这篇序文的道光元年就已经完成了。

序文之后,接着便是张明弼的《冒姬董小宛传》(全文)、冒襄的《影梅庵忆语》(节录)。《影梅庵忆语》由《纪遇》《纪游》《纪静敏》《纪恭俭》《纪诗史书画》《纪茗香花月》《纪饮食》《纪同难》《纪侍药》《纪谶》等各章段组成,但此处选录的仅为其中《纪游》的一部分、《纪诗史书画》的一部分、《纪饮食》的一部分而已。与剧中故事关系最为紧密的《纪遇》(董小宛嫁入冒家之前)部分,完全没有收录。这有可能是考虑到会与张明弼的《冒姬董小宛传》造成重复的缘故吧。

例如,该处所引的《影梅庵忆语》中"姬能饮"的开头一段与酒、茶有关,其中有云:

> 嗜茶与余同性,又同嗜岕片。每岁半塘顾子兼择最精者缄寄,具有片甲蝉翼之异。文火细烟,小鼎长泉,必手自吹涤。余每诵左思《娇女诗》"吹嘘对鼎䥶"之句,姬为解颐。至沸乳看蟹目鱼鳞,传瓷选月魂云魄,尤为精绝。每花前月下,静试对尝,碧沉香泛,真如木兰沾露、瑶草临波,备极卢陆之致。东坡云,分无玉碗捧蛾眉。余一生清福,九年占尽、九年折尽矣。

而在《影梅庵》传奇第十七出《心药》中,冒襄前往探望卧病的董小宛,侍女奉茶之时,其唱词【南滴滴金】中有曰:

> 这鱼鳞蟹眼浮蝉翼,怕不似小鼎长泉亲盥洗,把云魂月魄评论细。

由此可见《影梅庵忆语》中的语句被化用到了《影梅庵》传奇中。因此序文后选录的《影梅庵忆语》片段,很有可能是欲作为正文部分的注释。

接下来便是《影梅庵目录》《影梅庵传奇楔子》,然后进入正文。卷首文字如下:

> 影梅庵传奇卷上
> 　溧阳彭剑南梅坨填词
> 　休宁孙如金云岩正谱
> 牲盟　第一出

然后进入正文。上册中收了至第十四出《散赈》为止的十四出戏。

下册的题签上有"影梅庵乐府下"(上册的题签缺失)字样。下册开头收了诸家为《影梅庵》传奇所题的诗词,作者如下(无诗题和词题):

题词(诗)
史　炳恒斋
海阳孙如金在镕
叔虎文芝音
桐城姚长煦皖姜
山阴周铭鼎梅生
宋　鐄北台
潘桐鸣梧冈
史载熙元甫
绩溪许会昌果园
丹阳周玉瓒西赓
狄子奇惺庵
泾县朱　澧兰皋
镇洋杨正源子泉
长白联　璧玉农
兰陵史丙肩子春
潘际云春洲
海虞吴象嵘宓堂
海虞吴宪澄筱轩
钱塘陈裴之朗玉
同怀弟剑虹烛垣
金囡女史史　静琴仙
金沙女史于月卿蕊生

受业狄　圻子京
受业史　邕稼彝
受业史　圃芝谷
桐城余自伸荆门
桐城刘汝楫小瀛
常熟席振起震也
常熟席振逵梅生
昭文吴庆增修来

题词（词）
临江仙　归安叶绍莱艻溪
朝天子　吴江郭　麐频迦
金缕曲　上元欧阳长海药谙
满江红　叔氏中凤楼
壶中天　兄剑光薛门
菩萨鬘　金濑女史狄　沅湘蘅
菩萨鬘　同怀弟剑采星桥
浪淘沙　上元汪　度邺楼

从诗词的题赠情况来看，这些作者应该都与彭剑南有交往。其中如"金囡女史史　静琴仙"、"金沙女史于月卿蕊生"都是陈文述的女弟子，郭麐、汪度等人则是嘉庆至道光年间颇有诗名者。这些作者中的若干几位，笔者将在文章最后作集中考察。

接下来看卷下的卷首：

影梅庵传奇卷下
　　溧阳彭剑南梅垞填词
　　休宁孙如金云岩正谱

得调　第十五出

正文在第二十八出《菊仙》处结束，其后收录了以下两篇跋：

跋一　《嘉庆十有九年（1814）岁在甲戌清和月上瀚稚观山人彭剑南自题于小嬛环馆》

跋二　《书影梅庵后甲申（道光四年，1824）七月钱塘愚弟陈裴之小云识》

在《影梅庵》传奇的序、题词、他人所作跋等里面，已经对该传奇的成书作了非常详细的叙述，然尚有一篇作者彭剑南自己作的跋，现抄录于下：

清明节后，扶病归馆，调摄浃旬，神气始复，偶检《虞初新志》，养疴消遣，读《冒姬董小宛传》，心绪怅然，为于邑者久之。以彼其才，其遇劳瘁以死，天年不永，伤已。明季士大夫敦尚气节，乃至教坊乐籍，时时产奇女子，如柳如是之于钱牧斋、顾眉生之于龚芝麓、李香君之于侯朝宗，皆艳情奇遇，啧啧人口，而宛君于辟疆，则尤历之风波疾厄之际，而终始不渝者也。夫顾媚有《白门柳》、李香有《桃花扇》传奇行世，独柳、董二姬无之，因为小宛戏填此剧。每日午后辄成一出，经三旬而脱稿。以《影梅庵忆语》、张公亮本传为经，旁取吴梅村《题董白小像诗》、范质公《壬午救荒记》、韩慕卢《潜孝先生冒征君墓志铭》为之证佐。末学肤受，何敢与芝麓、云亭诸前辈抗行，而以稿质之友兄元甫大令、云岩孝廉，均以为不乖于骚人丽则之旨，爰命仲弟书而藏之，俟子墨有眼，尚将为柳夫人了此重翰墨缘也。嘉庆十有九年岁在甲戌清和月上瀚稚观山人彭剑南自题于小嬛环馆。

根据此跋,彭剑南创作《影梅庵》传奇的因缘便可以看得很清楚了。他创作该传奇最初的契机是读到张潮《虞初新志》所收的张明弼《冒姬董小宛传》,为董小宛"以彼其才,其遇劳瘁以死,天年不永"而感到伤怀;然后他想到明末清初的秦淮名妓中,顾媚有龚鼎孳为她作《白门柳》,李香君有孔尚任为她作《桃花扇》,而柳如是和董小宛二人却无人为她们写戏曲,于是他萌生了作《影梅庵》传奇的想法。①

在这篇跋中,彭剑南列举了自己在写作《影梅庵》之际所用的参考资料。吴梅村的《题董白小像诗》即《梅村家藏稿》卷二〇所收《题董白小像八首并序》,范质公(范景文)的《壬午救荒记》盖即冒襄《同人集》卷一所收《冒辟疆救荒记序》。韩慕庐的《潜孝先生冒征君墓志铭》,乃本文之前所提及的韩菼所作之冒襄传记。

在这篇跋中有"以稿质之友兄元甫大令、云岩孝廉,均以为不乖于骚人丽则之旨,爰命仲弟书而藏之"这样的叙述。"丽则"典出扬雄《法言》吾子卷"诗人之赋丽以则"。

元甫即《题词》中收录了其诗歌的史载熙元甫。史载熙乃溧阳人,和彭剑南是同乡,嘉庆十二年(1807)举人。②《影梅庵》传奇下册开头《题词》中所收史载熙诗歌的第一首题目中有"三月晦日,得读此作"之语,第二首题目中有"蒙委余正拍"的自注。

云岩即卷首所题"溧阳彭剑南梅垞填词　休宁孙如金云岩正谱"中的孙如金。孙如金乃休宁人,嘉庆二十二年(1817)进士。《影梅庵》的《题词》之作者中有"海阳县孙如金在镕",道光《休宁县志》

---

① 现在《白门柳》戏曲文本已不可见。彭剑南或许看过。但据张宏生、冯干《〈白门柳〉——龚顾情缘与明清之际的词风演进》(《中国社会科学》2001年第3期),《白门柳》并非戏曲,而是词集。《全清词·顺康卷》(中华书局,2002年)第2册"龚鼎孳"条收录。
② 光绪《溧阳县续志》卷八选举志·举人中云"史载熙,原名载扬,字默斋,同丁卯,国史馆议叙知县,见旧志,后历任福建平和建安知县"。嘉庆《溧阳县志》卷一〇选举志·举人·嘉庆中云"史载扬,佑子。丁卯顺天,国史馆议叙知县",关于其父史佑,同书卷一〇选举志·进士·嘉庆中云"史佑,字受谦,同丙辰(嘉庆元年,1796),历官户部山东司主事,升员外郎中,擢御史巡视通漕,转兵科给事中,现补户部潮广司郎中"。另光绪《溧阳县续志》卷一五艺文志·集部有云"覆瓿集二卷,史载熙撰"。今有题作《覆瓿诗钞》的道光五年刊五卷本存世。

卷九选举·进士·嘉庆二十二年丁丑吴其浚榜所记载的"孙如金,字在镕,溪东人,传胪"殆即此人。然而,在《影梅庵》传奇写作之时已经是进士的孙如金,在彭剑南的跋中却被称为"孝廉(举人)",不知原因为何。①

关于彭剑南和孙如金二人的关系,在这篇跋后所附后记中,有如下记载:

> 余始撰《影梅庵》,止六折,云岩水部见之笑曰:"此《桃花扇》笔墨也,但如食江瑶柱,以过少为憾耳。"因与云岩制题分谱,余填词什之七,云岩填词亦什之三,故京本用云岩款,附笔于此,用志不敢掠美之意云。稚观又记。

"填词"乃言此《影梅庵》传奇之文本写作,"正谱"或"正拍"所言殆为把彭剑南已经写好的文本根据戏曲的音乐加以修正,以使之合乐。然而,从这篇后记中"因与云岩制题分谱,余填词什之七,云岩填词亦什之三"的叙述来看,孙如金可能也参与了《影梅庵》的写作(《中国曲学大词典》之《影梅庵》条即云"彭剑南、孙如金作")。然二人相较而言,孙如金的社会地位明显高于彭剑南,出于这个原因而把他的名字记于卷首也未必没有可能。孙如金没有其他著作传世,我们无从知晓其戏曲造诣之深浅。除了此茗雪山房本以外,或有所谓更早的"京本",但其具体情况我们也无法详知。

在彭剑南自己所作的《跋》之后,有一篇陈裴之的《书影梅庵后》。在这篇文章中,他一边盛赞《影梅庵》传奇,一边突然把话题转向自己的《香畹楼忆语》。闽湘女史为《香畹楼忆语》所作序文中,有"世有牙旷,谱入宫商,乌纱钿鬓,登场学步之时,吾不知此后赚人清泪,又将几许"之语,陈裴之接下来说:梅垞兄(彭剑南)乃当世之牙

---

① 道光《休宁县志》卷九选举·举人·嘉庆十五年庚午科中有孙如金的名字。

旷,深谙音律,何不将此《香畹楼忆语》度成新曲?紫君十九岁归余,此年龄正与宛君(董小宛)相同。然彩云易散,紫君亡故时,比宛君还年轻五岁。其生涯大略,已详见于太夫人(陈裴之之母龚玉晨)所作传记。余之《香畹楼忆语》乃效《影梅庵忆语》而作,纵然与之相似,却仍言不尽意。梅兄既是性情中人,便仰兄谱为戏曲。末尾题曰"甲申七月钱塘愚弟陈裴之小云识"。甲申为道光四年(1824)。陈裴之叙述了自己《香畹楼忆语》的相关情况,不久彭剑南便以《香畹楼忆语》为题材作了戏曲《香畹楼》。

三、关于彭剑南

接下来看《影梅庵》传奇的作者彭剑南的有关情况。其生平今已无从详考。庄一拂《古典戏曲存目汇考》卷一二"彭剑南"条中云:

  彭剑南 字梅垞,一字小陆,号稚观山人。江苏溧阳人。

接着他列举了彭剑南的三部作品《香畹楼》《影梅庵》《碧城仙梦》。《碧城仙梦》题中的"碧城"乃陈文述之号,因而这大概是一部以陈文述为主人公的戏剧。庄一拂在介绍《碧城仙梦》时引用了陈文述《颐道堂诗选》卷二四《挽彭梅垞》的自注"梅垞撰《影梅庵》《香畹楼》乐府,并行于世。方为余撰《碧城仙梦》,尚未脱稿"之语。尽管《碧城仙梦》在彭剑南生前并未完稿,但它与《香畹楼》一样作为以陈文述一家为题材而写作的戏曲,值得我们关注。陈文述《挽彭梅垞》全诗如下:

  怜君亦未过中年,呵壁荒唐欲问天。名士离骚李昌谷,词场绝调柳屯田。罗裙少妇颜夸玉,华发衰亲泪泻铅。嗟我襟怀易振触,乱蝉声里一潸然。

"呵壁"指屈原被放逐后,在楚王庙的墙壁上看到描画的天地山川等图画,遂愤斥世道之荒乱并对天发问一事(见王逸《天问序》)。李贺的《公无出门》诗中有"公看呵壁书问天"之句。陈文述用这个典故,表达了对彭剑南在怀才不遇的遭际中英年早逝的怜惜之情。"词场绝调"意谓《影梅庵》《香畹楼》传奇的创作,堪与柳耆卿媲美。

《中国戏曲志·江苏卷》之《江苏戏曲人物题名录》云:

> 彭剑南(一七八五?——八五〇?)戏曲作家。字梅坨,一字小陆,号稚观山人。溧阳人。作有《影梅庵》《香畹楼》传奇及《碧城仙梦》杂剧。前二种合为《茗雪山房二种曲》。①

此处云《碧城仙梦》为杂剧,不知其所据为何;又云其卒年为 1850 年(道光三十年),亦不知其由来。陈文述《颐道堂诗选》卷二四收录了悼念道光八年(1828)亡故的改琦的《挽改七芗》,这首诗之后便是《挽彭梅坨》。因而彭剑南很有可能也是在大约道光八年左右亡故的。光绪《溧阳县续志》卷九人物志·文封中记载:

> 彭剑南,廪生。以子君縠加级,赠中议大夫河源县知县。

由此可见彭剑南因儿子之力而被赠与名誉官衔。关于其儿子彭君縠,同书卷八选举志·进士云:

> 彭君縠,癸亥恩科翁曾源榜,庶吉士。改广东新会县知县,见宦绩。

可见彭君縠在癸亥年,即彭剑南已经去世后的同治二年(1863)考上

---

① 《中国戏曲志·江苏卷》,中国 ISBN 中心,1992 年,第 979 页。

了进士。在同书卷九人物志·宦绩中,为他立了传。其传中写到彭君穀在任广东新会县知县时,天连降大雨,顺德、香山、新会等地的民众三千余人到山上避难,此时彭君穀预料他们会食不果腹,于是立刻准备了救济食物运送过去。结果在这场天灾中,只有一小儿不幸遇难。由于他救灾得力,总督张之洞称赞他是当今之汲黯。

关于彭剑南,前面所举的《影梅庵》之《太和李蟠根叔叙》中云:

> 溧阳彭君小陆,余庚午分校所荐士也。才高绣虎,技学屠龙,以终贾之龄擅卢骆之体。熊熊之光上烛乎星垣,浑浑之源旁汩乎宿海。良由琅函藻笈,读破万卷;遂尔赫蹄栗尾,立就千言。顷以所撰《影梅庵》院本遣使索叙。

此处所云"庚午"究竟为何时,颇成问题。嘉庆《溧阳县志》卷九职官志·文题名·溧阳县教谕中有李蟠根之名,说他"据县册学册乾隆二十三年正月十九日到任,三十三年五月二十三日卸事",据此"庚午"应该是乾隆十五年(1750)。因为如果是嘉庆十五年(1810)的话,就与《溧阳县志》中记载的时间相差太远了。但是,如果从《影梅庵》传奇作于道光初年来考虑的话,"庚午"则更有可能是嘉庆十五年。

彭剑南虽然在嘉庆十五年考取了生员,但终其一生未能在之后的考试里高中。此外道光五年(1825)刊《香畹楼》传奇之彭剑南《自叙》有云:

> 今岁夏初,方破釜沉舟,为背城借一之计,而命途多舛,遽樱张太常之疾甚剧,几以盲废。跌坐蒲团三阅月,甫获小愈。余壬午以是疾罢省试。至是者再,天生我材,殆将以樗栎终耶?

道光二年、道光五年的乡试,彭剑南皆因疾病而未能应考。在《影梅庵》的第二十出《归田》中,冒起宗见冒襄应考迟迟未归,预料他已落

第,云:

> 咳,你父亲已被虚名误了一生。你还要博这虚名何用?

此台词,可能亦是彭剑南影射自己对科举的心灰意冷吧。

四、从《影梅庵》到《香畹楼忆语》

《香畹楼忆语》乃陈裴之在原是南京秦淮妓女、后被自己纳为小妾的王子兰(紫湘)年仅二十二岁就离世之后,模仿冒襄的《影梅庵忆语》而作的回忆王子兰生平点滴的作品。《香畹楼忆语》所附的序文中有一篇闰湘居士的序(署"甲申七月扶风闰湘居士挥泪谨书"。甲申乃道光四年,1824),其中有这样一段叙述:

> 广平居士以梅坨生新谱《影梅庵》传奇,乞云公子题词,俾纾折玉之感,公子读之益增凄恨,时距紫妹之仙去者十日矣。闰湘请于公子曰:"《影梅庵忆语》,世艳称之。然以公子之才品,远过参军;紫妹之贤孝,亦逾小宛。且此段因缘,作合之奇、名分之正、堂上之慈、夫人之惠,皆千古所罕有。前日读君家大人慈训,有曰,惜身心而报以笔墨,俾与朝云、蕶桃并传,公子其有意乎?"公子乃坐碧梧庭院,滴泪濡毫,文不加点,随时授余读之,情文相生,凄艳万状。

此序作者闰湘究竟为何人,须加考辨。《香畹楼忆语》中有"偶与其嫂氏闰湘、玉真论及身后名"之语,此外还描写了王子兰在南京临终时,闰湘为她剪指甲与头发之事。关于玉真,则有"其嫂缪玉真"的记述。因此闰湘和玉真,很有可能是王子兰在南京青楼里的两个姐妹,二人相继脱离妓籍婚嫁之后,王子兰便以嫂称呼她们。

从闻湘的序文中可以看出,最初是广平居士(此人生平不详)把彭剑南的《影梅庵》传奇呈于陈裴之并向陈索序(陈确实为之作了序,即前文所举《影梅庵》跋二"甲申七月钱塘愚弟陈裴之小云识")。此事发生时间,乃与董小宛同是南京秦淮出身、后嫁与陈裴之为妾的王子兰亡故后十日(王子兰卒于道光四年七月四日)。于是闻湘劝陈裴之把对王子兰的追思形诸笔墨,陈裴之遂作成《香畹楼忆语》一书。可见,《香畹楼忆语》的诞生,最初与《影梅庵忆语》及《影梅庵》传奇有密切关联。

闻湘的序文中,曾提及"堂上之慈、夫人之惠",因此有必要考察一下陈裴之的家庭。首先看陈裴之的父母。他的父亲就是和袁枚一样因招收女弟子而广为人知的陈文述。关于陈文述,日本学者合山究撰有「陳文述の文学と逸事と女弟子」,对其生平及文学相关情况作了介绍,中有"作为艳体文学者的陈文述"、"修复美人遗迹、祠墓等逸事"、"闺秀诗人之妻女"、"女弟子"等章节,勾勒出了陈文述之生平、作品及周边的大致情况。[①] 陈文述《颐道堂诗外集》卷七收录了一首长诗《董小宛像》,可见他对冒、董之事颇有兴味。关于南京秦淮,《颐道堂诗外集》卷九有《秦淮访李香故居题桃花扇乐府后》《秦淮杂咏题余曼翁板桥杂记后》以及《后秦淮杂咏题秦淮画舫录后》等诗作,可见秦淮亦是他的兴致所在。

陈文述生于乾隆三十六年(1771),卒于道光二十三年(1843),钱塘(杭州)人。字云伯,号碧城外史、颐道居士等。他虽然在嘉庆五年(1800)考中了举人,却始终未能考上进士。但阮元相当器重其才能,任其为掌管治水和管理官盐的幕僚。陈文述由此崭露头角,成为江都县(扬州)知县。

陈文述是继袁枚之后,又一以开门教授女弟子而著称者。和袁

---

① 合山究「陳文述の文学と逸事と女弟子」(原刊于『文学論輯』第33号,1987年。氏著『明清時代の女性と文学』,汲古书院,2006年亦收录。)关于陈文述,梁乙真《清代妇女文学史》(商务印书馆,1925年)、刘靖渊《陈文述论》(《山东师范大学学报》人文社会科学版2003年第3期)亦有相关研究。

枚编集《随园女弟子诗选》一样,陈文述编了《碧城仙馆女弟子诗》和《西泠闺咏》等女性诗集。此外,袁枚也是钱塘人,和陈文述是同乡。下文将论及的席佩兰和归懋仪,既是随园女弟子,同时亦和陈文述有交游。

陈文述之妻龚玉晨,在王子兰亡故后为她写了《紫姬小传》,还给陈文述的《碧城仙馆女弟子诗》作过序。虽然她留下的文章并不多,但仅从这两篇文章即可见她亦是一位才女。

陈裴之是陈文述和龚玉晨的长子。不幸的是,陈裴之在道光六年(1826)三十三岁时就先父母而撒手西去了。陈文述作了《裴之事略》(见《颐道堂文钞》卷一三),陈裴之妻汪端作了《梦玉生略》,徐尚之则作了《陈小云司马传》(见《颐道堂文钞》卷一三附录)。《清代学者象传》将他和妻子汪端的画像收录在一起,并给他立了传。另外朱剑芒的《香畹楼忆语考》(见《香畹楼忆语》,收于《美化文学名著丛刊》,国学整理社,1936年)、近年李汇群的《闺阁与画舫:清代嘉庆道光年间的江南文人和女性研究》(中国传媒大学出版社,2009年)第五章"陈裴之的真情与幻情"中,都对陈裴之的生平作了细致考察。

根据这些材料及研究,可知陈文述夫妇育有两儿三女,陈裴之乃长子(他生于乾隆五十九年,1794)。由于次子荀之早夭,因此裴之成了陈家唯一的后嗣,被当做掌上明珠抚养。陈裴之果然不负众望,从幼年开始就显露出非凡的诗才。十七岁时,他童试合格,考中生员。然而在接下来参加的乡试中,他却名落孙山,未能考中举人。

嘉庆十三年(1808),父亲陈文述在苏州置办家产,移居苏州。道光元年(1821),陈文述被任命为江都县(扬州)知县,于是陈裴之随父亲一起前往扬州。他继承了父亲先前的幕僚职位,在治水等方面展露出卓越的才能,获得了上司的赏识,并得到同知地位的奏请,虽然后来并没有实现。这期间,妻子汪端留在苏州。她考虑到需要有人照顾丈夫的日常起居,遂于彼时劝陈裴之纳王子兰(紫湘)为妾。然而好景不长,道光三年(1823)陈文述之父(裴之祖父)奉政公去世,陈裴之只得回苏州服丧。翌年七月,王子兰亦故去,于是陈裴之作了《香畹楼忆语》。

道光五年,陈裴之虽去北京受官,却一波三折,并不顺利。道光六年,他被任命为云南府通判。然而他苦于任地遥远,并没有去赴任,而是在中途武汉仍旧当着幕僚。此年岁末,他便不幸命终了。

陈裴之不仅写了《香畹楼忆语》,还为捧花生的《秦淮画舫录》(记录南京秦淮妓女之书)作过序,由此可见他和父亲陈文述一样,对风月世界之事了如指掌。①

再来看陈裴之的妻子汪端。在陈文述一家的女性中,最有文名的大概就是汪端了。她出生于名门世家,因生母早亡,所以她在母亲之妹梁德绳的抚养下长大。梁德绳是因续作弹词《再生缘》而颇有文名的一位才女。汪端二十岁时,嫁与陈文述之子陈裴之为妻。她是明初诗人高启的忠实粉丝,对钱谦益《列朝诗集》等诗歌选本中对高启评价不高甚为不满。为了推翻那些对明代诗人的既有评价,她自己编了《明三十家诗选初集二集》。

因陈文述染疾病危,汪端遂发"长斋绣佛"之誓,为公公祈愿,于是她和陈裴之过了四年"夫妇异处"的两地分居生活。道光元年,在陈文述被任命为江都县知县、陈裴之随父亲一起到扬州赴任之际,汪端劝他纳妾。陈裴之迎娶王子兰(紫湘),正是汪端玉成。当然这其中可能也有出于她自己想一心专注于《明三十家诗选》编集的动机。王子兰亡故后,她作了十六首哀悼之诗。

汪端在夫君陈裴之逝世后,刊行了他的《澄怀堂遗诗》。因为汪端也先自己而去,陈文述为她作了《孝慧汪宜人传》(见汪端《自然好

---

① 捧花生,本名车持谦,涂元济《闺中忆语》(上海文艺出版社,2006年)所收《香畹楼忆语》之注释中指出了这一点。此外李汇群《闺阁与画舫:清代嘉庆道光年间的江南文人和女性研究》第四章"车持谦及其'画舫'系列"中亦有详细论述。

学斋诗钞》)。① 陈文述除了两个儿子以外,另有三个女儿,分别是长女华娵、次女丽娵(三女蕙早夭)。王子兰故去后,陈文述的两个女儿也都作了悼诗。陈文述另有一妾管筠,亦曾作诗悼念王子兰。

朱剑芒在其《香畹楼忆语考》中用"一门风雅"四字来概括陈氏一家,首先便是包括陈文述之妻妾、女儿、儿媳等女性在内的全家人皆擅于文学,这可以说是相当罕见的。这种家庭氛围固然催生了陈裴之的《香畹楼忆语》,但最重要的原因还是在陈文述的观念里,对女性的才能持非常积极的肯定态度。

正是在这样的家庭风气中,诞生了《香畹楼忆语》。它还有一别名,曰《湘烟小录》。陈裴之在王子兰(紫湘)故去后,把对她的追忆形诸笔墨,遂有此《香畹楼忆语》。香畹楼乃王子兰生前闺阁的名字。《香畹楼》传奇第三十一出《选饯》中云:

> 下官已将父亲做的诔文、母亲做的小传、庶母姐妹大妇做的挽诗,刻成一册,附以下官《香畹楼忆语》,题曰《湘烟小录》。

可见陈裴之把自己作的《香畹楼忆语》,再加上一家人为王子兰所作的诗文以及友人们为她作的诗等合在一起,编成《湘烟小录》一书。下文将提到的彭剑南《香畹楼序》中,亦有陈裴之给他看《湘烟小录》、托付他作戏曲的记述。

《香畹楼忆语》所附之题诗等如下:

《香畹楼忆语序言》
《甲申七月秋药老人马履泰书》

---

① 关于汪端,钟慧玲《吴藻与清代女作家的交游——张襄、汪端》(张宏生、张雁编《古代女诗人研究》,湖北教育出版社,2002年收录。该文原载于《王梦鸥教授九秩寿庆论文集》,台湾政治大学中文系,1996年)、骆育萱《清代女诗人汪端及其〈明三十家诗选〉之诗观》(《南台科技大学学报》2009年第2期)均有研究。

《甲申七月扶风闰湘居士挥泪谨书》

《甲申巧月太原瑞兰雪涕拜题》

《紫湘诔》陈文述

《紫姬哀词》钱唐　汪端　允庄

《同作》管筠　静初

《又》陈华娵　萼仙

《又》陈丽娵　茗仙

题词

《寄题朗玉弟湘烟小录后》金坛女史　吴规臣　香轮

《题小云梦玉词后》吴江　郭麐　频迦

《题朗玉兄香畹楼忆语后调寄一萼红即送朗玉之江北》华亭　改琦　七芗

《小云司马兄寄示湘烟小录情文交挚使人不忍卒读才华衰减勉题四绝以博破涕之笑》昭文　孙原湘　子潇

《寄题小云司马香畹楼忆语后》昭文女史　席佩兰　道华

《奉题朗玉兄湘烟小录后》吴县　曹楸坚　艮甫

《奉题小云湘烟小录后调金缕曲》上元　汪度　邺楼

《奉题朗玉弟湘烟小录即送入都》琴河女史　归懋仪　佩珊

《紫湘主人仙逝金陵行馆兹当归旐制此奉挽以摅朗玉弟怆情》南城　陶焜午　香泉

《读朗玉弟湘烟小录缀成韵语代写哀思》吴县　叶廷管　苕生

《陈孟楷通守副室王硕人哀辞》吴县　曹埙　稼山

《紫姬小传》道光四年岁次甲申七月中钱塘龚玉晨羽卿撰

《跋》道光甲申孟冬吴沈秉钰跋于吴中怀云亭

《香畹楼忆语》既然是由对王子兰的追忆缀写成的片段性记录，作者就未必要按照时间线索去整理，因为它很难让人理解，所以其内容可以参照以下《香畹楼》传奇的故事梗概。如果要用一句话来交代《香畹楼忆语》和《影梅庵忆语》的关系,不妨看《香畹楼忆语》中的这一段:

> 姬素豢狸奴,名瑶台儿,玉雪可念。余初访碧梧庭院,辄依余宛转不去。姬酒半偶作谐语,闰湘纪以小词曰"解事雪狸都爱你,眠香要在郎怀里"者是也。洎姬归省,闰湘犹引前事相戏。姬逝后,瑶台儿绕棺悲鸣,夜卧茵次。噫嘻,物犹如此,余何以堪。

追念往昔的温馨画面、并以之与痛失意中人的当前作对比,此种写作笔法,正是《影梅庵忆语》之遗绪远韵。

五、关于《香畹楼》传奇

彭剑南的《香畹楼》传奇,乃是把陈裴之的《香畹楼忆语》戏曲化的一部作品。它是继《影梅庵忆语》之后对《香畹楼忆语》的戏曲化,和由同一作者作成的另外一部传奇《影梅庵》有千丝万缕的联系。首先让我们大致看一下《香畹楼》传奇全剧三十二出的内容。此处所用《香畹楼》,为京都大学文学部藏本。

上册

封面有"道光丙戌秋镌 香畹楼 茗雪山房藏板"字样,道光丙戌为道光六年。开头有两篇序文:

> 序一《叙 道光乙酉(五年)涂月金坛愚弟冯调鼎拜序》
> 序二《自叙 道光乙酉长至前三日稚观道人彭剑南自叙于茗雪山房》

卷首有如下题签：

香畹楼卷上
　　溧阳彭剑南梅垞填词
　　同里宋　镁北台正谱

下册的开头，则是下面这些题诗：

《题词》
《浣溪纱奉题梅垞仁弟香畹楼传奇戏效蕃锦集体》海阳孙　如金云岩
《贺新凉用东坡韵奉题梅垞仁弟香畹楼乐府》史　载熙元甫
《虞美人题小陆大弟香畹楼传奇为陈小云司马作》兄剑光薛门
《题伯兄香畹楼院本兼呈朗玉别驾》同怀弟剑虹烛垣
《陈小云司马追悼亡姬畹君作香畹楼忆语伯兄倚声填词为题诗余一阕调寄菩萨鬘》同怀弟剑彩星桥
《朝天子题稚观夫子香畹楼传奇》金沙女史于　月卿蕊生
《题梅垞兄公香畹楼传奇得两截句》金困女史史　静琴仙
《浪淘沙题小陆大兄香畹楼》弟剑华焕丰
《奉题梅垞兄香畹楼即次见赠元韵》金坛冯　调鼎玉溪
《奉题梅垞弟香畹楼乐府》宋　镁北台
《读香畹楼乐府赋题两绝》金坛于　选巽之
《临江仙集唐奉题一笑》再叔瑛紫亭
《家元甫大令招饮喜晤梅垞以香畹楼见示即席口占应属》史　麟仲仁
《题梅垞尊兄香畹楼乐府》良常冯　照缦卿

《香畹楼》的版式与《影梅庵》相同(正文部分均为每半页九行,每行二十二字),亦有人把两者合称为《茗雪山房二种曲》。

关于《香畹楼》传奇的成书,彭剑南在道光五年所作《自叙》中有如下记述:

> 《香畹楼》传奇为陈朗玉司马作也。余友兄宋北台明经,侨居白门,每旋里称当世奇材异能之士,无有出朗玉右者。余固心识之,未暇谋面也。客秋北台招余为平山之游,始识朗玉于扬州,倾盖如故,余稍长于朗玉,以弟畜焉。时朗玉新丧姬紫湘,貌甚戚,每向余缕述紫君贤孝事,辄泪下如连珠。因携《湘烟小录》一册示余,且曰:"刻羽引商,非梅兄不能鉴余哀情,亦非梅兄不能写余恻感,梅兄其有意乎?"余方据案读龚太夫人所作《紫姬小传》,读毕,北台从旁怂恿。

可见陈裴之亲自把《湘烟小录》赠与彭剑南,并嘱托他以王子兰之生涯细故为题材作一部戏曲。陈裴之在跋文中言:道光五年夏,彭剑南发愤苦读,欲赴当年秋闱,然不意染病,三月方愈,最终未能应试(这段内容,本文之前所引的彭剑南《自叙》中亦有提及)。彭剑南又云:

> 息壤在彼,按谱寻声,朋从既寡,同调亦罕。日成一出,不轻示人,经月余而脱稿。友兄史默斋明府见之抚案于邑曰:"嗟乎,梅垞余壹不知夫情之生于文、文之生于情也,录寄朗玉,当令司马青衫湿也。"

彭剑南答应了陈裴之作《香畹楼》传奇的请托。虽然他原本打算参加科举考试,但却因为疾病而未能成行。因而他或许也可能是为了慰藉这一段心灵的空虚,所以才答应陈裴之为之作《香畹楼》传奇的。

此外,关于《香畹楼》这部戏曲,《香畹楼忆语》正文中有如下叙述:

> 时广寒外史有《香畹楼》院本之作,余因兴怀本事,纪之以词曰:……姬读之,笑授画册曰:"君视此影,颇得神似否?"乃马月娇画兰十二帧,怀风抱月,秀绝尘寰,帧首题"紫君小影"四字,则其嫂氏闰湘手笔,是册固闰湘所藏,以姬归余为庆,临别欣然染翰,纳之女儿箱中者。余欲寿之贞珉,姬愀然曰:"香闺韵事,恒虑为俗口描画。"余乃止。

此处述及了有广寒外史者作了《香畹楼》院本(即戏曲)。严敦易《彭剑南传奇二种》(严敦易《元明清戏曲论集》,中州书画社,1982年,下编《清人戏曲提要》)中云:

> 这《香畹楼》院本与本剧是不同的两种作品,广寒外史也不是彭氏;二种同名,一则所以纪欢,一则以抒悲怀尔。

虽然广寒外史所作《香畹楼》今已不可见,但它或许先于彭剑南《香畹楼》传奇而存在,很有可能是描写了王子兰生前那段幸福洋溢的时光。

接着来简单看一下《香畹楼》传奇的情节梗概。

上册
香畹楼卷上
第一出 《兰因》

贴(西王母)、外(碧落侍郎)、老旦(上元夫人)、小生(王子晋)、旦(刘懿真)、小旦(董双成)、外末(星官)、生(东方朔)

西王母登场。因王子晋(王子乔)与刘懿真(刘仙姑)两情相悦,遂令碧落侍郎降生俗世为颐伯居士(陈文述),上元夫人降生为羽卿太君(龚氏),以子晋为儿,号梦玉公子(陈裴之)。又遣懿真为淑娴夫人,作子晋之正妻(汪端);董双成(西王母之侍女)为紫潇女子,作子晋之小妾(王子兰)。然后遣纪离容(上元夫人之侍女)为碧落侍郎之妾(管筠),子晋之妹观灵、观香随上元夫人为其爱女(陈华娵、陈丽娵),北寒玉女、东华玉女护持董双成前去。

碧落侍郎、上元夫人、王子晋、刘懿真、董双成领旨,相互致意,然后降临俗世。

东方朔降世为梅垞生(彭剑南),将他们的因缘际会度成戏曲。

这一出登场的人物,有以西王母为首的王子晋(王子乔)、刘懿真(刘仙姑)、上元夫人、董双成、纪离容等,均为天上仙人。

第二出 《花瑞》

小生(云楷)、旦(庄淑娵,即汪端)

云楷(陈裴之)登场并介绍自己,云自己有天下奇才之誉,父亲为江都相,母亲为龙太君。父亲因公务劳顿而病倒,云楷遂来参拜华佗庙以求灵药,夫人庄淑娵则为父亲发"长斋绣佛"之愿,每日念诵《观音经》(事见《香畹楼忆语》)。云楷与夫人一起在佛殿上祈祷。

末(院子)告陈裴之夫妇殷丽生送来了建兰,夫妇二人同往庭院赏花。自香畹楼新落成以来,庄淑娵就一直劝丈夫纳妾藏于此华屋。在庄淑娵怂恿下,云楷答应了。

第三出 《心许》

小旦(紫潇)、杂旦(马闰湘)、贴(王瑞兰)

王子兰(小字紫潇)登场,言自己乃秣陵(南京)人氏,"家近青杨之巷,门临白鹭之洲"。这两句是汪端为紫湘所作悼诗之序中的句子,指南京秦淮。王子兰又说姐妹们都相继嫁入名门,现在只剩下她和闰湘女史尚待字闺中,她每日随闰湘习琴棋书画。

杂旦(马闰湘)、贴(王瑞兰)来访,说她们的母亲停云主人要把女儿幼香妹子嫁与梦玉公子(云楷)为妾,但梦玉公子作诗婉拒了此段姻缘。接着她们把云公子的诗笺拿给紫潇看。

紫潇读罢云公子诗,深为其才情所动,愿嫁他为妾。最初拟把幼香妹子与梦玉公子作妾之事、停云主人之事、梦玉诗笺之事,在《香畹楼忆语》中都可以看到。在《香畹楼忆语》中,王子兰嫁入陈家之际,其媒妁六一令君言"从来名士悦倾城,今倾城亦悦名士"(《名士悦倾城》为湘东王之诗,今有梁简文帝萧纲《和湘东王名士悦倾城》存世)。但在《香畹楼》传奇中,变成了紫潇自己说这句台词。

第四出 《目成》
小生(云楷)、小旦(紫潇)
云楷来到南京寻花问柳。
小旦(紫潇)登场。她拜读了云公子诗,对云公子魂牵梦绕。
小生(云楷)登场,二人相见。紫潇告诉他,自读其诗歌以来,她就一直仰慕其才调风流。
二人情投意合,紫潇言愿以一己之身为他分忧解难,云楷与她相约等还家禀告双亲再作决定。

第五出 《选诗》
旦(庄淑娥)、四旦(云氏萼仙,即陈华娥)、五旦(云氏苕仙,即陈丽娥)、丑(侍女)
旦(庄淑娥)登场,言自己从幼年起就沉潜于诗书而不擅女红,育有一子。而今一心向学,正在编纂《明诗初二集》。
四旦(云氏萼仙)、五旦(云氏苕仙)登场,一起畅论明诗。丑(侍女)进来,叮嘱她们及早休息。丑听到她们谈诗,脸上写满了不耐烦的神情。

第六出 《游园》
生(殷丽生)、末(商二游)、小生(云楷)
三人来到夏林园寻幽访胜,一起举杯畅饮。

第七出 《和衷》

生(河库道)、外(使相钱次公)、末(河督李澄溪)

言治水之难。

在汪端所撰陈裴之传记《梦玉生事略》中,有云"受知于阮云台、庆蕉园两宫保,孙寄圃节相,曾宾谷艖使,钱恬斋都转,吴省庵观察,王箦山廉访",事实上陈裴之通过父亲陈文述的关系,接触当时的高官,使自己的才能获得他们的认可。

第八出 《安澜》

净(河伯冯夷)、杂(猪龙)

净(冯夷)言源出昆仑的黄河之流向。

各路水官(鼍长史、龟将军等)在自己的管辖区域发号施令。猪龙登场,他因误放了水量而受到责罚。

第九出 《置篷》

丑(苏州船户)、小旦(紫潇)、老旦(龙氏太君)、旦(庄淑婤)、四旦(云氏萼仙)、五旦(云氏苕仙)、生(殷丽生)、末(商二游)

苏州船户为云府娶妾一事而来到南京,载着盛妆的紫潇返回苏州。

老旦(龙氏太君)登场,云儿子云楷由其父亲同年六一令君做媒,将纳金陵王氏女儿为妾。紫潇抵陈家,拜候众人。

生(殷丽生)、末(商二游)前来庆贺,见了紫潇,齐赞其天姿国色。夜色渐浓,小生和小旦携手退场。

第十出 《谒阁》

小生(云楷)

小生(云楷)着官服登场。他因钱次公和河督李澄溪的举荐,管理真州水利。他前往谒见钱次公、李澄溪,并建言献策,甚得二公褒赏。

第十一出 《合螺》

小生(云楷)、小旦(紫潇)

云楷娶了紫潇,晨夕相伴,柔情缱绻。二人左手的食指上皆有螺,如天工巧合。这亦是《香畹楼忆语》中的情节。

第十二出 《护雷》

老旦(龙太君)、生(雷神)、贴(电母)、小旦(紫潇)

雷声骤至,太君不胜惊恐。小旦(王紫潇)来到太君身边陪护,并讲了关于雷的神话故事。紫潇孝顺贤良的形象跃然纸上。

第十三出 《浚河》

付净(仪征里正)、小生(云楷)、末生(绅士)、外、副净(盐商)

付净(仪征里正)登场,言治水的劳顿和征税的艰辛。小生(云楷)犒赏了他们一干人等。

当地的绅士和盐商们络绎不绝来到云楷府上,感谢其治水之功。

第十四出 《侦枭》

净(张铁汉)、副净(飞天夜叉)

云楷的友人壮士张铁汉取缔了私盐买卖。飞天夜叉登场,他乃贩卖私盐的头目。

第十五出 《神医》

净(华佗)、药神

四名药神登场,谈论药物。

江都令云武襄病危时,儿子之妻庄淑娴长斋绣佛。药神感其虔诚,遂施与灵丹,江都令病体痊愈。现在为道光三年二月上旬。这次夫人龙氏染恙,儿子之妾王紫潇焚香祷告,乞以己身代之。

第十六出 《嫡病》

旦(庄淑娥)、小旦(紫潇)

旦(庄淑娥)卧病。小旦(紫潇)目不交睫地日夜守护,侍粥奉药、按摩揉抚,体贴备至。

下册　香畹楼卷下
第十七出 《擒枭》

净(张铁汉)、小生(云楷)、副净(飞天夜叉)

小生(云楷)在张铁汉协力下,同贩卖私盐的头目飞天夜叉斗智斗勇,终于将其擒获。这一出是武戏。

第十七出(应为第十八出) 《叙勋》

外(节相钱次公)

外(钱次公)上奏疏,向朝廷汇报云楷的功绩。

第十九出 《听雨》

小旦(紫潇)

云郎出门在外,虽太夫人(龙太君)疾恙已稍安,夫人(庄淑娥)却又病倒了。紫潇一直细加照护,以致自己的身体虚弱不堪,出现咯血之症。

紫潇听着萧瑟雨声,盼望云郎早日归来。她提笔给云郎写了一封信,告诉他夫人的病情,却完全不提自己染病之事。

第二十出 《望月》

小生(云楷)

小生(云楷)登场,言自己连日忙于公务,而致妻妾遭受冷落。接紫潇芳讯说妻子病倒,云楷读毕,凝望着那轮明月,思绪万千。

第二十一出 《觋占》

丑(柳初新)、末(云府大叔)、老旦(龙太君)、旦(庄淑娥)

老太太(龙氏)言因儿子爱妾有恙,她欲卜一卦以知吉凶。女巫柳初新遂为之占卜,据卦象来看紫潇之命危在旦夕。

第二十二出 《签卜》

副净(冯贵)

云府仆人冯贵,到南京的关帝庙为紫潇求签算命。这一出的对话为苏州话。

第二十三出 《归舟》

小旦(紫潇)、旦(庄淑娥)、老旦(龙太君)

紫潇病体奄奄,奉慈命舟行南京归省养疴。途中遇云楷之船,二人相会。

第二十四出 《骑箕》

末(奎宿星君)、杂(娄宿星君)、其他星神、雷公电母

玉帝下降雨之旨,暗示了紫潇将在此日病殁的命运。

第二十五出 《兰殒》

贴(王氏瑞兰)、小旦(紫潇)

南京王瑞兰闺阁中,病危的小旦(紫潇)被扶进来。王瑞兰为紫潇剪了头发和指甲(《香畹楼忆语》中也有此情节)。雷公电母登场,呼雷唤雨。此时紫潇香魂飘散。

第二十六出 《魂归》

小旦(紫潇)、副净(黄巾力士)

黄巾力士说他抓住了紫潇的幽灵。然而,紫潇并不知道自己已

死。力士放走了她,其魂魄回到苏州宅邸。

第二十七出 《制襫》
四旦(云氏萼仙)、五旦(云氏苕仙)
苏州家中,众人并不知道紫潇已殁,正为她缝制新衣冲喜。

第二十八出 《凭棺》
小生(云楷)、贴(王瑞兰)
云楷赶到南京时,紫潇已瞑目。他听闻王瑞兰所述紫潇临终种种、目睹爱妾的青丝和指爪,不禁恸哭。

第二十九出 《慈悼》
老旦(龙氏太君)
老旦(龙太君)知道了紫潇病殁一事,怀念起她生前点滴,哀悼之。

第三十出 《嫡伤》
旦(庄淑娥)
与上一出一样,庄淑娥痛悼紫潇。

第三十一出 《选钱》
副净(殷丽生的老仆)、小生(云楷)、贴(家令)、生(殷丽生)、末(商二游)、丑(桃花庵嵊雪)
殷丽生、商二游在扬州平山堂,为将去北京的云郎饯别。云楷不禁为紫潇之殁伤怀:

> 新丧紫姬,恭奉太夫人寄来《紫姬小传》,洋洋洒洒,将二千言。泪眼迷离,不忍卒读。

然后,他嘱托善解音律的商二游把王紫潇之事度成新曲。

第三十二出 《仙召》
小旦(紫潇,着仙人衣装)、麻姑、弄玉、杜兰香等诸神
董双成从尘界返回天宫。(剧终)

在《影梅庵》传奇中,最后以董小宛奉西王母之旨升入仙界并成为瑶池花史而结尾。在《香畹楼》传奇中,则以开头第一出写仙界诸位仙人降临人间世界、最后第三十二出中仙子又回到仙界这种结构来组织全剧。这种具有"神仙下凡"情节的故事并不少见,譬如弹词《再生缘》、小说《红楼梦》等。《香畹楼》传奇也沿袭了这个套路。

彭剑南所作的另一部传奇《影梅庵》除了写冒襄与董小宛的爱情故事外,还涉及了明末流寇张献忠叛乱等社会情况。同样在《香畹楼》中,他除了写陈裴之与王子兰之间的一段尘缘外,还着重写了陈裴之治理长江水利等事件,陈裴之为了家国天下而辛劳奔走的形象在全剧中占了相当大的篇幅。这种情节安排与《影梅庵》传奇一样,仍然在某种意义上可以说是把对爱情和政治的关心作为作品的两大立足点。

关于《香畹楼忆语》,已有几位学者把它与《影梅庵忆语》作对比,从比较的角度出发进行相关探讨。朱剑芒在其《香畹楼忆语考》中,首先指出了《香畹楼忆语》乃继《影梅庵忆语》踵武的名著,尔后论及钱塘陈氏之"一门风雅"。他除了论及本文之前所提到的陈文述一家包括妇女在内皆长于操觚染翰外,还有以下这段评述:

> 王紫湘无论怎样贤孝,不过是小云的一个侍妾,一旦病殁,小云作的忆语自不可少,小云夫人和小云姊妹各赋哀词,倒也无所谓奇特,所奇的,小云母亲竟为他儿子的亡姬特撰一篇非常沉痛的传文,这真是古来所无有的!……我所谓奇之尤奇

的,便是这位颐道居士陈文述,竟为他儿子的亡姬也是"潸焉出涕",做起诔词来了!在旧礼教没有打破时,此种文字不但仅见,简直是大笑话了!

这些事情看似匪夷所思,但正因为他们都是陈文述周边的人,所以做这些事情完全是有可能的。

朱剑芒《香畹楼忆语考》中接着讨论了陈裴之与王子兰之邂逅及尘缘。关于陈裴之娶王子兰最初的动机,朱剑芒从陈文述患病时,陈裴之的正室汪端为祈祷公公病体痊愈,发"长斋"之誓愿(在长斋过程中,大概也必须断绝夫妻间的肌肤之亲),为了能有人照顾丈夫的日常起居,她遂劝说丈夫纳妾这一"贤惠"的视角展开论述。关于这一点,康正果《悼亡和回忆——论清代忆语体散文的叙事》("中央研究院"中国文哲研究所"记传、记游与记事——明清叙事理论与叙事文学"国际学术研讨会论文。现网络上《康正果文集》中亦已公开)中指出:

> 从《香畹楼忆语》中即可明显看出,多病而又勤学的女诗人汪端就是为有"自己的一间屋"好好写作,巴不得丈夫陈小云早日纳妾。

可见陈裴之纳王子兰为妾的起因是,陈妻汪端为自己能够一心专注于学业,遂想找个替身来照顾丈夫的日常生活。这在某种意义上,不妨说有特殊背景。

朱剑芒《香畹楼忆语考》中还言及,王子兰最初读到陈裴之的诗作时,雅爱其才调魅力(也就是说女性品评男性的才能),遂欲嫁他为妾。

接下来,朱剑芒把陈裴之与冒襄直接作了对比。他指出,与冒襄、董小宛九年朝夕厮守相较而言,陈裴之与王子兰仅在一起共度了三年时光,陈裴之所享之艳福,远不及冒襄。另外,冒襄娶董小宛的时候,历经了重重波折;而陈裴之娶王子兰,则基本上没遇到什么阻难,过程非常顺利。

关于冒、陈二人的比较,李汇群在《闺阁与画舫——清代嘉庆道光年间的江南文人和女性研究》之第五章"陈裴之的真情与幻情"第三节"求文名之幻情"中,又指出了两者的一些不同:

> 最为明显者,是陈裴之在《香畹楼忆语》中表现出对紫湘的一往情深,即完全不同于冒辟疆对董小宛一派居高临下的俯视。
> 董小宛与冒辟疆的感情中始终存在着主动与被动、接受和施与的主从关系,换言之,董小宛从不曾得到过冒氏发自肺腑的、平等的爱。

朱剑芒接着论述了王子兰的"贤孝"和"卓识"。王子兰自嫁入陈家,就对陈裴之的正室以及公公、婆婆、小姑等人照顾得体贴入微,深得他们的欢心。关于这一点,王秋雁《浅析"忆语体"散文中的女性形象》(《新疆石油教育学院学报》2002 年第 1 期)一文中,首先指出了王子兰和陈裴之的结合非常顺利,她得到了陈裴之比较平等的爱情,所以比董小宛要来得幸运,然而"也正因如此,紫姬的形象不像董小宛那样丰满,在她的身上,我们更多地是看到封建大家庭中一个贤惠的姬妾的形象,她侍奉老人,照顾大妇,赢得了全家大小的好感"。紫姬亡故后,陈氏一家人都写文章悼念她,这在当时简直是不可理喻的。然而这一切"是紫姬牺牲了她和小云的幸福换来的。她柔弱的肩膀承受了太多的责任,内心的悲苦又难以言说,太多的负累终于将她压垮,导致了她生命之花的过早凋谢"。作者对王子兰表达了深切同情。

可以说,在与《影梅庵忆语》时隔百年后诞生的这部《香畹楼忆语》中,清晰地折射出了此一百年间的种种世态变化。

六、陈裴之之周边

以上考察了陈裴之及其家庭的相关情况。因为陈裴之的《香畹楼忆语》及彭剑南的《影梅庵》《香畹楼》两传奇脱胎于他们自身所处时代及切身生活环境,所以接下来笔者将以《香畹楼忆语》的题诗以及《影梅庵》《香畹楼》两传奇的题诗等为材料,尝试对其周边的若干人物作一考察。

孙原湘·席佩兰

王子兰逝世后给她作悼诗的人中,有孙原湘、席佩兰夫妇。此二人以"夫妇能诗"而著称,席佩兰为上文所述的袁枚的一位女弟子。① 我们来看她为《香畹楼忆语》所作的《寄题小云司马香畹楼忆语后》一诗(此诗席佩兰的诗集《长真阁集》失收):

> 夫婿专城坐上头,
> 双鬟清影共银瓯。
> 旧称才子如何逊,
> 新得佳人字莫愁。
> 小病偶还桃叶渡,
> 离魂先返稻香楼。
> 影梅前梦凄迷甚,
> 忍卷湘帘月一钩。

"专城"意为地方长官;何逊为六朝齐梁时期的诗人,相传八岁即能

---

① 关于席佩兰,萧燕婉撰有「閨秀詩人席佩蘭の文学ー「夫婦能詩」を中心にしてー」(收于萧燕婉『清代の女性詩人たちー袁枚の女弟子點描ー』,中国书店,2007年。该文原载于九州大学中国文学会『中国文学論集』第28号,1999年)。

赋诗。这几句暗指陈裴之的早慧。桃叶渡是南京秦淮的地名,也是王子兰的出身地;莫愁是大约六朝齐朝时南京的一个女子;稻香楼是安徽合肥的一座楼,龚鼎孳娶秦淮名妓顾媚为妾,带她回合肥故乡时,即居于稻香楼。此数句乃言王子兰病后回故乡秦淮不久,即不幸香消玉殒了。这仍是模仿了以董小宛之死而告终的《影梅庵忆语》的故事。最后一联出现了"月"的意象,这大概是因为《香畹楼忆语》中曾经写到王子兰钟情于月,席佩兰遂用其意。

另外,《香畹楼忆语》所收题诗中《奉题朗玉弟湘烟小录即送入都　琴河女史　归懋仪　佩珊》一诗的作者归懋仪,也是一位广为人知的随园女弟子。①

于月卿·史静

彭剑南《影梅庵》《香畹楼》两部传奇题词中所收录诗歌的作者,有于月卿、史静这两位女性诗人。她们是陈文述的女弟子。

关于于月卿之诗,陈文述《碧城仙馆女弟子诗》中云"于蕊生织素轩诗,名月卿,金坛人",其中收录了她集唐人句所作的《集唐题梅垞夫子影梅庵乐府》一诗。

关于史静,陈文述《碧城仙馆女弟子诗》中云"史琴仙停琴伫月楼诗,名静,溧阳人",可见她和彭剑南同为溧阳人氏。她作了《题梅垞兄公影梅庵乐府》一首并《题梅垞兄公香畹楼乐府》两首。其中后者第一首是:

> 香畹楼中是后身,
> 影梅庵里悟前因。
> 云和笙和缕山月,

---

① 关于归懋仪,萧燕婉撰有「閨塾師としての归懋仪の生涯と文学」(萧燕婉『清代の女性詩人たち―袁枚の女弟子點描―』收录。该文原题作「袁枚の女弟子归懋仪の生涯と文学」,刊于九州大学中国文学会『中国文学論集』第34号,2005年)。

相伴仙坛两璧人。

此诗前二句是说,王子兰莫非董小宛之后身？看《影梅庵》中种种离合悲欢,董小宛便是王子兰之前身吧。"云和"乃山名,山上出产优质的乐器材料。缑山亦为山名,是《香畹楼》传奇中云楷(陈裴之)的前身仙人王子乔所居住的地方,王子乔也是一位吹笙名手。此诗虽是为《香畹楼》传奇所题,但其中对影梅庵亦有所涉及,可见她大概是读了彭剑南所作之《影梅庵》和《香畹楼》两部戏曲有所感怀而写了此诗吧。

陈文述的《碧城仙馆女弟子诗》中,还有许淑慧"许定生琴外诗钞,名淑慧,青浦人",其中收录了她的《题香畹楼遗稿》；周绮"周绿君双清仙馆诗,名绮,昭文人"中,收录了其道光十五年(1835)所作的《戏拈红楼梦题十律》,此乃选取曹雪芹《红楼梦》中"黛玉焚稿"等一些场景而作成的组诗。

冒襄《影梅庵忆语》对《红楼梦》的成书产生了一定影响,而《香畹楼忆语》则是比《红楼梦》更晚的作品。① 在《香畹楼忆语》中,述及金沙延陵女史给王子兰所赠挽联时,有云：

此与昭云夫人篆书林颦卿葬花诗以当薤露者,可称双绝。

从昭云夫人以红颜薄命的林黛玉所作《葬花诗》为挽诗赠与王子兰一事,就可管窥出《香畹楼忆语》与《红楼梦》之相联丝缕。文学作品里英年早逝的美女、才女这一线中,《影梅庵忆语》中的董小宛、《红楼梦》中的林黛玉、《香畹楼忆语》中的王子兰一脉相承,有密切关联。此外,陈裴之周边亦有与《红楼梦》关系紧密之人物,他就是《红

---

① 请参《冒襄和影梅庵忆语》第二部第五章"冒襄、《影梅庵忆语》与《红楼梦》"。此外,李汇群《亦是〈红楼〉"个中人"——〈红楼梦〉与清代的"画舫"笔记》(《红楼梦学刊》2008年第2期),对《红楼梦》与描写当时青楼生活的"画舫笔记"之关系(例如当时青楼里面读《红楼梦》的风习,两书共有的"种情人"性格等)进行了细致考察。陈裴之曾经为这些"画舫笔记"之一《秦淮画舫录》作序。

楼梦图咏》的作者改琦。

改琦

改琦曾为《香畹楼忆语》题写了《题朗玉兄香畹楼忆语后，调寄一萼红，即送朗玉之江北　华亭　改琦　七芗》一词。

《香畹楼忆语》作于道光四年（1824）。在此之前，改琦就与陈文述、孙原湘、郭麐等人有交游。据何延喆《清代仕女画家改琦评传》（天津人民美术出版社，1988年）之《改琦系年》，嘉庆十七年（1812）孙原湘曾为改琦的词稿作跋（见《玉壶山房词选》卷下）；嘉庆十九年（1814）改琦去常熟，与孙原湘同游天龙庵，郭麐亦一同前往。另外陈文述于嘉庆二十年（1815）曾作《送玉壶山人游洞庭西山》一诗（《颐道堂诗》卷一三）；嘉庆二十二年（1817）郭麐为改琦的仕女图题了诗（《灵芬馆诗》四集卷一〇《题改七芗画仕女》），道光元年（1821）他为《玉壶山房词》作跋，道光四年（1824）他又在改琦的《善天女图》上挥毫作了题跋。[①]

在改琦的《玉壶山人诗钞》中，有关于影梅庵的诗作——《题影梅庵图》二首。其中第一首为：

> 水绘苍凉树色昏，
> 疏香画出旧巢痕。
> 贴梅扇底粘花片，
> 难觅春人月下魂。

此《影梅庵图》是否为改琦亲自所绘，已无从知晓。但至少可以看出，

[①] 关于改琦，神田喜一郎撰有「玉壺山人の生涯―清朝第一の美人画家―」(『中国における詩と美術の間』,『神田喜一郎全集』第5卷，同朋社出版，1993年)一文，其中亦提及了孙原湘。另外，新井洋子「改琦の詩―『玉壺山人詩鈔』について―」(『東方学』第99辑，2000年)中论述了改琦诗歌的相关情况。本文所参何延喆《清代仕女画家改琦评传》乃从新井洋子处借得，另又蒙其惠赠《玉壶山人诗钞》复印本。志之以致谢忱。

曾经有这样一幅取景于影梅庵的丹青,它很有可能是描绘董小宛的。

郭麐

郭麐曾为《影梅庵》传奇题了《朝天子　吴江郭　麐频迦》、为《香畹楼忆语》题了《题小云梦玉词后　吴江　郭　麐频迦》等诗词。郭麐生于乾隆三十二年(1767),道光十一年(1831)卒,字祥伯,号频伽,有《灵芬阁集》,以创作艳诗而知名。他原籍秀水,后移居嘉善。关于郭麐,袁枚《随园诗话》卷一二、卷一六以及补遗卷三中曾有所言及,并引用了"郭麐秀才"的诗句;袁枚《续同人集》"寄怀类"中还收录了郭麐的《寄怀随园先生》一诗。他就像是袁枚的弟子一样。本文前面已经述及了他与改琦的交游,可见他们是属于同一个圈子里的人物。

陈玉兰《清代嘉道时期江南寒士诗群与闺阁诗侣研究》(人民文学出版社,2004年)一书中指出,清代嘉庆、道光时期,江南地区那些未能在科举中考上进士、举人者形成了"寒士"群体,并列举了其中有诗名者以及女性诗人。此书第十二章对郭麐进行了论述,把他也归到所谓的"江南寒士"里面。根据这种定义,彭剑南、陈裴之也属于"江南寒士"的类型,且都与女性诗人有交往。

东京大学综合图书馆所藏《灵芬馆词》中,未见郭麐为《香畹楼忆语》所题之词。

七、小　　结

清代嘉庆、道光年间的文人彭剑南作了《影梅庵》《香畹楼》这两部传奇。前者乃根据冒襄的《影梅庵忆语》所作,后者则根据陈裴之的《香畹楼忆语》所作,他把清代的两部忆语体作品进行了戏曲化。如果要概括这两部传奇的主旨,都可以说是对具有才能的女性的赞美,以及对她们韶华不永的悲悯吧。

彭剑南应陈裴之的嘱托作了《香畹楼》。陈裴之乃是与袁枚一样以授业女诗人弟子而知名的陈文述之子,他周围的女性,诸如其母亲、姐妹、妻妾等,都无一例外是善于吟诗作文的才女。

此外彭剑南和陈裴之周边,还有袁枚的女弟子席佩兰、曾绘制《红楼梦图咏》的画家改琦、诗人郭麐,等等。彭、陈二人与他们都有交游。

《影梅庵》传奇创作的背景之一,便是当时文人中普遍存在的对明末清初的怀旧意绪。此外,《影梅庵》《香畹楼》传奇的创作,与当时对才女尤其是薄命的才女给以至高评价并寄予深切同情的时代背景也是分不开的。

陈文述在日本亦颇负盛名,其诗集在江户时代末期被刊行。在当时,诸如赖山阳门下有江马细香等,一时之间汉诗人延招女弟子蔚然成风。另外森春涛所编《清三家绝句》标举陈文述、郭麐、张问陶三人之诗,该书对日本明治时期的文学产生了影响。① 森春涛之子森槐南还以陈文述为主人公,作了戏曲《补春天传奇》。

清代嘉庆、道光时期的文学,在日本文学中也烙下了深刻印记。此问题,尚俟另作专文讨论。

(王汝娟 译)

---

① 新井洋子撰有「森春濤『清三家絶句』について」,见『二松』第19集,2005年。

第三编 俗曲各论

中国明清的歌谣

一、明清歌谣的特色

明清歌谣与其他时代不同的特色,在于何处呢?如果将"歌谣"定义为在语言上加上小节唱的歌的话,那么它在任何时代都存在。从《诗经》开始,《乐府》以及唐代的绝句在当时也被传唱。从唐末到五代、宋流行的"词",元代的"曲"等,都是确凿无疑的歌谣。《诗经》、"乐府"暂且不提,宋词、元曲等现在留下的作品,大部分都是能够清楚地知道其作者的作品。大阪大学中国文学研究室所编的『中国文学のチチェローネ　中国古典歌曲の世界』(汲古书院,2009年)中介绍的"十大曲",在元杂剧《百花亭》中,介绍了主人公王焕的风流韵事,有"怀揣十大曲,袖褪乐章集"的描述,可见这是街上的游手好闲之辈唱的流行歌。这"十大曲"中,像苏轼的《念奴娇》、柳永的《雨霖铃》等,都是能清楚知道作者名字的作品。

与此相对,有一类歌谣的作者不详,也就是说,这些歌谣是由一些无名的人演唱的。用今天中国的说法来说,就是"民歌"。有一本叫周中明编著的《中国历代民歌鉴赏辞典》(广西教育出版社,1993年)。在该书《前言》中,将"民歌"与"唐宋诗词等文人作品"进行了对比。该《鉴赏辞典》实际收录的歌谣的数量如下:

　　　　第一编　上古至秦汉民歌　96
　　　　第二编　魏晋南北朝至隋唐五代民歌　122

第三编　宋元民歌　34
　　第四编　明代民歌　200
　　第五编　清代民歌　193

在第一编、第二编中,占据多数的是《诗经》和"乐府"。从这本书来看,不难看出所谓的"民歌"的数量,到明代显著增加。

在明代,特别是明末时期,歌谣的流行范围,以及不断产生的曲调之多,都与以前有着明显的不同。关于这一点,明末沈德符的《万历野获编》卷二五"时尚小曲"条有如下记载:

> 元人小令,行于燕赵(河北、山西),后浸淫日盛。自宣(1426—1435)、正(1436—1449)至成(1465—1487)、弘(1488—1505)后,中原又行"锁南枝"、"傍妆台"、"山坡羊"之属。李崆峒(李梦阳)先生初自庆阳(甘肃)徙居汴梁(河南),闻之以为可继《国风》之后。何大复(何景明)继至,亦酷爱之。今所传"泥捏人"及"鞋打卦"、"熬髻髻"三阕,为三牌名之冠,故不虚也。自兹以后,又有"耍孩儿"、"驻云飞"、"醉太平"诸曲,然不如三曲之盛。嘉(1522—1566)、隆(1567—1572)间,乃兴"闹五更"、"寄生草"、"罗江怨"、"哭皇天"、"干荷叶"、"粉红莲"、"桐城歌"、"银纽丝"之属。自两淮以至江南,渐与词曲相远,不过写淫媟情态,略具抑扬而已。比年以来,又有"打枣竿"、"挂枝儿"二曲,其腔调约略相似。则不问南北,不问男女,不问老幼良贱,人人习之,亦人人喜听之。以至刊布成帙,举世传诵,沁入心腑。其谱不知从何来。真可骇叹。①

此处所见的歌曲中,见于唐圭璋《元人小令格律》(上海古籍出版社,

---

① 沈德符《万历野获编》卷二五,中华书局,1959年,第647页。

1981年)的曲牌,只有"醉太平"、"寄生草"、"山坡羊"、"干荷叶"四种而已。除此之外者,都是在那个时代新诞生的。这些歌曲,在从北到南的全中国男女老少中都很流行。

正如其中说到的"以至刊布成帙,举世传诵,沁入心腑"那样,实际上,还留下了这类歌谣的书。例如成化七年(1471)由北京的鲁氏刊行的《新编四季五更驻云飞》就是其中之一。"驻云飞"也是元代以前没有过的曲子。蒲泉、群明编《明清民歌选　甲集》(上海出版公司,1956)中,仅单行本的歌本就有如下数种:

《四季五更驻云飞》

《十二月赛驻云飞》

《太平时赛赛驻云飞》

《寡妇烈女诗曲》

《挂枝儿》

《山歌》

(以上明代)

《丝弦小曲》

《万花小曲》

《时兴呀呀呦》

《霓裳续谱》

《时调小曲丛钞》

《粤风》

(以上清代)

在这本书中,加上曲选等所收录的歌谣,记录的歌谣的数量就更多。

尽管歌谣在一代一代都被连绵不断地传唱着,但记录却几乎没有。在过去没有录音机和录像机的时代,一被歌唱出来就消失,是歌谣不可避免的命运。我们说到了明清"民歌"增加了,这意味着它们开始被记录成文字。之前没有被文字记录的东西,为什么会在那个时代开始被记录下来呢?这一方面是由于歌谣本身的变化,另一方面也可以说是由于人们看待歌谣的眼光的变化。显示出这种变化的具有象征意义的作品,就是明末冯梦龙编撰的《挂枝儿》和《山歌》。《挂枝儿》十卷,收录了 376 首歌;《山歌》十卷,收录了 384 首歌。从规模来看,也可以看出它们是篇幅空前巨大的民歌集。① 本文将以这两种民歌集为中心,从歌谣本身的状况以及对歌谣进行评价、收集的人们的状况这两个方向,来探讨明清歌谣的样貌。

二、冯梦龙的《山歌》

以短篇白话小说集"三言"而闻名,又编了《笑府》等书,被誉为当时通俗文学之旗手的冯梦龙(苏州人,1573—1646),编集并刊行了《挂枝儿》和《山歌》这两种歌谣集。虽然笼而统之地说是"歌谣"(民歌),但也存在两个种类:一种是专门在农村唱的歌,另一种是在城市里唱的歌。冯梦龙的《山歌》是前者的作品集,《挂枝儿》则是后者的作品集。

冯梦龙是明末生活在当时可以说是中国最大的都市——苏州的城市里的人。对于冯梦龙来说,听到"挂枝儿"这样的都市俗曲应该是司空见惯的事。我们来看冯梦龙的《挂枝儿》卷一"私部"的《耐心》这一首:

> 熨斗熨不开眉间皱,
> 快剪剪不断我的心内愁,
> 绣花针绣不出鸳鸯扣。

---

① 关于冯梦龙的《山歌》,请参考拙著《冯梦龙〈山歌〉研究》(日本劲草书房,2003 年;中文版,复旦大学出版社,2017 年);关于《挂枝儿》,请参考拙稿《关于俗曲集〈挂枝儿〉》(《东洋文化研究所纪要》第 107 册,1988 年)。

> 两下都有意,
> 人前难下手。
> 该是我的姻缘,
> 哥,耐着心儿守。

还有一条之后乾隆时代的资料,尽管与"挂枝儿"并无关联,那就是泽田瑞穗《清代歌谣杂稿》(氏著『中国の庶民文艺 歌谣・说唱・演劇』,东方书店,1986年所收)介绍的陆长春《香饮楼宾谈》卷二"沙三爷"条,记述有一位叫沙三爷的苏州富商,某年为了观看五月端午的虎丘龙舟赛,把苏州城中的船全部都租下了,所有想去看龙舟赛的人都让他们免费乘坐,船上还准备了美酒佳肴、丝竹管弦,甚至还有很多美丽的歌伎助兴。由此,沙三爷的名声一时高涨。但是,就这样转眼间家产都被挥霍一空:

> 后数岁,贫不能堪,至卖小食以自给。善唱俚鄙小曲,儿童予三钱买一油具,必令歌"剪剪花"、"夜夜游"之类,以为笑乐,而人犹称之为"沙三爷"云。①

在苏州,确实有一两个这样的风流人物。这段话也可以说是揭示了城市里唱俗曲的情况。我们知道,冯梦龙收集了这些都市俗曲——"挂枝儿",而原本在农村流行的山歌,他在大城市苏州也能收集得到吗?

正德八年(1513)的《姑苏志》卷一三"风俗"记载:

> 闾阎畎亩之民,山歌野唱,亦成音节,其俗可谓美矣。②

由此可见,在明代的苏州农村,不难听到山歌的歌声。在明末以前,

---

① 汤华泉选注《清代笔记小说类编・世相卷》,黄山书社,1994年,第363—364页。
② 《姑苏志》卷一三,正德元年刻本。

大概也是一样的情况吧！然而在明代的苏州,不仅在农村,在城市也能听到起源于农村的歌。明末的苏州是一个大型工商业城市,有很多专职的工人。苏州的都市化、工业化,是由周边农村流入的劳动人口支撑的,苏州聚集了很多农村出身的人。正是这些农村出身的人,把农村的山歌带到了城市里。于是,起源于农村的山歌在城市里被传唱。也就是说,随着城市化的发展,山歌在城市里流行起来。与此同时,通过与在都市中唱的俗曲等的接触,诞生了在农村山歌形式中融入都市风俗的都市特有的山歌。例如《山歌》卷一的《学样》：

> 对门隔壁个姐儿侪来搭结私情,
> 那得教奴弗动心。
> 四面桃花我看子多少个样,
> 那教我靛池豁浴一身青。

靛池是染坊的设施。而在明末的苏州,和纺织布坊并立的染坊十分繁荣,城市里染坊、靛池随处可见。在《山歌》中,还有一些作品也描写了染坊的样子和在染坊劳动的情形。这类歌谣,应该是在苏州的街道上,或者实际上是由织布工人和染坊工人歌唱的吧。考虑到山歌原本是农村的歌,融入都市风俗的山歌的出现,是一种很大的变化。

另外,当时在城市里还举行了大规模的山歌会。关于在苏州府吴江县盛泽镇举行的这类活动,留下了丰富的记录。①

关于在盛泽镇举行的山歌会,在顺治《盛湖志》、乾隆《盛湖志》卷下"风俗"、乾隆《吴江县志》卷三九"节序"以及同治《盛湖志》卷三"风俗"中有记载。顺治志的记述如下：

---

① 关于盛泽镇的情况,参田中正俊「中国における地方都市の手工業—江南の製糸・絹織物業を中心に—」(『中世史講座』3『中世の都市』)、周德华《盛泽的会馆和公所》(未刊稿)以及《明清时期的吴江丝绸》(未刊稿)。横山英「中国における商工業労働者の発展と役割」(『歷史学研究』160号,1952年)也提到了盛泽镇的山歌会。

>中元夜，四乡佣织多人，及俗称曳花者，约数千计，汇聚东庙、西庙并升明桥，赌唱山歌。编成新调，喧阗达旦。①

这些山歌会主要是由哪些人举办的？关于这一点，顺治志说"四乡佣织多人，及俗称曳花者，约数千计四乡佣织多人，及俗称曳花者，约数千计"，同治志说"佣织少年与曳花儿"。四乡的佣织，是指住在盛泽镇周边农村的机织业劳动者。"曳花"是指织棉纱工作，以及从事该工作的人（多数是女工）。这些佣织和曳花，在城市里唱起了山歌。而且，这个山歌会动员了很多人，甚至通宵举行，到早上才结束，可以想象是相当大规模的活动。

山歌和俗曲，在妓院也有传唱。冯梦龙编撰的《挂枝儿》卷四《送别》的后评如下：

>后一篇，名妓冯喜生所传也。喜美容止，善谐谑，与余称好友。将适人之前一夕，招余话别。夜半，余且去，问喜曰："子尚有不了语否？"喜曰："儿犹记'打草竿'及吴歌各一，所未语若者独此耳。"因为余歌之。"打草竿"即此。其吴歌云："隔河看见野花开，寄声情哥郎替我采朵来。姐道我郎呀，你采子花来，小阿奴奴原捉花谢子你，决弗教郎白采来。"呜呼！人面桃花，已成梦境。每阅二词，依稀绕梁声在耳畔也。佳人难再，千古同怜。伤哉！

这里的"吴歌"是指收录在冯梦龙《山歌》卷二的《采花》。从这段记述可知，《挂枝儿》中的《送别》和《山歌》中的《采花》，是冯梦龙自己直接从名妓冯喜生那里听来并集中采录的。另外，这里的"吴歌"是"山歌"，"打草竿"是"挂枝儿"的别名。

可以看出这样的竞作状况的，是苏州妓女排行榜——宛瑜子的

---

① 顺治志未见。此处据前揭《明清时期的吴江丝绸》所引。

《吴姬百媚》(万历四十五年序刊本)以及南京妓女排行榜——为霖子的《金陵百媚》(万历四十六年序刊本)。《金陵百媚》上,还有冯梦龙所加的批评。这些书将妓女比作科举殿试,从状元开始依次加以品第,再加上歌咏她们的诗、词、散曲、"挂枝儿"等俗曲,以及吴歌(山歌)。例如,《金陵百媚》的状元董年下,收录了七言律诗、"清平乐"、"长相思"(此二者是词)、吴歌、"挂枝儿"以及曲(散曲),虽然没有记载各作品的作者名字,但应该是在举行花案(妓女的比赛)的时候,文人们的竞相创作。这表明,吴歌(山歌)终于被文人们拟作,与"挂枝儿"等俗曲在同一场合被歌唱。在明末,各种各样的歌谣在城市和农村被传唱。

三、看待歌谣的眼光

当时确实有很多歌曲流行并被歌唱,而在这些记录开始盛行的背景中,也有知识分子对歌谣的看法发生变化这一要素。例如在明代复古派文人李梦阳(1472—1530)身上,可以看出当时的知识分子对民间歌谣的价值观。李梦阳的《诗集自序》(《空同先生集》卷五〇)有如下记述:

> 李子曰,曹县盖有王叔武云。其言曰:"夫诗者,天地自然之音也。今途咢而巷讴,劳呻而康吟,一唱而群和者,其真也,斯之谓风也。孔子曰,礼失而求之野。今真诗乃在民间,而文人学子顾往往为韵言谓之诗。夫孟子谓'诗亡,然后《春秋》作'者,雅也。而风者,亦遂弃而不采,不列之乐官。悲夫。"李子曰:"嗟,异哉,有是乎? 予尝听民间音矣。其曲胡,其思淫,其声哀,其调靡靡。是金元之乐也。奚其真?"王子曰:"真者,音之发而情之原也。"①

---

① 李梦阳《诗集自序》,《空同先生集》卷五〇,伟文图书出版社,1976 年,第 1436 页。

这篇序文由李子(即李梦阳自己)和王崇文(叔武是他的字)的对话形式构成。对于持"真诗在民间"(即在民间音乐中找到"真")这种观念并对之赞誉的王崇文,李梦阳逐一尝试反驳。但是,每一条反驳都被否定了,最后他进行了强烈的自我批评:"李子闻之惧且惭。曰:予之诗,非真也,王子所谓文人学子韵言耳,出之情寡而工之词多者也。"①

"今真诗乃在民间"这一句,尤其具有冲击性。在此之前,也有认为《诗经·国风》之歌是真诗的观点。但是在这段话里,认为现在民间歌唱的歌谣本身就是真诗。于是,这些民间真诗(歌谣),就与文人学士的韵言相对峙。"真诗在民间",反过来说,即诗人之诗并不"真"。李梦阳自己属于知识分子队伍,却否定了知识分子的诗,而在民间的也就是庶民的融入了朴素真情的歌谣中,找到了更大的价值。

李开先(1502—1568)的《闲居集》卷六收录了《市井艳词序》《市井艳词后序》《市井艳词又序》《市井艳词又序》四篇序。其中《市井艳词序》如下:

> 忧而词哀,乐而词亵,此古今同情也。正德初尚"山坡羊",嘉靖初尚"锁南枝",一则商调,一则越调。商,伤也;越,悦也。时可考见也。二词哗于市井,虽儿女子初学言者,亦知歌之。但淫艳亵狎,不堪入耳,其声则然矣。语意则直出肺肝,不加雕刻,俱男女相与之情,虽君臣友朋,亦多有托此者,以其情尤足感人也。故"风"出谣口,真诗只在民间。三百篇太平采风者归奏,予谓古今同情者此也。尝有一狂客,浼予仿其体,以极一时谑笑,随命笔并改窜传歌未当者,积成一百以三,不应弦,令小仆合唱。②

---

① 关于这条材料,吉川幸次郎「李夢陽の一側面」(『吉川幸次郎全集』卷一五,东京筑摩书房,1985年)中有引用和介绍。
② 李开先《闲居集》卷六,《续修四库全书》第1341册,第3页。

之所以收集市井艳词,其理由是:"语意则直出肺肝,不加雕刻,俱男女相与之情,虽君臣友朋,亦多有托此者,以其情尤足感人也。"这一点与李梦阳的想法相通。而在李开先那里,他实际参与了对市井艳词的改编、拟作,再让小仆合唱,然后将其集为书籍的形式,这项实践活动很重要。虽然这本书本身已经失传,但可以说,这本《市井艳词》正是冯梦龙的歌谣收集活动的先驱。

此外,在宋懋澄《听吴歌记》(《九籥前集》卷一)中有如下记载:

> 乙未孟夏,返道姑胥。苍头七八辈,皆善吴歌。因以酒诱之。迭歌五六百首。其叙事陈情,寓言付景,摘天地之短长,测风月之深浅。……皆文人骚士所啮指断须,而不得者。乃女红田畯以无心得之于口吻之间。岂天地之元声,匹夫匹妇所与能者乎?①

宋懋澄在万历二十三年(1595)特地召集仆人们去听吴歌。从听了五六百首歌这一记述来看,如果将这些歌全部记录下来的话,那么就超过了冯梦龙的《山歌》中作品的数量。俞琬纶的《打草竿小引》(《自娱集》卷八)是为冯梦龙的《挂枝儿》所作,而其中也述及俞氏自己也曾收集了两百首俗曲。② 从嘉靖到万历,有不少人对山歌、俗曲抱有强烈的兴趣,进行了实际的采集记录工作。

如此看来,在明代万历年间的文艺理论世界里,《国风》民歌论、民歌真诗论超越了文学流派的不同,成为一种共同认识。在这股潮流中,对冯梦龙产生直接影响的,是公安派袁宏道(1568—1610)等人的主张。其主张的代表性言论,见于以下这篇《叙小修诗》(《锦帆集》卷二):

---

① 宋懋澄《九籥前集》卷一,《续修四库全书》第 1373 册,第 629 页。
② 关于《自娱集》中的这篇文章,马泰来有《研究冯梦龙编纂民歌的新史料》(《中华文史论丛》第一辑,1986 年)。

> 且夫天下之物，孤行则必不可无。必不可无，虽欲废焉而不能。雷同则可以不有。可以不有，则虽欲存焉而不能。故吾谓今之诗文不传矣。其万一传者，或今闾阎妇人孺子所唱"擘破玉"、"打草竿"之类。犹是无闻无识真人所作，故多真声。不效颦于汉魏，不学步于盛唐，任性而发，尚能通于人之喜怒哀乐嗜好情欲，是可喜也。①

这里把"闾阎妇人孺子所唱'擘破玉'、'打草竿'之类"的俗曲，当作后世流传的"真诗"。正是在这样的背景下，冯梦龙的《挂枝儿》《山歌》诞生了。

冯梦龙的《山歌》，是起源于民间的流行歌谣集，从某种意义上来说是相当低级的歌谣集。从以往士大夫的观点来看，当然是没有价值的，或者应该是被禁止的对象。这些作品，冯梦龙是如何向世界宣告它们的价值的呢？

在《叙山歌》中，冯梦龙直接讲述了《山歌》的价值。在第一段，冯梦龙在通观中国历代诗歌歌谣的基础上，提出了这样的看法：古代的《诗经》中，虽然收录了《国风》和《大雅》《小雅》，但到了《楚辞》和唐诗之后，其中只有"雅"的系列获得了发展，民间歌曲"风"的系列却从诗坛被逐出，甚至还被冠以"山歌"这种略微有歧视性的名称。冯梦龙在这之中，明确地站在了支持"风"的系列的立场上。接下来的第二段是这样说的：

> 唯诗坛不列，荐绅学士不道，而歌之权愈轻，歌者之心愈浅。今所盛行者，皆私情谱耳。虽然，桑间濮上，《国风》刺之，尼父录焉，以是为情真而不可废也。山歌虽俚甚矣，独非郑卫之遗欤？

---

① 袁宏道《锦帆集》卷二，见《袁中郎全集》，崇祯二年刻本。

> 且今虽季世,而但有假诗文,无假山歌。则以山歌不与诗文争名,故不屑假。苟其不屑假,而吾藉以存真,不亦可乎?①

现在的《国风》,由于大家的轻视,变成了"私情之谱"。这样的话,当然会有人反驳说这种作品没有价值。冯梦龙对于其预想的反论作了准备,即《史记·孔子世家》中记载的孔子删诗说。"诗三百篇"是孔子自己编定的,其中也收录了在《礼记·乐记》中被称作"郑卫之音,乱世之音"、"桑间濮上之音,亡国之音"的郑卫之歌。如果是这样的话,现在作为"私情之谱"的山歌,当然也有记录的价值,冯梦龙说自己是在模仿孔子。这里说,孔子之所以取郑卫之音,是因为它们的感情是真实的。接着就将论点将转移到这个"真"字上:

> 抑今人想见上古之陈于太史者如彼,而近代之留于民间者如此,倘亦论世之林云尔。若夫借男女之真情,发名教之伪药,其功于《挂枝儿》等。故录挂枝词,而次及山歌。②

冯梦龙说,既然孔子做过同样的事情,所以自己也可以这样做吧——这种理论,不过是对以道学为武器的人的防御性发言而已。在第三段中,冯梦龙提出了"山歌"问世的具体攻击目标——"假诗文"。这是开头的"风"和"雅"两个系列各自的延伸,冯梦龙将"风"的系列评价为"真",将"雅"的系列作为"假"加以非难。评价民间歌谣中的"真"这一点,可以看出是在前面提到的李梦阳、袁宏道等人的讨论的延长线上。根据这一段,可以知道冯梦龙是想通过《山歌》编纂,达到攻击当前流行的失去了性情的"假诗文"的目的;然后通过《山歌》,给走进了死胡同的"假诗文"注入生气。冯梦龙的《叙山

---

① 冯梦龙《叙山歌》,魏同贤编《冯梦龙全集》第 42 册,上海古籍出版社,1993 年,第 1—3 页。
② 同上书,第 3—4 页。

歌》中贯注了这样的意识,抱持着这样的观念,他收集了民间歌曲(《挂枝儿》《山歌》)。

以冯梦龙的《挂枝儿》《山歌》为代表的大规模民歌集的编纂,在中国歌谣史上也是值得大书一笔的。其背景,一是当时歌谣的流行程度,二是有意记录这些歌谣的知识分子观念的变化。可以说,这两者就像拧成一股的绳子一样,将明代的歌谣推向了文艺的舞台。

江南歌谣与日本

日本古代文献《风土记》《万叶集》(均诞生于 8 世纪)中,记载着当时每年在一定的时间和场所男女对歌甚至发生性行为的所谓"歌垣"(对歌)的民间活动。植物学者中尾佐助提出"照叶林文化"①的学说后,"歌垣"更引起人们的兴趣。所谓"照叶林文化"是指就植被而言,亚洲东部分布着广阔的照叶林带,而这些地区在农业、习俗等方面有着共通的文化。《照叶林文化》一书问世七年后,上山春平、佐佐木高明、中尾佐助在《续照叶林文化》②一书中进一步指出,照叶林文化的中心以"中国南部的云南一带为中心,西起印度的阿萨姆邦,东至中国的湖南省,构成的一个半月形地区",即"东亚半月弧"。这更进一步引起人们对照叶林地区的文化、习俗方面的兴趣。在该书第七章"歌垣与求爱"中,文化人类学者佐佐木高明指出:

> 迄今为止的研究清楚地表明苗族、瑶族、仡佬族等东南亚的山地、旱田的农耕民中盛行着每年春秋时青年男女进入山丘,引吭高歌,共度一宵的对歌习俗。我们将这种习俗同日本古代文献中所出现的"歌垣"祭联系起来的话,无疑可以认为对歌是照叶林文化显著特点之一。

佐佐木高明把对歌看作是照叶林文化的重要特点之一。尔后,民族

---

① 参见上山春平编《照叶林文化》,中央公论社,1969 年。
② 上山春平等编《续照叶林文化》,中央公论社,1976 年。

音乐研究者藤井知昭又指出了"照叶林文化圈"同"对歌文化圈"的重叠关系①。自从中国允许入境调查后,探讨中国西南、云贵地区的少数民族的对歌习俗与日本古代"歌垣"祭的相互关系的热潮更加高涨。对歌的习俗是不是由"东亚半月弧"传到日本的呢?这同日本人的寻根热也联系在一起。

然而,日本与云贵之间隔着长江下游的江南地区。在探明两者关系之前,首先必须弄清楚夹在其中的江南地区的对歌习俗。倘若对歌的习俗是由云贵传到日本的话,势必要经过江南地区。

本文旨在探讨中国长江中下游地区的对歌习俗。

笔者很早便开始对明末冯梦龙编纂的苏州民间歌谣集《山歌》进行研究。其间对长江中下游地区存在有对歌可能性的地方进行了调查,从中发现可视为广义上的"对歌活动"的有以下几例。

最早见于公元前3世纪左右问世的《楚辞》中。楚国即今两湖一带。当时巫风盛行,女巫招男神,男神唤女巫,双方间的祭祀歌谣中淫猥之曲数不胜数。我以为这种载歌载舞的祭祀便属于"对歌活动"之一。流传至今演变成今天"傩戏"中引人注目的男女二神——傩公傩母。

接下来是六朝乐府。郭茂倩的《乐府诗集》中的清商曲辞主要由吴声歌曲和西歌曲两部分组成。据王运熙《吴声西曲的产生地域》②一文中介绍,"吴声歌曲产生于吴地,以当时的都城建业为中心;西曲产生于长江中游地区的汉水流域,以江陵为中心"。换言之,《乐府诗集》的清商曲辞所收入的西曲也就是前面所提到的长江中游的歌谣,吴歌便是下游吴中之歌谣。吴中自古以来因左思的《吴都赋》中称作"吴歈越吟"而闻名。

《乐府诗集》中所收的已是没有了曲谱的歌词。余冠英在《谈吴

---

① 藤井知昭《亚洲的歌垣——沿着照叶树林带》,载《自然与文化》第29号,1990年。
② 载《六朝乐府与民歌》,上海文艺联合出版社,1955年。

声歌曲里的男女赠答》①一文中认为吴声歌曲几乎都是男女间的赠答歌。比如以《子夜歌》开始的二首为例:

其一
落日出前门,
瞻瞩见子度。
冶容多姿鬓,
芳香已盈路。

其二
芳是香所为,
冶容不敢当。
天不夺人愿,
故使侬见郎。

第一首是男赠给女方的,第二首则是女子的回答。余氏在其文中仅仅指出了吴歌由男女赠答歌所组成,却未能涉及当地的风俗习惯或"对歌活动",我认为男女赠答歌就反映出这一点。

进入唐代,文献中不仅出现了"山歌"这一词,而且还能使我们较具体地了解到当时对歌的情形。"山歌"二字的最早出典大概是见于中唐诗人李益(749—827)的《送人南归》②一诗中:

人言下江疾,
君道下江迟。
五月江路恶,

---

① 载《文艺复兴》中国文学研究号上卷,1948年。
② 载《全唐诗》卷二八三。

> 南风惊浪时。
> 应知近家喜,
> 还有异乡悲。
> 无奈孤舟夕,
> 山歌闻竹枝。

诗中唱道江路险恶,并咏及巴渝诗词中特有的"竹枝"。我们据此可推知,此人是过三峡回南国故乡的。大概当时是李益做邠州(今属甘肃省)节度使的幕僚时,送一位越剑阁入川,再乘船下江南的友人时写的诗。一般认为,"竹枝"是巴渝诗歌中的特有之物,山歌则泛指南方一带的民歌。

继李益诗之后"山歌"一语再度出现是在白居易(772—846)的几首诗中。白诗中有"山歌"一语的诗均是他在元和十年(815)左迁江州(今江西九江)司马时,面对着浩瀚的长江,在当地所咏的诗。其中之一就是以"浔阳江头夜送客,枫叶荻花秋瑟瑟"开头的名诗《琵琶行》[①],其结尾部分如下:

> 春江花朝秋月夜,
> 往往取酒还独倾。
> 岂无山歌与村笛,
> 呕哑嘲哳难为听。
> 今夜闻君琵琶语,
> 如听仙乐耳暂明。

当时酒席间只能听到山歌和村笛,能听到来自都市的艺妓的琵琶,就如同听仙乐一般。在这里山歌与村笛相并用,似乎是泛称,但由

---

① 载《全唐诗》卷四三五。

于其背景舞台是长江边的九江,此处的歌无疑指的是南方,是长江流域的山歌。白居易创作于江州的诗词中还有《江楼偶宴赠同座》①《东南行一百韵,寄通州元九侍御、澧州李十一舍人、果州崔二十二使君、开州韦大员外、庾三十二补阙、杜十四拾遗、李二十助经员外、窦七校书》②中也可以看到"山歌"一语。

值得注意的是,中唐李益、白居易的诗中所提到的"山歌"均是以南方长江流域为舞台的。

李益、白居易的诗中均出现了"山歌"、"竹枝"等词。这时顺便简单地谈一下"竹枝"。"竹枝"见于长江上游四川巴渝一带的歌中。唐肃宗至德年间(756—758)的进士顾况有"竹枝"之吟,后刘禹锡为竹枝民谣而作的《竹枝新辞九章》③,广为人知。刘禹锡在自序中指出:

> 四方之歌,异音而同乐。岁正月,余来建平。里中儿联歌竹枝,吹短笛,击鼓以赴节,歌者扬袂睢舞,以曲多为贤。聆其音,中黄钟之羽,卒章激讦如吴声。虽伧佇不可分,而含思婉转,有淇澳之艳音。昔屈原居沅湘间,其民迎神,辞多鄙陋。乃为作《九歌》,到于今,荆楚歌舞之。故余亦有竹枝九篇,俾善歌者飏之,附于末,后之聆巴歈,知变风之自焉。

舞台是建平(四川省建平)。据卞孝萱的《刘禹锡年谱》一书,可知"岁正月"是他做夔州刺史的唐长庆二年(822)时,所见的是正月里的"竹枝"对歌。

四川、湖北、湖南以及江西等地的竹枝对歌,我认为就是"对歌活动"。

---

① 载《全唐诗》卷四三八。
② 载《全唐诗》卷四三九。
③ 载《全唐诗》卷三六五。

此外,长江中下游一带目前还有当时新年之际集体载歌载舞的民间活动记载。如宋人范致明的《岳阳风土记》[①]和《宣和画谱》卷五"仙女吴彩鸾"[②]中所见的"踏歌"便是如此。其中后者吴彩鸾的故事讲述的是鄱阳湖畔、江西钟陵的事情。在《事文类聚》前集卷一一"天时"部所引中秋的"传奇"中也能看到这个故事:

> 钟陵西山有游帷观,每至中秋,车马喧阗,数十里若阛阓。豪杰多召名姝善讴者,夜与丈夫间立,握臂连踏而唱,推对答敏捷者胜。大和末,有书生文箫往观,睹一姝,甚丽,其辞曰:"……生意其神仙,植足不去,姝亦相盼。"歌罢,独秉烛,穿大松径。将尽,陟山扪石,冒险而升,生蹑其踪。姝曰:"莫是文箫耶?"相引至绝顶坦然之地。后忽风雨,裂帷覆机。俄有仙童持天判曰:"吴彩鸾以私欲泄天机,谪为民妻一纪。"姝乃与生下山,归钟陵。

其中前半部分是众人汇集西山游帷观,"握臂连踏而唱,推对答敏捷者胜",由此可知是对歌。接下来便是文箫与吴彩鸾的相逢,即在对歌节上相会。

苏东坡于宋元丰二年(1079)因卷入御史台之狱而被贬于湖北黄州。在《东坡志林》卷二中有如下记载:

> 余来黄州,闻光黄人二三月皆群聚讴歌。其词固不可解,而其音亦不中律吕。但宛转其声,高下往返如鸡唱尔,与朝堂中所闻鸡人传漏微有所似,但极鄙野尔。汉官仪官中不畜鸡,汝南出长鸣鸡,卫士候朱雀门外,专传鸡鸣。又应劭曰:今鸡鸣,歌也。晋太康地道记曰:后汉固始、铜阳、公安、细阳四县卫

---

① 见《古今逸史》。
② 《津逮秘书》。

士习此曲,于阙下歌之,今鸡鸣是也,颜师古不考本末,妄破此说。今余所闻,岂亦鸡鸣之遗声乎?今士人谓之山歌云。

以上记载的是春祭时的一种集体性对歌活动。

据宋王禹偁在滁州时所作的《唱山歌》[①]中的记载,在安徽也有相似的祭祀:

> 滁民带楚俗,
> 下里同巴音。
> 岁稔又时安,
> 春来恣歌吟。
> 接臂转若环,
> 聚首丛如林。
> 男女互相调,
> 其词事奢淫。
> 修教不易俗,
> 吾也不之禁。
> 夜阑尚未阕,
> 其乐何愔愔。
> 用此散楚兵,
> 子房谋计深。
> 乃知国家事,
> 成败因人心。

由此我认为春季男女聚,拉手成圈,唱奢淫之事的歌谣至深夜,这些都该看作是"对歌活动"。

---

① 载《小畜集》卷五。

北宋释文莹的《湘山野录》卷中记有五代吴越王钱镠锦衣返乡,设宴款待父老乡亲,席间唱山歌的事:

> 镠起执爵于席,自唱还乡歌以娱宾。曰:"三节还乡兮挂锦衣,吴越一王驷马归。临安道上列旌旗,碧天明明兮爱日辉。父老远近来相随,家山乡眷兮会时稀,斗牛光起兮天无欺。"时父老虽闻歌进酒,都不之晓。武肃觉其欢意,不甚浃洽,再酌酒,高揭吴喉唱山歌以见意。词曰:"你辈侬底欢喜,别是一般滋味子,永在我侬心子里。"歌阕,合声赓赞,叫笑振席,欢感闾里。今山民尚有能歌者。

家乡父老最初不懂钱镠所唱之词,后改用吴语唱,酒席间顿时气氛活跃。事实上这里面是用吴语所记载的最古老的山歌歌词。南宋袁褧的《枫窗小牍》卷上中也有类似的记载:

> 武肃王还临安,与父老饮,有三节还乡之歌。父老多不解,王乃高揭吴音以歌曰:"你辈见侬底欢喜,别是一般滋味子,长在我侬心子里。"至今狂童游女,借为奔期问答之歌,呼其宴处为欢喜地。

上述这段记载的末尾处的"至今狂童游女,借为奔期问答之歌,呼其宴处为欢喜地"一段最引人注意。天鹰(姜彬)编《山歌集》①中收有瑶族民歌《赛歌》,其中的注解为"赛歌会在每年的正月和八月十六、十七、十八日的三天晚上举行。瑶族称此为'欢喜节',是青年男女择偶的日子"。令人吃惊的是,宋代吴中的习俗与瑶族的习俗在内容、名称上都如此相似。

---

① 上海文艺出版社,1955年。

综合上述，唐宋时期举行对歌节的地方，从地图上来看，从四川东部向湖北、湖南、江西、安徽等长江中游地区扩散。换言之，对歌文化广泛地分布在长江中下游地区，甚至一直延伸到日本。

明末冯梦龙编纂的《山歌》中收录了许多大胆地表现男女幽会的民歌。身为文人的冯梦龙在编纂中表现出对民歌特别的兴趣，歌词中露骨地描述了男女间的性爱，这实际深受"对歌节"的歌谣的影响。《山歌》中也有许多像吴歌那样男女赠答形式的歌，从中仿佛也能窥探出古时"对歌"时的情形。兹举卷二《偷》如下：

> 东南风起响愁愁，
> 郎道十六七岁个娇娘那亨偷。
> 百沸滚汤下弗得手，
> 散线无针难入头。

> 姐儿听得说道弗要愁，
> 趁我后生正好偷。
> 儁了弗捉滚汤侵杓水，
> 拈线穿针便入头。

或许明清时代城市里所举行的"山歌会"就是这种"对歌"的变异。关于城市里的"山歌会"的情况，记载最详细的要数苏州府吴江县盛泽镇所举行的山歌会。在顺治时期的《盛湖志》、乾隆时期的《盛湖志》卷下"风俗"编及同治时期的《盛湖志》卷三"风俗"编中均有记载。顺治志中记有：

> 中元夜，四乡佣织多人及俗称曳花者约数千计，汇聚东庙、西庙并升明桥，赌唱山歌。编成新调，喧阗达旦。

这虽不是制造男女双方幽会的机会,但上述这种"山歌会"本身便是"对歌"的一种延续。

到了清末,苏州上海一带由山歌发展而成弹唱性质的"摊簧",其大多讲述男女间的淫猥内容,这一点大约也是一种延续,至今当地仍有着表现男女幽会的歌谣。

以上主要考察了中国长江中下游一带以农村为舞台的歌谣。最后再谈谈从上述歌谣中如何从时间上、空间上来看待与日本民间对歌节的关系问题。毫无疑问,自古以来,从云贵到长江中下游,甚至到日本,属于一个"对歌文化圈"。后来由于汉族的南移,长江中下游地区的对歌文化的民族,只得进一步南迁或被汉族同化。因此,江南地方的文化是一种重叠性结构,即是云南到日本的古代文化层(对歌文化层)和在此基础上后来覆盖而来的汉族文化,双种文化形成一种重叠性结构。随着时间的推移,这一地区到了明清,甚至今天,"对歌"文化的遗存依稀可见。另外,曾经同属"对歌文化圈",现在仅在两端的云贵、日本尚可看到这种习俗的残存,而中间地带之所以空白,我认为这正是来自北方的汉族文化的渗入所致。

(谢志宇　译)

明清小说中的俗曲《西江月》[*]

前　言

沈雁冰(茅盾)曾经在《自然主义与中国小说》(《小说月报》第13卷第7号,1922年)一文中列数了中国章回小说的缺陷如下：

> 作品中每回书的字数必须大略相等,回目要用一个对子,每回开首必用"话说"、"却说"等字样,每回的尾必用"要知后事如何,且听下回分解"并附两句诗,处处呆板牵强,叫人看了实在起不起什么美感。他们书中描写一个人物,第一次登场,必用数十字乃至数百字写零用账似的细细地把那个人物的面貌、身材、服装、举止,一一登记出来,或做一首《西江月》,一篇《古风》以为代替。

至于章回小说的体裁是否真的"起不起什么美感"在此暂且不谈,我所注意的是茅盾指出的章回小说的惯例,即通过作一首《西江月》来进行人物描写的套路。茅盾的这番评价是否适用于全部古典白话小说还有待商榷,但不可否认,《西江月》确实在《水浒传》及明末冯梦龙所编辑的短篇小说集"三言"等白话小说中发挥了重要的作用。本文即以明末时期为中心,试图考察有关《西江月》的一些情况。

---

[*] 本文原发表于何永康、陈书录主编《首届明代文学国际研讨会论文集》(南京师范大学出版社,2004年),原题为《谈谈俗曲〈西江月〉》。此次加以修订与补充。

一、《西江月》的前史

作为俗曲的《西江月》这个名称,始见于唐代崔令钦《教坊记》。《教坊记》记载了唐玄宗开元、天宝年间的事,由此可以得知当时曾经流行过《西江月》这一曲调。而且,教坊就是"俗乐"汇集之地,从这个意义上来说《西江月》或许原本就是从民间产生的一种流行曲。①

现存最早的《西江月》当数在敦煌发现的 S.2607 文献中的三首。其中第一首如下:

> 女伴同寻烟水,今宵江月分明。船头无力一舟横,波面微风暗起。
>
> 拨棹乘船无定止,楚词处处闻声。连天江浪沁秋星,误入蓼花丛里。

略迟于敦煌文献的《西江月》则是五代《尊前集》中的欧阳炯的作品。其词如下:

> 月映长江秋水,分明冷浸星河。浅沙汀上白云多,雪散几丛芦苇。
>
> 扁舟倒影寒潭里,烟光远罩轻波。笛声何处响渔歌,两岸蘋香暗起。

由此可见,唐、五代时期的《西江月》,其调均是"双调五十一字,前后段各四句",即六、六、七、六或七、六、七、六的字数格式。

---

① 《中国词学大辞典》(浙江教育出版社,1996 年,第 508 页)中解释《西江月》的名称最早出自李白《苏台览古》一诗。其诗如下:"旧苑荒台杨柳新,菱歌清唱不胜春。只今唯有西江月,曾照吴王宫里人。"然而,将李白的诗与《教坊记》的时期相比较对照,笔者很难确定二者的先后。

到了宋代,即便在诸多词牌中,《西江月》依然为人们所喜欢而被广泛地使用。《中国词学大辞典》的《西江月》一条云:

> 该调在《全宋词》中的使用次数多达490次,其中以柳永所作的词为最早。

柳永《乐章集》中的《西江月》,采用的是"双调五十字,前后段各四句",即六、六、七、六或六、六、七、六的格式。其后,直至明清时期,《西江月》基本都以此为标准。明清的《西江月》从其格式来看,可以说渊源于宋代柳永的《西江月》。柳永的词在宋代广为流传,传说甚至连在井边打水的寻常百姓也会咏唱。这体现出《西江月》一贯的通俗性。

到了明末,顾起元写了一部描绘南京风情的《客座赘语》。其卷九"俚曲"云:

> 里巷童孺妇老媪之所喜闻者,旧惟有"傍妆台"、"驻云飞"、"耍孩儿"、"皂罗袍"、"醉太平"、"西江月"诸小令。……又有"桐城歌"、"挂枝儿"、"干荷叶"、"打枣干"等。虽音节皆仿前谱,而其语益为淫靡,其音如之。

由此可见,《西江月》在当时被视为"小令",划归于流行俗曲的范围之内。又有沈德符《万历野获编》卷二五"时尚小令"中记述明末时期俗曲的流行状况:

> 元人小令,行于燕赵。后浸淫日盛,自宣、正至成、弘后,中原又行"锁南枝"、"傍妆台"、"山坡羊"之属。李崆峒先生初自庆阳迁居汴梁,闻之以为可继《国风》之后。何大复继至,亦酷爱之。今所传"捏泥人"及"鞋打卦"、"熬髻髻"三阕,为三牌名之冠。故不虚也。自此次以后,又有"耍孩儿"、"驻云飞"、"醉

太平"诸曲,然不如三曲之盛。嘉、隆间,乃兴"闹五更"、"寄生草"、"罗江怨"、"哭皇天"、"干荷叶"、"粉红莲"、"桐城歌"、"银纽丝"之属。自两淮以至江南,渐与词曲相远,不过写淫媟情态,略具抑扬而已。比年以来,又有"打枣竿"、"挂枝儿"二曲。其腔调约略相似,则不问南北,不问男女,不问老幼贵贱,人人习之,亦人人喜听之。以至刊布成帙,举世传诵,沁人心脾,其谱不知从何来,真可骇叹。

在晚明,《西江月》就在这样的背景之下流行起来了。

二、"三言"中的《西江月》

茅盾指出白话章回小说大多具有套用《西江月》格式的通病。其实,章回小说中所使用《西江月》的频率,不同作品之间差别很大。例如,《红楼梦》全部一百二十回中仅仅出现了两次,而在《金瓶梅》一百回中唯有一首。

在这样一些白话小说中,比较醒目地使用《西江月》的则是《水浒传》与"三言"。下面先以"三言"为例作一分析。

要考察"三言"中《西江月》的使用情况,首先从"三言"的第一篇故事——《古今小说》卷一《蒋兴哥重会珍珠衫》看起。其起文如下:

> 仕至千钟非贵,年过七十常稀。浮名身后有谁知,万事空花游戏。
>
> 休逞少年狂荡,莫贪花酒便宜。脱离烦恼是和非,随分安闲得意。
>
> 这首词,名为《西江月》,是劝人安分守己、随缘作乐、莫为酒色财气四字,损却精神、亏了行止。求快活时非快活,得便宜处失便宜。说起那四字中,总得不到那色字厉害。……

如是,《西江月》被设置在作品的开头,起了提纲挈领的作用。此外,诸如《古今小说》卷一〇、《警世通言》卷二、《警世通言》卷一七、《醒世恒言》卷三、《醒世恒言》卷八、《醒世恒言》卷一九、《醒世恒言》卷三六等多达七篇作品,也都在开头使用了《西江月》,起到提纲挈领的作用。举例为证,《古今小说》卷一〇《滕大尹鬼断家私》一篇以如下的《西江月》开始:

玉树庭前诸谢,紫荆花下三田。篪箎和好弟兄贤,父母心中欢忭。

多少争财竞产,同根苦自相煎。相持鹬蚌枉垂涎,落得渔人取便。

这首词,名为《西江月》,是劝人家弟兄和睦的。

"玉树庭前诸谢"一句,用了《世说新语》言语篇的谢安与谢玄的典故。"紫荆花下三田"一句,则是《续齐谐记》中"紫荆"的典故。故事说的是田家三个兄弟为了争分遗产,将院子里的一棵苏芳树分成了三份,结果树木枯竭而死。长兄田真非常悲伤地感叹道:"原本同根的树木硬是被分成了三份而枯死,我们三兄弟千万不要像这棵树一样啊。"于是,三兄弟和好如初,共同生活,枯竭的树木又再度复苏了。"篪箎"(埙篪)分别是泥制的笛子和竹笛,见于《诗·小雅·何人斯》"伯氏吹埙,仲氏吹篪,及而如贯",比喻兄弟之间和睦的关系。"同根苦自相煎",出自曹植《七步诗》。另外,最后两句,用的是《战国策·燕策》中"鹬蚌相持,渔人得利"的典故。

在《古今小说》卷一〇《滕大尹鬼断家私》这篇作品中,讲的也是关于兄弟之间争夺家产的话题。兄弟俩因为无法定夺,而告到官府。最后却被县官(裁判官)索取部分财产。《西江月》词的内容与故事情节完全符合,事实上也只有了解故事情节的人才能作出这样的词来。

下面再回到《蒋兴哥》的例子。讲的是一个姓陈的商人,因为对旁人的妻子心起歹念而殒命,到头来连自己的妻子也成了他人之妻。《蒋兴哥》故事开头的《西江月》的内容和故事情节也很吻合。

像这样以《西江月》开头的小说形式,应该可以说是冯梦龙"三言"的一种风格吧。下面来看"二拍"中的情况。《初刻拍案惊奇》卷一第一篇《转运汉巧遇洞庭红　波斯胡指破鼍龙壳》的起文如下:

词曰:

日日深杯酒满,朝朝小圃花开。自歌自舞自开怀,且喜无拘无碍。

青史几番春梦,红尘多少奇才。不须计较与安排,领取而今见在。

这首词乃宋朱希真所作,词寄《西江月》,单道着人生功名富贵,总有天数,不如图一个见前快活。

这里同样也在作品的开头引用朱希真作的《西江月》,总括了作品的整体内容。继"三言"之后,凌濛初续写了"二拍"。其第一篇作品的开头部分采用了类似"三言"的形式,表现出"二拍"是"三言"的续篇。然而仔细分析,"二拍"与"三言"之间存在着很大的差别。"三言"的开头表现出"人生不可追求享乐"的道德思想,而此处"二拍"的开头表现的则是"人生命运无常,总归是老天爷的安排,个人无能为力,所以还是及时行乐为好"这样的主旨。二者的主题正好完全相反。从这个意义上来说,"二拍"所表现的主题截然违背了"三言"的人生观。而从形式上来看,除了《初刻拍案惊奇》卷一《转运汉巧遇洞庭红　波斯胡指破鼍龙壳》这首《西江月》,代表了总括全篇主旨的形式外,后文便再无起类似作用的《西江月》的踪迹。

戏曲中也有不少以《西江月》开场的作品。施惠《幽闺记》的《开场始末》(副末)云:

轻薄人情似纸,迁移世事如棋。今来古往不胜悲,何用虚名虚利。

　　遇景且须行乐,当场漫共衔杯。莫叫落花子规啼,懊恨春光去矣。

据王延龄、周致一评注《中国历代词分调评注·西江月》(四川文艺出版社,1998年)收录了上述《幽闺记》的《开场始末》以外,还有:

　　王世贞《鸣凤记》的《家门大意》、第三十三出(小生扮道童渔鼓唱)

　　谢谠《四喜记》第一出《家门始终》

　　周履靖《锦笺记》第一出《家门》

　　汤显祖《紫钗记》第一出《本传开宗》

　　孙仁孺《东郭记》第一出《离娄章句下》

等《西江月》。几乎都被放在戏曲的开头,总括故事内容。白话小说之以《西江月》隐括全文也许来自戏曲作品。

三、酒色财气

　　下面再回到前文中提到的《古今小说》之卷一《蒋兴哥》的话题上来。这篇作品中的《西江月》,作者表现出人不可沉溺于酒色财气的主题。关于"酒色财气",在《警世通言》卷一一《苏知县罗衫再合》中有一段很长的入话。其中所采用的《西江月》发挥了重要的作用。故事讲述一位杭州考生李生,在科举考试落第之后,郁郁寡欢,前往严州拜访友人。途中经过秋江亭,见墙壁上题有一首《西江月》,内容则是陈述"酒色财气"之弊害的。其词如下:

酒是烧身硝烟,色为割肉钢刀。财多招忌损人苗,气是无烟火药。

　　四件将来合就,相当不欠文毫。劝君莫恋最为高,才是修身正道。

李生读后,很不以为然,便作了一首《西江月》以为反驳:

　　三杯能和万事,一醉善解千愁。阴阳和顺喜相求,孤寡须知绝后。

　　财乃润家之宝,气为造命之由。助人情性反为仇,持论何多差谬。

刚一搁笔,李生的身边立刻出现了四个美女,她们分别就是酒、色、财、气四精,专为李生赞颂酒色财气之优点而前来感谢他的。于是,各女精争作《西江月》以表现自己的长处。例如,色精作词如下:

　　每羡鸳鸯交颈,又看连理花开。无知花鸟动情怀,岂可人无欢爱。

　　君子好逑淑女,佳人贪恋多才。红罗帐里两和谐,一刻千金难买。

就这样,四位美女吹嘘攀比各自的优点,其结果竟相互唾骂,大打起来。见此情形,李生才醒悟到原来酒色财气也必须适可而止的道理。

　　在明末文学作品中,像这样咏叹"酒色财气"的诗词比比皆是。其最具代表性的当数《金瓶梅词话》的开头了。题为《四贪词》,内容是分别关于对酒、色、财、气的告诫。关于《四贪词》,郑培凯先生写过一篇论文《酒色财气与〈金瓶梅词话〉的开头》(《中外文学》1983年

9月)。他论述了明末以前就有以酒、色、财、气四事为主题的散曲,但以明末出现的作品为多。由此可以得知,《金瓶梅》及"三言"等作品便在这样一个背景之下产生。

四、小说作者创作的《西江月》

下面我们再回到《古今小说》卷一《蒋兴哥》。在这部小说中还有一处套用了《西江月》。

故事一开头叙述了蒋兴哥与王三巧儿是自小指婚的关系,但由于蒋兴哥的父亲过世,蒋、王的婚事便搁置了下来。直到蒋父周年忌日过后,才又请媒人撮合,二人终于成就了美满婚姻。其中,《西江月》一首描述了两人喜结连理之情:

孝幕翻成红幕,色衣换去麻衣。画楼结彩烛光辉,合卺花宴齐备。
那羡妆奁富盛,难求丽色娇妻。今宵云雨足欢娱,来日人称恭喜。

在词的开头,通过服丧期中的孝幕更换成结婚的红幕、丧服更换成鲜艳的礼服,呈现出气氛的转换。很显然,这首词是专为《蒋兴哥》故事而作的,与其他故事毫无关系。

诸如此类,在"三言"中,像这样借用《西江月》来反映故事情节的例子并不少见。例如《古今小说》卷三六《宋四公大闹禁魂张》。这是一篇关于强盗的故事,强盗名叫赵正,偷了滕大尹挂在腰际的金鱼袋之后,作《西江月》词告知这是自己的所为:

是水归于大海,闲汉总入京都。三都捉事马司徒,衫褙难为作主。

> 盗了亲王玉带,剪除大尹金鱼。要知闲汉姓名无,小月旁边匹土。

在这首词中隐藏了犯人赵正的名字,很显然,故事与词之间的关系是非常紧密的。

五、《西江月》在小说中的重要地位

仅就以上几个例子可以看出,《西江月》在"三言"的故事情节发展中发挥了关键作用。

以下作进一步考察。《古今小说》卷二四《杨思恩燕山逢故人》中,杨思恩曾经在亡妻前发誓终身不再另娶。有一次他偶然前往道观时,看到女道士金檀的房间内有一首《浣溪沙》,词中表示了金檀想要渴望还俗之情。思恩读后,回作了一首《西江月》,建议她何妨结婚生活。于是,两人从此展开交往,最后结成夫妻。这正证明了《西江月》对故事情节的展开具有重要的作用。

《西江月》对故事情节的重要作用,最明显的例子是《古今小说》卷一二《众名妓春风吊柳七》中的几首《西江月》。其一云:

> 调笑师师最惯,香香暗地情多。冬冬与我煞脾和,独资窝盘三个。
>
> 管字下边无分,闭字加点如何。权将好字自停那,奸字中间着我。

这首词中蕴藏了与柳永相交往的三名妓女(师师、香香、冬冬)的名字。其实,这首《西江月》早在"三言"之前就已经出现在《清平山堂话本》中的《柳耆卿诗酒玩江楼记》。在此不过是完全从《柳耆卿诗酒玩江楼记》中照搬了过来。除此之外,《醉翁谈录》丙集卷二中收入的《三妓挟耆卿作词》中也有相同的词。虽然柳永的《乐章集》中并未收录该词,但是这首《西江月》的年代也很久远。另外,《醉翁谈录》中还收入了另外两首《西江月》。

故事中柳永赴钱塘当知县,与三名妓女惜别之际作了一首《西江月》:

> 凤额绣裱帘高卷,兽檐朱户倾摇。两竿红日上花梢,春睡厌厌难觉。
>
> 好梦枉随飞絮,闲愁浓胜春醪。不成雨暮与云朝,又是韶光过了。

这首词收录于《乐章集》。尽管词中所咏叹的内容与故事的境遇并不完全一致,柳永的词却依旧原封不动地被照搬了过来。特别是因为在宋代柳永被认为是《西江月》的始创者,所以《西江月》也就频频出现在柳永的故事之中。

虽说"三言"的《众名妓春风吊柳七》一篇是以《清平山堂话本》中的《柳耆卿诗酒玩江楼记》为基础而创作的,但二者又有很大的差异。其中冯梦龙改写的部分采用了新的《西江月》。在"三言"中,讲的是柳永由于受到上司的嫉恨而失去了晋升的机会,起因就在于他作的《西江月》。当时,柳永受吕丞相之命即刻咏了一首《千秋岁》,由于时间还有空余,便又戏作了一首《西江月》,不料竟成祸柄:

> 腹内胎生异锦,笔端舌喷长江。纵教匹绢字难偿,不屑与人称量。
>
> 我不求人富贵,人须求我文章。风流才子占词场,真是白衣卿相。

柳永在这首《西江月》中恃才狂妄,而受到吕丞相的迁怒。与前文的例子相同,如果没有这首《西江月》,柳永可能不会失去晋升的机会。《西江月》的关键性可见一斑。

六、《西江月》的作者是谁

那么,不禁要问的是,故事中如此关键的《西江月》究竟是谁创作出来的呢?大家都知道"三言"中收录的作品来历各异:有自宋元时代传下来的故事,有经过后人修改的故事,还有明代的新作与冯梦龙自己写的一些作品,等等。探求"三言"的形成经纬,一向是研究的重点。[1]

在近年来的研究中,佐藤晴彦先生发表了题为《关于〈古今小说〉中的冯梦龙的创作》(《东方学》第72辑,1986年)的论文。他通过对《古今小说》中使用的语言的探讨判断《古今小说》四十篇中,哪一篇"最有可能是冯梦龙的所作"、哪一篇"有可能是冯梦龙的所作",等等。具体来说,将《西江月》设置在开头以起提纲挈领作用的卷一、卷一〇,都属于"最有可能是冯梦龙的所作"的范围内。此外,早在佐藤先生之前,韩南先生便将"三言"的作品区分为"新作"与"旧作"。[2] 以《西江月》为起始的故事大致可以划归在韩南先生的"新作"的范围之中,即:

  《古今小说》卷一
  《古今小说》卷一〇
  《警世通言》卷二
  《警世通言》卷一七
  《醒世恒言》卷三
  《醒世恒言》卷八
  《醒世恒言》卷一九

---

[1] 参见小川阳一『三言二拍本事論考集成』,新典社,1981年。
[2] Patrick Hanan, *The Chinese Short Story*, Harvard University Press, 1973.

《醒世恒言》卷三六

这八篇作品被认为很可能出自冯梦龙之作。

又在《三遂平妖传》第二回《修文院斗主断狱　白云洞猿神布雾》中有《西江月》如下：

且说那修文舍人祢衡,早已升座,怎生品格,有《西江月》为证：

作赋平欺时彦,挟才敢傲王侯。怀中刺敝不轻投,只有孔杨好友。

鹦鹉洲前梦惨,渔阳鼓里声愁,一生刚正表清流,天府修文职受。

不多时,只见旌幡宝盖,簇拥着北斗星君到来,怎见得？亦有《西江月》为证：

七政枢机有准,阴阳根本寒门。摄提随柄指星辰,斗四杓三一定。

天道南生北运,七公理狱分明。招摇玄武拥前旌,不教人间法令。

《三遂平妖传》(《新平妖传》)的第二回亦是冯梦龙所补的地方。

七、《水浒传》中的《西江月》

古典白话小说中,与"三言"一样较多使用《西江月》的作品还有《水浒传》。全传一百二十回中,明确标明词牌名的三十五首中《西江月》占据了十五首。

例如,第四十七回的词如下：

软弱安身之本,刚强惹祸之胎。无争无竞是贤才,亏我些儿何碍。

　　钝斧锤砖易碎，快刀劈水难开。但看发白牙齿衰，惟有舌根不坏。

其内容俨然为教训。而在第五十七回中有词如下：

　　直裰冷批黑雾，戒箍光射秋霜。额前剪发拂眉长，脑后护头齐项。
　　顶骨数珠灿白，杂绒绦结微黄。钢刀两口迸寒光，行者武松形象。

此处，词中咏入了武松的名字。可见这首《西江月》完全是为《水浒传》量身定作的。

其实关于《水浒传》的形成时期，虽然尚不能确定，但就其中所创作的《西江月》来考虑的话，这部作品应该也是在《西江月》流行的明末时期成立的吧。

另外，《水浒传》的前身——《大宋宣和遗事利集》中也有《西江月》：

　　蔡京责授秘书监分司南京，寻移德安府衡州安置。正言崔鸥言："贼臣蔡京奸邪之术，大类王莽，收天下奸邪之士，以为腹心，遂致盗贼噭起，夷狄动华，宗庙神灵，为之震骇。"遂窜蔡京儋州编置；及其子孤三十三人，并编管远恶州军。在后蔡京量移至潭州。那时使臣吴信押送，信为人小心，事京尤谨。京感旧泣下；尝独饮，命信对坐，作小词自述云。《西江月》：
　　八十衰年初谢，三千里外无家。孤行骨肉各天涯，遥望神京泣下。
　　金殿五曾拜相，玉堂十度宣麻。追思往日谩繁华，到此番成梦话。

八、妓院与《西江月》

在《醒世恒言》卷三《卖油郎独占花魁》中,开头部分也有一首《西江月》云:

年少争夸风月,场中波浪偏多。有钱无貌意难和,有貌无钱不可。

就是有钱有貌,还须着意揣摩。知情识趣俏哥哥,此道谁能赛我。

这首词名为《西江月》,是风月机关中最要之论。

这首《西江月》说的是关于风月场所中的秘诀。明末曾经出版了一部名为《嫖赌机关》的书,内容也是关于风月场所的秘诀,其中的很多词都使用了《西江月》。举例为证:

论人该嫖

世事浑如春梦,韶光真似浮云。人生聚散有何凭,瞬息青年可敬。

若论赏心乐事,无过月夕花晨。从来柳陌胜蓬瀛,自古高人亲近。

嫖要帮衬

翠馆诸人得走,风流种与多情。红颜绿老最分明,定不错乱方寸。

然虽情分爱剖,难禁玉软香温。抓乖夺趣动芳心,总是知音帮衬。

又要见机

妓女性同流水,随波逐浪东西。观他色恶爱心弛,我当飘然而去。

花既无心留蝶,蝶纵久恋成痴。强求到底不相宜,恐继冯君之次。

诸如此类,等等。《卖油郎》的故事借用《西江月》来讲述风月场所的经验规矩;柳永的词也同样以风月场所为创作的舞台。由此看来,这些《西江月》无不与风月相关。或许《西江月》最初就是以风月场所为中心而流传开来的吧。

另外,《西江月》往往起秘诀载体的作用。例如,《医方类聚》卷二三《诸风门十一·经验秘方·头风》有:

治偏正头风,口畜鼻药,词寄《西江月》云:

此药最为奇妙,细辛甘草人参。藜芦川芎一钱停,半钱盆硝为定。

拣定浑身壮热,更论偏正头风。将药一字到鼻中,当下教贤无病。

还有,同书卷二〇二《养性门四·金丹大成·西江月》有如下所引等七首《西江月》:

默运乾坤否泰,抽添妙在屯蒙。起于复卦剥于终,温养两般作用。

沐浴要防危险,吹哑全藉离风。工夫还返入坤宫,火足不宜轻弄。

要识真铅真汞,都来只一根源。烹煎火候妙中玄,不是知音难辨。

采取莫差时日,仍分弦后弦前。玉炉一霎火烧天,无位真人出现。

九、明末以后的《西江月》

明末以后,《西江月》依旧被人们创作而传唱了下来。例如,《二十一史弹词》中仍然以《西江月》为开篇之词:

天上鸟飞兔走,人间古往今来。沉吟屈指数英才,多少是非成败。

富贵歌楼舞榭,凄凉废冢荒台。万般回首化尘埃,只有青山不改。

以此为开头,后文对此内容进行说明。另外,民国初期的作品《妓女告状》(杨梅竹斜街中华印刷局印)中也有这样的例子,题为《劝世西江月》:

生我养我父母,手足原属同根。要是打算做个人,总以孝悌为本。

夫妇人伦之始,务必相敬如宾。双方体谅情义殷,如此方足为训。

像这样充满了教训含义的《西江月》继续被创作流传了下来。

综上所述,试从各个角度对《西江月》进行了一番考察。由此可见,无论对小说作品的创作,还是在风月场所中,《西江月》都具有重要的意义。

冯梦龙《情仙曲》

明末时期,宋应星所著科技著作《天工开物》问世,同时欧洲传教士的到来也使当时的中国人看到了全新的世界景象,这是一个科学技术知识迅猛发展的时代。然而另一方面,这又是一个热衷于迷信、灵异的时代。当时的文人,对借助扶乩而与死者、仙女等对话沟通之事趋之若鹜。有"明末通俗文学旗手"之誉的冯梦龙在某日扶乩时,一个因相思而早早夭亡的少年的灵魂降临乩坛,自述上穷碧落下黄泉,终于觅得同样早夭的恋人之魂魄,而今两人又得以于幽冥之界相随相依。对此,冯梦龙云"无情而人,宁有情而鬼",以"情仙"之名呼之。这对无论是生是死都不能使他们分离的"有情人",究竟有着怎样的故事?

一、扶 乩 术

即使是在科学高度发达的现代,依然有许多未解之谜。人死后会成为何物、会去往何方全然不可知,明日之命运或即便是一小时后的命运,亦全然不在我们的掌握之中。

在科技发达程度与今天不可同日而语的明末,人们常常借助于超越人类能力的大存在(一般为神)之力量,去探索那些本来不可知之事。今日仍十分红火的算命、占卜之类,即是这种尝试之延续。

试想,人若能与神仙或者死者灵魂对话,该是一件多么美妙的事。这种尝试和努力,虽然具体形式和方法各各有异,却一样风行于世界各地。

在中国,有"扶乩"或谓"扶鸾"、"扶箕"等降灵术,它与日本的"狐狗狸"、"笔仙"等类似。神灵降于灵媒身上,灵媒手中的笔随神灵之意而移动书写出文字,通过解读这些文字而达到与神灵交流的目的。关于"扶乩",许地山、合山究、志贺市子、可儿弘明等曾有专门研究。在本文进入正题前,笔者拟据这些先行研究成果对"扶乩"之相关情况作简要介绍。

对于中国的读书人而言,科举考试乃生涯中的一件大事。在他们进入考场之前,考试题目一直都是一个不可知晓的谜。考生若能事先知道试题,便是烧了高香了。尤其是八股取士时代,由于以经书中的一句话为考题俾考生解说之,故若能事先知道问题、仔细研读经书注释然后从容酝酿文思的话,那么金榜题名就好比是探囊取物了。

如此,为事前知道科举考试中出题之文句而行扶乩术乃顺理成章之事。许地山《扶箕迷信底研究》第二章"箕仙及其降笔"开头云:

> 扶箕是随着科举盛行起来底。赴试底举子一方面要预知试题,一方面又要知道科名底成败。若是功名不成就,就要问为什么,有什么补救底方法。这个无形中约束了秀才举人们底品行,使他们积些阴德阴功。

实际情况大致即是如此。扶乩源于招紫姑神等民间风习,而其骤然盛行,则是明代的事。在科举制度发展至顶峰的明清时代,扶乩术的市场也开始广阔起来。科举与扶乩,两者如同形影,实难将它们割裂而视。

许地山《扶箕迷信底研究》第二章"箕仙及其降笔"乙"箕仙预告事情"之"问试题"条中,亦列举了考生为预知试题而行扶乩之术的故事。其中有一则出自袁枚《子不语》卷二一的故事如下:

> 康熙戊辰(1688)会试,举子求乩仙示题。乩仙书"不知"二字。举子再拜,求曰:"岂有神仙而不知之理?"乩仙乃大书曰:"不知,不知,又不知。"众人大笑,以仙为无知也,而科题乃"不知命,无以为君子也,三节"。

此故事有两个有趣之处。面对考题为何之询问,神仙答以"不知";考生以为神仙不知道而再度询问,神仙答以"不知,不知,又不知";众考生以为神仙越发一无所知,遂捧腹大笑(从众人大笑这一点来看,他们对乩仙毫无敬畏之心)。然等到入考场开卷,才知试题为《论语·尧曰》中的一句:

> 子曰,不知命,无以为君子也。不知礼,无以立也。不知言,无以知人也。

"不知"在这段文字中出现了三次,即先前神仙云"不知,不知,又不知",已然毫不隐晦地告知了试题。当然,考生们直到进入考场看到试题才恍然大悟。

二、与死者之沟通

扶乩除了可以预知未来之命运(提前知道试题为其中之一)外,还可以与已故的人进行对话。关于后者,明末叶绍袁有记述从一死而复生者那里听闻夭折的爱女叶小鸾等死后世界之景象的《窈闻》,以及妻妾死后他通过为仙女附体的泐庵大师所闻她们死后世界场景的《续窈闻》,许多人对此二书并不陌生。苏州泐庵大师为降于因评点《水浒传》《西厢记》等而有声者金圣叹宅中的神仙,明末清初江南文坛泰斗钱谦益有《天台泐法师灵异记》(《牧斋初学集》卷四三)一文存世。由此我们不难见出当时文人对于扶乩术热衷程度之一

图 1 扶乩图（苏州的叶秀才因思念亡妻而扶乩，见爱妻托乩神所咏诗句，不禁失声痛哭。据《点石斋画报》忠集）

斑。而这正是本文将要探讨的对象——冯梦龙《情仙曲》之诞生背景。

周作人《夜读抄》(1928 年)中收录了《鬼的成长》一文,讨论了人死后幽灵的年龄是否会增长这一问题。文中周作人介绍了无锡人氏钱鹤岑的《望杏楼志痛编补》一卷(光绪二十五年,1899 年刊)里所收的《乩谈日记》。钱鹤岑在其中记录了与坠地后仅四十日就夭亡的三子鼎宝、生于辛巳年(光绪七年,1881)十二岁时夭折的四子杏宝、生于丁亥年(光绪十三年,1887)仅存活五日即不幸如花凋零的三女萼贞等通过扶乩进行对话之事。例如文中记述道:

图 2　叶小鸾(据《百美新咏》)

> 丙申(光绪二十二年,1896)十二月二十一日晚,杏宝始来。问汝去时十二岁,今身躯加长乎?曰,长。
> 丁酉(光绪二十三年,1897)正月十七日,早起扶乩,则先兄韵竺与闰妹杏宝皆在。问先兄逝世时年方二十六,今五十余矣,容颜亦老乎?曰,老。已留须乎?曰,留。

正如这般,神灵每次仅回答简单的寥寥数语,故有多次往复问答。文章最后云:

> 八月初一日,野鬼上乩,报萼贞投生。问何日,书七月三十日。问何地,曰,城中。问其姓氏,书不知。亲戚骨肉历久不投

图3　金圣叹故居(金圣叹故居一角。位于苏州海红坊。三百五十余年前,金圣叹殆漫步于此)

生者尽于数月间陆续而去,岂产者独盛于今年,故尽去充数耶?不可解也。杏儿之后能上乩者仅留萼贞一人,若斯言果确,则扶鸾之举自此止矣。

中国旧时的观念认为,人死后灵魂在虚空中游荡,然后又进入某人腹中投胎转世。钱鹤岑通过扶乩术与死去的子女交流,然而随着子女们逐个投胎,与他们的对话也终于断绝。周作人在该文结尾云:"《望杏楼志痛编补》一卷为我所读过的最悲哀的书之一。"虽然在今天看来扶乩不无迷信色彩,然钱鹤岑通过扶乩术而得与夭亡的孩子交谈片刻,聊慰挂怀。日本青森县恐山有女巫,人们通过她们可以与已经故去的亲友交流沟通,此亦是在同样的精神背景下产生的。关于扶乩之迷信性质,有前文所揭刊行于1941年的许地山之《扶箕迷信底研究》。当时正值中日战争,胡愈之为其所作序文中,云日本鬼子并不能灭亡中国;能使中国灭亡的,必是扶乩等"运命思想"、"灵物崇拜"。因而他认为许地山该书虽然与中日战争并无直接关联,但与"抗战八股"等不宜等量齐观,对其给予了高度评价。

三、冯梦龙《情仙曲》

明末苏州文人冯梦龙(1574—1646)不仅是一位歌谣收集者,在明末当时如火如荼出版的白话小说、戏曲、笑话等所谓通俗文学界亦是一位风云人物。他被誉为明末"通俗文学之旗手",用今天的话来说,就是市井文化的领导者。他编集的短编白话小说集"三言"在东亚地区拥有众多热心读者。就日本而言,上田秋成《雨月物语》中"蛇性之淫"、"菊花之契"等故事,其蓝本皆是"三言",此或为"三言"风靡东亚的最佳明证。此外,冯梦龙在得到明末成书、却一直以抄本形式流传的《金瓶梅》后,即欲将之刊刻出版。他与出版业结缘甚深,具有毫无舛差地识别畅销书之慧眼。冯梦龙自己的《金瓶梅》出版计划虽因遭到周围人等的反对而最终流产,但众所周知,之后《金

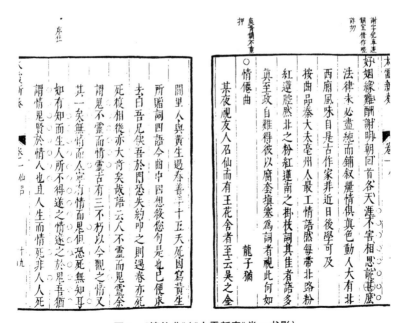

图4 《情仙曲》(《太霞新奏》卷一书影)

瓶梅》被广为刊刻、出现了众多版本,冯梦龙的功劳是不可磨灭的。冯梦龙出版的书籍种类包罗万象,其中尤以科举参考书等最为畅销。虽然他自己在科举乡试中落第,但并不影响他所编刊的此类参考书之销售。由于明末出版业的隆盛,读书人谋名谋利并非仅科举及第这一独木桥可走,立身方式千差万别的读书人纷纷登上舞台。与陈继儒同在当时出版文化界大显身手的,即是冯梦龙。

对万事皆有旺盛好奇心的冯梦龙,关注能与死者幽灵交流的扶乩之术,自是不难令人理解的。他将降临乩坛、自述生前身世的少年王花舍之事以散曲形式谱成《情仙曲》,流传至今。此《情仙曲》收于冯梦龙编撰的散曲集《太霞新奏》卷一。

散曲为中国韵文之一种。中国的韵文,有诗、词、曲等多种体裁。一代有一代之文学,一般多以"汉文、唐诗、宋词、元曲"为中国古典文学之代表,这其中就有"元曲"。说到"元曲",人们可能多会想起"元杂剧",即戏剧的脚本。然而实际上"元曲"包含"戏曲"和"散曲"两种形式。众所周知,"戏曲"即舞台剧之脚本,与之相对的"散曲"则是无"白"(念白)和"科"(舞台动作提示)的歌曲。"散曲"又可分为"小令"和"套数"。"小令"与词一样,是仅以一首歌曲完结的作品。与之相对,"套数"则是以几首歌曲构成的组曲("套"类于食堂"套餐"等"套",一组、一套之意)。"戏曲"亦为组曲,从形式来看,或可曰从"戏曲"中抽除"白"和"科"即为"散曲套数"。

四、《情 仙 曲》序

首先来看《情仙曲》开篇所附之序文。

某夜,视友人召仙,而有王花舍者至。云吴之金阊里人,与黄生遇春善,年十五夭死。因写黄生所赠词四语,今曲中四"想杀您"句是也。已便求去曰:"吾兄俟吾于门,恐失约。"叩之则遇春亦死。死复相从,亦大奇矣哉。

注释:

○吴之金阊里:吴指苏州。金阊为苏州城西北方的阊门一带。旧有金阊亭。阊门临连结北京、杭州的中国南北交通大动脉京杭大运河通往苏州城之出入口,商肆林立,为繁华之地。

○想杀您:"杀"表示程度之甚。

语云人不灵而鬼灵,余谓鬼不灵而情灵。古有三不朽,以今观之,情又其一矣。无情而人,宁有情而鬼。但恐死无知耳。如有知,而生人所不得遂之情,遂之于鬼,吾犹谓情鬼贤于情人也。且人生而情死非人,人死而情生非鬼。

注释:

○语云人不灵而鬼灵:《太平御览》卷四四四:"谚曰,生有知人之明,死有鬼灵之验。"

○古有三不朽:《春秋左氏传·襄公二十四年》:"大上有立德,其次有立功,其次有立言。虽久不废,此之谓不朽。"

夫花舍小竖子,生未尝越金阊数武,而仗此情灵,得偕所欢,以逍遥吴越之间,而享仙坛香火之奉,与生人相应答不爽。花舍为不朽矣。鬼能如是乎哉?名之曰"情仙"也亦宜。

注释:

○数武:古以六尺为步,半步为武。

○不爽:爽指差错、相左。

以上为《情仙曲》之序文。

通过扶乩术而与已故之人的灵魂对话,其所招之对象,正如前文所揭叶绍袁《窃闻》《续窃闻》等所记,大多为女性,尤其是正值青春芳华而香消玉殒之女性。而此《情仙曲》中记述的招引对象则变成了早夭的少年。然在这段同性恋爱关系中,王花舍为美少年,即扮演着女性角色。从这一角度来看,未尝不可将他与女仙等而视之。

此外,例如前文提到的叶绍袁所述其女儿叶小鸾本是从天上被贬谪到人间世界的散仙女(《窈闻》),而今已转世投生为月府的侍书女(《续窈闻》)等,降临乩坛者原本多为仙女,即曾经在天界生活之人。但此文所记之王花舍,则完全是"鬼",即普通人死后化成的亡灵。本来"鬼"与"仙"并非为一物。未尝到过天界的王花舍不过是一"鬼"而已,却能在死后仍然与生前朝思暮想的意中人相依相守,冯梦龙认为这是"情"之巨大力量使然,故特以"情仙"之名呼之。王花舍是英年早逝的美少年之亡灵,此或亦为冯梦龙呼之曰"仙"的基础条件之一。

漫步冯梦龙的文学世界,其重要关键词之一即是"情",本文最后拟对此作集中探讨。而此处已然可见重"情"的冯梦龙关于"情"之重要宣言。他认为无情之人,未若有情之鬼——人生而情死,已然非人;人死而情生,则非为鬼。

五、惜春长怕花开早

序文之后即是散曲部分。作诗须用韵,例如《广韵》《礼部韵略》(平水韵)等。这些韵书首先将全部文字据声调分为平声、上声、去声、入声四声;平声中,又将属于同一韵部的文字分类集中到一起。而曲基本上是为了歌唱而作。歌唱时,曲调中音的高低至关重要,而声调的区别则是次要的。因此另编一部作曲用的韵书就很有必要。曲盛行的元代,周德清编撰了作曲用的韵书《中原音韵》。《中原音韵》中,首先作了"一东钟"、"二江阳"等大致分类,然后又在各个韵部中,将文字分为平、上、去、入四类。《情仙曲》用了"庚青"韵,例如在开头的【二犯傍妆台】中,韵字为"生"、"整"、"明"、"名"、"京"、"馨"、"成"。"生"、"明"、"名"等多为平声字,而"整"为上声字。此外,全篇组曲皆用此"庚青"韵。

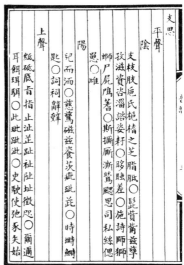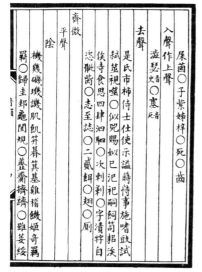

图5 《中原音韵》书影(该图为"支思"、"齐微"部分。"支思"下又分四声)

【二犯傍妆台】(首尾本调,中二句【八声甘州】,次二句【皂罗袍】)小书生,庞儿齐整,从幼更聪明。双亲爱惜我如花朵,把花舍做乳中名。既愿我生身譬如花易长,又愿我他日攀花上玉京。愧非国瑞,颇传宁馨,不道空花暂现少收成。

注释:

○庞儿:脸庞。

○攀花上玉京:"攀花"或即"攀桂",科举及第意。"玉京"指都城。此处盖指去北京应殿试。

○国瑞:国宝。

○宁馨:六朝时口语,如此之意。《晋书·王衍传》载,王衍幼时曾去山涛府上拜访,山涛云"何物老媪,生宁馨儿"。后多指聪明可人的孩子。

○空花:佛教语,虚幻无实之花。

○收成:收获。指有成就的未来。

【二犯傍妆台】为该曲的曲调名(曲牌)。此处曲牌下有"首尾本调,中二句【八声甘州】,次二句【皂罗袍】"之注记,表示该曲基本依【傍妆台】,开篇和结尾用【傍妆台】,中间二句即"既愿我生身譬如花易长,又愿我他日攀花上玉京"用【八声甘州】,下面二句即"愧非国瑞,颇传宁馨"用【皂罗袍】,中间插入了其他曲调。《情仙曲》收于《太霞新奏》卷一,而卷一为"仙吕"调之曲集。戏曲或散曲套数在写作时,一套组曲必须选用属于同一曲调的曲牌。该《情仙曲》以下的【醉扶归】等曲牌皆属"仙吕"调。此外,该曲从头至尾基本皆为王花舍以第一人称歌唱的唱词。

少年之名曰"花舍"、双亲爱惜如"花朵"、生身譬如"花"易长、"攀花"上玉京、"空花"暂现少收成,全篇尽是"花"语。

散曲中以花名、药名等缀成的游戏之作并非凤毛麟角,譬如《太霞新奏》卷一开头所收沈璟之《集杂剧名》,就是一首以杂剧题目连缀而成的散曲。《情仙曲》之满目繁花,亦是此类作品之流亚。朵朵芬芳,还将在后文不时绽放。

【醉归花月渡】叹桃花也犯在男儿命,做杨花飘荡惹丝萦。只为向暖葵花恋多晴,将我心花万种牵缠定。真诚,要比黄花久长霜吐英,莲花并头一同枯与荣。桂馥兰馨,肯学那萍花但浮梗。谁想只几阵催花雨,断送得娇花冷。如今个魂断残花蜀帝声,好一似江面浮花灭浪形。

注释:

〇醉归花月渡:题下有"醉扶归、四时花、月儿高、渡江云"之注。该曲牌名由【醉扶归】、【四时花】、【月儿高】、【渡江云】组合而成。"叹桃花也犯在男儿命,做杨花飘荡惹丝萦。只为向暖葵花恋多晴,将我心花万种牵缠定"四句为【醉扶归】,"真诚,要比黄花久长霜吐英,莲花并头一同枯与荣"为【四时花】,"桂馥兰馨,肯学那萍花但浮梗。谁想只几阵催花雨,断送得娇花冷"为【月儿高】,"如今个魂断残花蜀帝声,好一似江面浮花灭浪形"为【渡江云】。

〇桃花也犯在男儿命:桃花命指红颜薄命,此处殆指"美少年薄命"。另桃花亦为爱情之象征。

　　○做杨花飘荡惹丝萦：杨花即柳絮，多用以比喻轻浮或多情之女子。"丝"与"思"同音，为双关语。

　　○向暖葵花恋多晴：指向日葵围着太阳转。"晴"与"情"同音，"恋多晴"即"恋多情"。据李丰懋《唐人葵花诗与道教女冠——从道教史的观点解说唐人咏葵花诗》(氏著《忧与游：六朝隋唐游仙诗论集》所收，学生书局，1996年)，向日葵与女冠(女道士)之形象颇有渊源。此处它多少与仙女有关联。

　　○莲花并头：并头莲多用以比喻恩爱之男女。

　　○萍花但浮梗：比喻无定性之物。

　　○催花雨：促花凋谢的雨。

　　○蜀帝声：指杜鹃啼叫声。蜀国望帝因与臣下之妻私通而隐遁避世。望帝去国之二月，杜鹃哀鸣。自李商隐《锦瑟》云"望帝春心托杜鹃"，这一典故屡屡出现于中国的爱情诗中。

　　这一曲亦满是花之芳泽。作者列举了柳絮、向日葵、浮萍等具体的花名，以各花的性格譬诸人心种种。虽然祈愿好花常在，但欢娱之晨夕何其无常迅速，那些花朵终究凋零飘散——惜春长怕花开早，何况落红无数。

六、美少年？美少女？

　　【皂袍公子】懊恨，风流花性，尽摇风动月，意态纵横。贪花的空有惜花情，遇春来翻惹伤春病。阃间城，黄昏片月，惨淡鬼门灯。

注释：

　　○风流花性：指思春之心。

　　○贪花：指多情。

　　○空：意同"徒"。

○遇春来:"春天到来"与"(黄)遇春来了"之双关语。

○伤春病:因春色逝去而悲愁染病。指相思之深。

○阖闾城:苏州。阖闾为春秋时代吴国君主,定都苏州。

○鬼门灯:鬼门为阳世与阴间之间的门,亦称鬼门关。此处殆指片月(月牙)犹如昏黄暗淡的鬼门关灯火。

这一曲写两人原本深深相爱,王花舍因相思成疾而殒命。因痴情慕色而亡,与汤显祖《牡丹亭》之杜丽娘的情形如出一辙。

另外,王花舍虽是男儿身,却名唤"花舍",又有如此一段尽是花的描写,仅从文字表面来看,其形象就类于少女。这一点是颇值得玩味的。据序文中"花舍小竖子"、【醉归花月渡】曲中"叹桃花也犯在男儿命"等语,可知王花舍乃少年确凿无疑。但倘若撇开这些句子,那么将王花舍当作美少女、将此曲当作男女情歌来解读,未必有甚牵强。王花舍为美少年,在恋情中扮演女性角色。在同性恋爱中,基本上都有扮演男性角色的一方和女性角色的一方,与男女异性恋爱的情形是类似的。

在冯梦龙笔下,王花舍究竟是美少年,还是美少女?正是这种界限的模糊,带给读者朦胧的美感和广阔的想象空间。

七、一往情深深几许

【解三酲】为情浓每怀耿耿,被情痴引去魂灵。犹记得淋漓裙练词新警,齐唱个解三酲。他道想杀您鸳鸯锦被寒同宿,想杀您孔雀春屏昼共凭。说到情深境,任千官万寿都化做春冰。

注释:

○每怀耿耿:内心常为某事牵缠挂怀之状。

○淋漓裙练:裙练本意为白绢下裳,指文人挥毫(事见《宋书·羊欣传》),明人常以此指代娈童。淋漓指墨痕淋漓、下笔气势磅礴貌。

冯梦龙《情仙曲》/ 323

图 6 《牡丹亭》插图（杜丽娘幽灵夜访柳梦梅之场景。杜丽娘脚下的云朵，表示她乃鬼魂）

○鸳鸯、孔雀：均为恩爱男女之象征。《花间集》卷七顾敻《献衷子》词中有"绣鸳鸯帐暖，画孔雀屏欹"之语。鸳鸯与孔雀为中国古典诗歌中的常见意象。

○千官万寿：高官地位与长命百岁。

"想杀您"部分，为扶乩时王花舍叙述的昔日黄遇春对自己倾诉的甜言蜜语。

【解罗歌】(【解三酲换头】、【皂罗袍】、【排歌】)又道想杀您楚水巫山青眼断，想杀您拜佛祈神白首盟。一桩桩一句句都是真光景，谁个是假惺惺。想是前生夫妇，做了今生弟兄。似此今生恩爱，未审来生可能。不愁命短，只愿双魂并。春难久，花易零，但能同死胜同生。分明是花重放，春再更，黄泉相见笑相迎。

注释：

○楚水巫山青眼断：楚水巫山指宋玉《高唐赋》中楚襄王与巫山神女欢会之故事，有云雨之意。青眼虽一般多指阮籍青眼白眼之典故，然此处"青眼断"指告别时目送意中人远去直至消逝不见。此外，"青眼"还与下句"白首"相对。

○白首盟：指白头偕老之誓。

○但能同死胜同生：殆化用了《三国演义》第一回"桃园结义"场景中"不求同年同月同日生，只愿同年同月同日死"之语。

○分明：明明，显然。

【感亭秋】免却了人间口舌讥共评，又没个尊长苦相绳。便是铁脸阎罗也把情魄矜，一任我骖鸾跨鹤同驰骋。形虽化，神自清，喜到仙坛净。

注释：

○尊长苦相绳：尊长即长辈。苦，甚、十分。绳，捆绑，代指束缚。

○骖鸾跨鹤：又作骖鸾驭鹤。鸾、鹤均为仙人所乘之物。代指成仙。

○仙坛：此处指乩坛。

【尾声】托乩神把衷肠罄，非关花舍不留停，怎撇下兄长的孤魂在门外等。

注释：

○托乩神：如叶绍袁以泐庵大师所化神仙为媒介而与女儿叶小鸾对话一般，王花舍并不能以一己之力直接降于乩坛。乩神指起灵媒作用的神仙。

○非关：不是，不是因为。

王花舍之恋人黄遇春亦已亡故，为阴间鬼魂。他正在门外等候王花舍，是故该曲以"非关花舍不留停，怎撇下兄长的孤魂在门外等"作结。今生心心念念却终不得遂之深爱，惟相约于来世，相谐于来生。冯梦龙认为，虽然是鬼魂，然情之铭心刻骨，堪比比鬼更高一等的仙，故呼之曰"情仙"。

八、文 人 反 响

至此，冯梦龙的《情仙曲》已经画上了句号。然尚有一段评语与冯梦龙之兄冯梦桂(字若木)的诗附于其后：

事奇序奇词又奇。同时咏歌其事者甚多，惟若木生古风一篇颇佳，因附此。

谁窥玉笈暮虆文，清香夜永躯白云。须臾花雾簇仙灵，未通姓氏先氤氲。元是金闾繁华子，十五丰神净秋水。一寸柔肠暗殢人，不愿同生愿同死。东风限短春难驻，冷香狼藉同朝露。天荒地老情转新，练裙犹忆消魂句。人生莫讶辞世早，世间离合多草草。何如一笑化双鸾，朝朝暮暮蓬莱岛。

注释：

○玉笈摹霝文：指扶乩时，乩仙在箱中盛放的砂粒上所书之文字。

○白云、花雾、氤氲：均指乩仙降临时，乩坛所生云雾。

○丰神净秋水：指清朗的神采。杜甫《徐卿二子歌》："大儿九龄色清彻，秋水为神玉为骨。"

○殢人：指倾心于人。殢云尤雨指男女欢爱。

○冷香狼藉：高启《梅花》："翠羽惊飞别树头，冷香狼藉倩谁收。"原指花朵凋谢，此处指王花舍英年早夭。

○朝露：曹操《短歌行》："对酒当歌，人生几何？譬如朝露，去日苦多。"比喻人生短暂。

○天荒地老：指时间漫长。李贺《致酒行》："吾闻马周昔作新丰客，天荒地老无人识。"

○练裙：参前文"淋漓裙练"条注释。

○草草：指匆忙仓促。梅尧臣《令狐秘丞守彭州》："前时草草别，渺漫二十年。"

○朝朝暮暮：宋玉《高唐赋》："旦为行云，暮为行雨。朝朝暮暮，阳台之下。"

○蓬莱岛：东海上的仙人世界。

当时有不少文人，皆为王花舍竞相赋诗题咏。这表明，冯梦龙等晚明士人在实际生活中热衷于通过扶乩而与死者亡灵沟通，其周边友人亦对此津津乐道，他们将所思所感抒于诗词歌赋。另外，此处所引《高唐赋》之"朝朝暮暮"本为表现男女情爱的典故，而作者别出心裁地将它化用到了男性同性恋爱中。

九、"情"丝万千

正如《情仙曲》序文所云"人生而情死非人，人死而情生非鬼"，如欲走进冯梦龙之文学世界,那么"情"是一个不可不予以注目的关键词。

在朱子学对人的解释中,"情"是一个与"性"相对的概念——若"性"为人与生俱来的内在禀性,那么它发诸为感情活动、行动等,即为"情"。在这一意义上,"情"本身并非一种应予以否定之物。然"情"一旦与人的行动结合为一体,就包含了最终向"欲(人欲)"转化的趋势。因而朱子学云"性即理",将"理"彻底视作"性"的等同之物;个人修养的目标,就是要遵从"大理"、断灭"情"以及它衍生出的"欲"。由此看来,冯梦龙的这些热情讴歌"情"之宣言,是站在与朱子学对立的立场上所发出的声音。顺带一说,与朱子的"性即理"相对,王阳明将"性"与"情"统纳之于"心",云"心即理"。据此,"情"亦成为"理"的题中应有之义。冯梦龙之发言,与阳明学或许不无关联。

冯梦龙《情史类略》序文中,有如下一节:

> 情史,余志也。余少负情痴,遇朋侪,必倾赤相与,吉凶同患。闻人有奇穷奇枉,虽不相识,求为之地。或力所不及,则嗟叹累日,中夜展转不寐。见一有情人,辄欲下拜。或无情者,志言相忤,必委曲以情导之,万万不从乃已。尝戏言我死后,不能忘情世人,必当作佛度世,其佛号当云多情欢喜如来。有人称赞名号、信心奉持,即有无数喜神前后拥护,虽遇仇敌冤家,悉变欢喜,无有嗔恶妒嫉种种恶念。

序文中接着又有以以下诗句开篇的《情偈》:

> 天地若无情,不生一切物。一切物无情,不能环相生。生生而不灭,由情不灭故。四大皆幻设,惟情不虚假。

由此看来,冯梦龙认为"情"是在普遍的人际关系中尽诚意,而并非

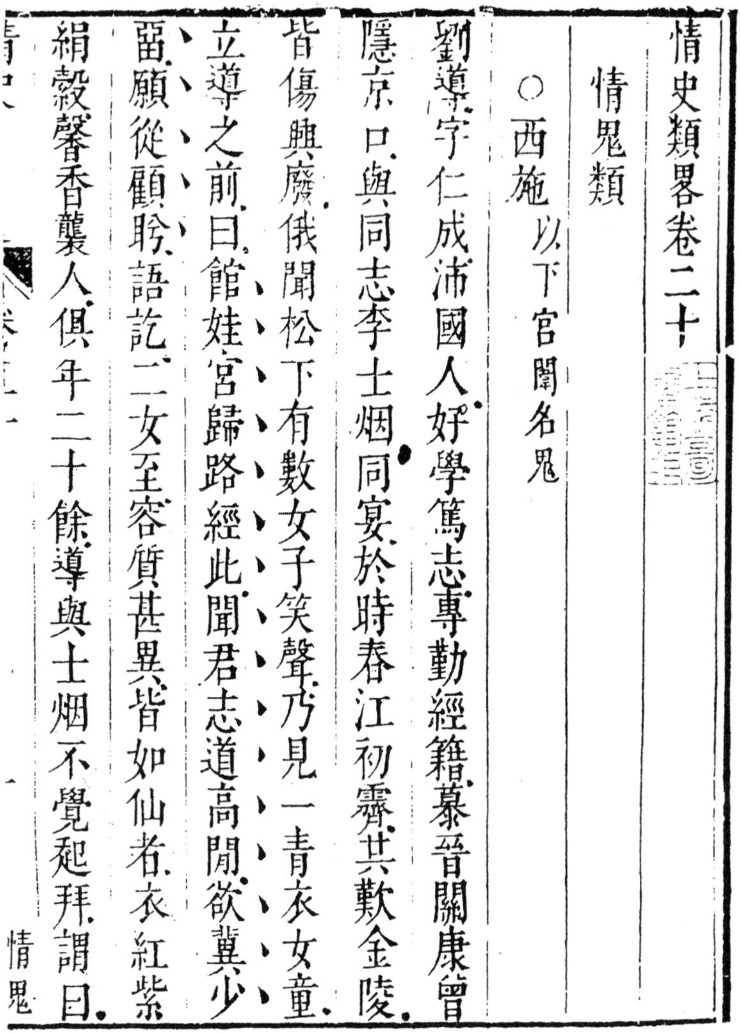
情史類畧卷二十

情鬼類

○西施 以下宮闈名鬼

劉導字仁成沛國人好學篤志專勤經籍慕晉關康曾隱京口與同志李士烟同宴於時春江初霽共歎金陵皆傷興廢俄聞松下有數女子笑聲乃見一青衣女童立導之前曰館娃宮歸路經此聞君志道高閑欲冀少留顧從顧眄語訖二女至容質甚異皆如仙者衣紅紫絹縠馨香襲人俱年二十餘導與士烟不覺起拜謂曰

情鬼

图7 《情史类略》书影

仅限于男女情爱。然《情史类略》所附一序文云：

> 六经，皆以情教也。《易》尊夫妇，《诗》首《关雎》，《书》序嫔虞之文，《礼》谨聘奔之别，《春秋》于姬姜之际详然言之。岂非以情始于男女，凡民之所必开者，圣人亦因而导之。

在此,"情"专指男女恋情。冯梦龙之《情史类略》,正是一部荟萃关于历代女性以及男女情爱之轶闻雅谈的书籍。

歌颂男性同性恋的《情仙曲》,是这种男女之情、尤其是"真"情之延伸。它对不论是生前还是死后皆对意中人忠贞不渝的王花舍给予了高度评价。

明末时代的文人,往往将少年之爱与异性之爱等而视之。例如张岱的《自为墓志铭》(《琅嬛文集》卷五)就记述了明朝末年,风华正茂的自己过着穷奢极欲的生活,具体而言是:

> 好精舍,好美婢,好娈童,好鲜衣,好美食,好骏马,好华灯,好烟火,好梨园,好鼓吹,好古董,好花鸟,兼以茶淫橘虐,书蠹诗魔。

不难看出,对于感官享乐主义者而言,"娈童"与"美婢"一样,皆是不可或缺之物。

《情史类略》中,卷二〇有"情鬼类"条目,收录了纵使已成鬼魂也对自己爱慕之人矢志不渝的女性故事。其中"张云容"条记载了一件唐代旧事。唐元和末年,薛昭遇到自称是杨贵妃侍女的三个女子,并与其中一位名唤张云容者柔情缱绻。薛昭掘地得一棺,棺中人面容鲜洁如生。张云容死而复生,最终与薛昭结为连理。冯梦龙在此"情鬼类"之末尾的评语有云:

> 惟情不然,墓不能封,椟不能固,门户不能隔,世代不能老。鬼尽然耶?情使之耳。人情鬼情相投,而人如狂如梦,不识不知。幸而男如窦玉、女如云容,伉俪相得,风月无恙,此与仙家逍遥奚让?

其所述为人、鬼之交欢。而《情仙曲》则是生时相知相恋的两个人同赴黄泉,在阴曹亦相依相守的一段佳话,可谓是更深彻的真情感天

图 8 男性同性恋(明末小说《弁而钗》之《情奇纪》插图。室中二人之居于右侧者,为着女装的男性,其脚很大)

动地之结果。情深如斯,诚不负"情仙"之名。

参考文献

冯梦龙《太霞新奏》,《冯梦龙全集》第 15 册,上海古籍出版社,

1993 年。

冯梦龙《情史类略》,《冯梦龙全集》第 38 册,上海古籍出版社,1993 年。

张岱《琅嬛文集》,夏咸淳校点《张岱诗文集》所收,上海古籍出版社,1991 年。

许地山《扶箕迷信底研究》,商务印书馆,1941 年。

周作人《鬼的成长》,《夜读抄》所收,北新书局,1935 年。

合山究「明清の文人とオカルト趣味」,荒井健编『中華文人の生活』所收,平凡社,1994 年。

志贺市子『近代中国のシャーマニズムと道教』,勉诚出版,1999 年。

志贺市子『中国のこっくりさん——扶鸞信仰と華人社会』,大修馆书店,2003 年。

可儿弘明『民衆道教の周辺』,风响社,2004 年。

(王汝娟　译)

图书在版编目(CIP)数据

明清戏曲俗曲杂考/(日)大木康著. —上海:复旦大学出版社,2021.9
(新世纪戏曲研究文库/江巨荣主编)
ISBN 978-7-309-15811-3

Ⅰ.①明… Ⅱ.①大… Ⅲ.①古代戏曲-研究-中国-明清时代 Ⅳ.①J809.24

中国版本图书馆 CIP 数据核字(2021)第 135477 号

明清戏曲俗曲杂考
(日)大木康 著
责任编辑/王汝娟

复旦大学出版社有限公司出版发行
上海市国权路 579 号　邮编:200433
网址:fupnet@fudanpress.com　http://www.fudanpress.com
门市零售:86-21-65102580　团体订购:86-21-65104505
出版部电话:86-21-65642845
浙江新华数码印务有限公司

开本 787×960　1/16　印张 21　字数 263 千
2021 年 9 月第 1 版第 1 次印刷

ISBN 978-7-309-15811-3/J·457
定价:80.00 元

如有印装质量问题,请向复旦大学出版社有限公司出版部调换。
版权所有　　侵权必究